U0695345

J.R.THORNTON

控制

[美] 约翰·兰多夫·桑顿 著

施乐乐 译

上海文化出版社
SHANGHAI CULTURE PUBLISHING HOUSE

果麦文化　出品

Chapter
1

　　警方来查问路西恩的下落时，我交代给警方的说法，正是路西恩当初向我撒下的一连串谎言。不过，我并不知道那些是弥天大谎，至少当时不知情。此外，我也对警方另说了一番谎话，我自己编的，其目的是保住路西恩，也保住我自己。而警方问起路西恩失踪当晚我是否试图自杀，我倒是交了底：我确实记不清了。

　　数月后，我发现了那张字条；直到那一刻，我才开始摸清整场风波的脉络。

路西恩与我相识于二〇一〇年的夏季，即成为哈佛大学一年级新生的首日。他是我的舍友——并不是我们自己挑的，纯属机缘巧合，因为学校住宿办公室把格里诺厅宿舍的一间双人房分给了我和路西恩。"格里诺厅"是一栋静悄悄的三层砖砌宿舍楼，可俯瞰普雷斯科特街。当初，要不是被一台电脑随机挑中，路西恩和我本该成为两个陌路人。

　　搬进宿舍第一天，我就迟到了。入住手续本该在十二点前办理，但我搭乘的那辆公共汽车直到下午三点才驶进波士顿南站，等到红线列车"咔哒咔哒"呼啸着驶进哈佛广场站时，时间已经逼近四点。列车长嘶一声，停了下来，我随后迈下地铁，来到站台。这座车站颇有二十世纪七十年代粗犷主义建筑的遗风，仿若一片位于地下的混凝土化石森林。车站墙上贴着一排排泛黄的珐琅瓷砖，砖色活像没有刷过的牙齿，空气里还有股暖乎乎的馊味。旅途本来就很劳累，扛着的行李又压得我后背酸痛。我找到地铁闸机，接着经过两段电动扶梯，到了哈佛广场中央地带。

　　夏日的微风轻轻拂过，将人群发出的热闹嘈杂声、空转汽车的嗡嗡声吹到耳旁。成百上千的行人从东南西北穿过哈佛广场。在我左侧是一座砖石大楼，楼顶高耸着几个红色霓虹灯大字：剑桥储蓄银行。附近一家星巴克不时有顾客走出店门，手中端着饮品迈上街道；对街则有一群家长和学生，正出入于"哈佛合作社"杂货店。

　　我曾经游览过哈佛大学一次。那是在冰天雪地的十二月，暮色沉沉——每逢这个季节，剑桥市的白昼时光每天只露面数小时，街角积满了灰扑扑的雪泥。那场哈佛之行很诡异：我犯了傻，非挑期末考试期间去一趟，因此我记忆中的哈佛是个死气沉沉、清心寡欲的地方，一个清教徒云集的据点，坐落在一片漆黑中。

可到了眼下，在夏末暖融融的阳光下，哈佛校园仿佛变了个样：一度光秃秃的树木轻摆着绿中泛黄的叶片，沙沙作响；哈佛校园里红白相间的砖楼沐浴着阳光，迎着午后艳阳熠熠生辉。人人都很快活，找不出一个神情哀伤的人。我心醉神迷地在哈佛广场漫步，逐渐接受一个令人兴奋的事实：**这里**，是我的新家。

我先去了新生教务处，领取宿舍钥匙和学生证，然后拖着行李箱到了不远处的格里诺厅宿舍。此时，一辆暗绿色的路虎揽胜驶上普雷斯科特街，挨着路边的泊车位停了下来，正停在宿舍前方。一行四人钻出汽车，个个都显得精致而讲究。在两名身着橙色 T 恤的志愿者帮忙之下，四人开始一件件从车里搬行李下来。

我干脆歇下脚步，在一旁观望起来。那辆崭新的路虎活像给仙女保姆玛丽·包萍的百宝囊装上了车轮：从车里搬出一台平板电视、一台迷你冰箱、一只豆袋椅、一台微波炉、专放各式零食甜点的透明塑料容器、一只台灯、Bed Bath & Beyond 家居店的大型白色购物袋（里头塞满了崭新的床上用品和毛巾）、一张泰普尔床垫、一只洗衣篮和一只标有"X-Box"字样的褐色纸板箱。路虎的车顶还放了一辆山地自行车，取下后推上了宿舍楼后方的自行车架。我突然发觉整条街一辆接一辆停满了车，才意识到一件事：我身旁的两只行李箱，就是我的全副家当。

我的宿舍在一楼一条长走廊的尽头处，房门半开着。

路西恩正坐在窗边看书，两条腿跷到书桌上。他扭头向我望过来。"终于见到尊驾现身了！"他露出了笑容，"了不起。我都已经开始担心世上根本没有你这号人了。"

他一跃起身，伸出一只手。"路西恩。"他个子高挑，一身小麦色肌肤，长长的金发用一副墨镜推到头顶，身穿蓝色紧身牛仔裤和白色亚麻衬衣，领口开到第三颗纽扣，衣袖一直卷到手肘。他的耳后夹着一支烟，他有一双湛蓝的眼眸。

"我叫克里斯。"

"哎呀。"对方皱起了眉，"这么说，你还真叫'克里斯'。你确定？这名字有点没劲，**克里斯**。"

我呆望着他，只觉摸不着头脑。

"糟糕，是我惹你动气了！很抱歉。"他说，"'没劲'这词难听了些，改成'**普通**'吧。我刚才想说的词是'普通'。克里斯这名字非常普通，你不觉得吗？你是我今天遇到的第五个克里斯了。"

"是吗？"

"没错。网球队有个克里斯，安能堡厅有个肥仔克里斯，赛艇队里至少有两个克里斯，我敢打赌，走廊另一头还有个克里斯。我们应该商量一下，改上一改。"

他一定是在开玩笑。

"我们肯定能取个更好的名字。"他说，"而且时机正好，学校里根本还没人认识你嘛。你觉得'**克里斯托**'听上去怎么样？强点了，对吗？"

"克里斯托？"

"没错，你说得对。这名字也不怎么合我的意。唔……你的中间名叫什么？"

我摇摇头。

"那可不行。"路西恩伸出食指轻叩嘴唇，"那你有没有绰号？厉害的那种？"

"也没有。"我说。

"好吧。等一下，等我出招。"路西恩沉默了片刻，随后猛地拍了拍掌，"有了！'阿特拉斯'怎么样？"

"阿特拉斯？"

"对，跟希腊神话里那位老兄一样。你有没有迷过希腊神话？我小时候痴迷得很，每天晚上都要用录音带放希腊神话听，听着才睡得着。"

我仔细端详对方的双眼，不肯放过他正在搞怪的蛛丝马迹，结果什么也没有发现：此人竟然并不是在开玩笑。我被他的提议弄得不知所措。

"可是，为什么非得叫'阿特拉斯'？"

"首先，这名字酷毙了。其次，这名字好记。你见过几个名叫'阿特拉斯'的？第三条理由嘛，你看上去一副正儿八经的样子……有点像要把整个世界的重担都让自己一肩挑了。"路西恩说，"你总不会一天到晚这么严肃吧？"

"噢，不，我不会。"

"谢天谢地。那么，你觉得'阿特拉斯'怎么样？"

"'克里斯'到底有什么问题？"

"那就决定了，阿特拉斯。"路西恩爽快地宣布，"相信我，这将是制胜的一招。世上的'克里斯'数都数不清，一个不同寻常的名字会让你脱颖而出，让你显得深刻，知道吧？"

路西恩取出一支记号笔，向宿舍门上的住户铭牌走去。他根本没有给我留时间反对，干脆地画掉了"克里斯托弗"，写下四个黑色大字，然后退一步，欣赏着自己的大作。

"妙啊。对了，下一步该干什么？"他说着打个响指，"要收拾床。把上铺拆下来，搬到另一间屋去吧。上下铺就是狗屁，我是说……天哪，我们又不是六岁小孩，对不对？来吧，阿特拉斯，给我搭把手。"

回过神来，我已经在帮路西恩把我那张床搬到两间屋中小一点的那一间了。他嘴上声称，小间更好打扫，我就被劝动了。这便是路西恩的风格——强势，让人无法拒绝，只能任凭他使唤。不过，他倒是有办法让人觉得，那些差使从一开始就是我自己的想法。

路西恩跟我纯属两类人。他魅力四射、善于交际、才高八斗、家财万贯、俊朗且自信，总之令人艳羡。他会说五种语言，浑身散发出一种精于世故而又优雅的气息，应该跟他在精英寄宿制学校度过的童年脱不了干系吧。入读哈佛的第一年，他就顺利加入了赛艇队，并获得了授予经济学新生尖子生的奖学金。

他讲话带有一种说不清道不明的口音：并不是地道的英伦腔，但显然属于欧洲腔，也属于上流社会腔调。这种口音我只在影片中见识过，从没在现实生活遇到哪个人真这样讲话。路西恩告诉我，他的父亲是一名外交官，一家人曾辗转于世界各地。他在斯德哥尔摩出生，只在当地住了一年，随后全家先后搬到巴黎和比勒陀利亚，又搬去了伦敦，最后搬到了马德里。

夏季，他们家会去意大利托斯卡纳的别墅避暑；冬季，则去格施塔德的牧人小屋里过冬。

"格施塔德是什么地方？"我问道。

"格施塔德在瑞士，难道你没听说过？"

八岁时，路西恩就被送到瑞士一所寄宿制学校就读，当时跟他交情最深的密友是位沙特王子。十二岁时，他被英国"伊顿公学"寄宿制学校录取。就读伊顿公学期间，他担任橄榄球队的队长，曾获"英王奖学金"，并任"学生领袖"。据路西恩称，伊顿的"学生统领"相当于学生会主席，但分量更重一些。到入读大学的时候，路西恩的父亲盼着他念牛津大学，他也被牛津大学基督堂学院录取攻读艺术史，却拒绝牛津来了哈佛，因为哈佛大学"感觉好像没那么闷嘛"。——这一切，路西恩一股脑儿全告诉了我，根本没给我机会插嘴提问。当然，他似乎也丝毫没有想问我问题的意思。

路西恩的全名长之又长，叫做路西恩·亚历山大·卢梭·圣日耳曼；我的全名却很短，克里斯托弗·诺沃特尼。我家并不只有我一个人取了美式名字：当初甫一抵达美国，我的父亲弗兰蒂泽克就把名字改成了"弗兰克"；母亲玛伦卡则向大家声明，她的名字叫"玛丽"。在我父母眼中，改名代表着对于新生活的承诺，也代表着他们融入美国的决心。因此，当我降生人世时，父母给我取名"克里斯托弗"，是跟着"超人"扮演者克里斯托弗·里夫取的，因为他正是我父母所能想到的最具美国特色的人物。

宿舍的第一顿晚餐过后，我们与宿舍楼其他新生一起开了一场简短的迎新会。学监组织大家玩破冰游戏，但她并没吩咐学生进行自我介绍，倒是让学生介绍一下自己的舍友。路西恩第一个发言，站起身告诉满屋子听众：他的舍友名叫阿特拉斯，来自巴尔的摩。从那一刻起，在所有人眼中，我正式成了"阿特拉斯"。

迎新会过后，路西恩跟两名女生搭讪上，我在门口磨蹭着等他。莎拉是个来自圣地亚哥的中长跑运动健将，金色长发，身材高挑，双腿修长而健美。莎拉的舍友艾米莉比她个头矮一些，有一双黑眸，牙齿又大又白，浓密的黑发向后梳成粗马尾，身穿一件印着"菲利普斯埃克塞特学院"字样的超大号 T 恤。当初在高中念毕业班的时候，艾米莉曾被全班同学投票选为"班上最有可能活在火星上的同学"——这是从刚才的迎新会上听来的轶闻，我已经苦苦思考了十分钟，只想弄清楚这投票结果究竟是贬还是褒，可惜到现在也没想通。

路西恩问两位女孩，愿不愿意一起去当天晚上的某个派对。

"高年级学生举办的派对哦，派对主人是我赛艇队的哥们儿。"

"再好不过啦。"莎拉露出灿烂的笑容，"我们一小时后会合吧。"

我尾随路西恩回到宿舍，他变魔法一般凭空取出一瓶伏特加和一摞空杯子，倒上两杯，把其中一杯硬塞到我手里。

"来吧，赶紧开喝。"他催道。

我接过那杯酒。满到了三分之一处。

"干杯。"路西恩边说边举起酒杯。

我犹豫了片刻。"你那里有什么醒酒饮品吗？"

"用不着。这可是极品货色，好喝得很，相信我。"他举起了酒杯，"干杯。"

"干杯。"

我们碰了杯，我把酒杯端到唇边，一口灌下了伏特加，灌得太猛，我立刻呛咳起来，喷得到处都是。路西恩"噗嗤"笑出了声。有一瞬间我以为自己会吐，终究还是熬住了。

"你没事吧，老兄？"

我点点头，尽力收拾残局。

路西恩一直笑个不停。"难道你从没喝过酒？那你真该先跟我打声招呼。"

"当然喝过，喝过好多次呢。"

"没喝过酒，也不要紧。"

"只是酒跑错了地方，就这么回事。"

"说得有理——那再来一杯？"

我慌张地抬起头。"让我先歇个一分钟。"

"放心好了，逗你玩的。"

"好的，谢天谢地。"我无力地笑了笑。

"你先撑住，我去找点东西。"路西恩吩咐道。过了一会儿，他带着几罐从自动售货机买来的汽水再度现身。"多问一句，"他又开了口，"你有没有见过一个叫赞德的学生？"

"赞德？应该没有。"

"我动不动就听人提到这家伙的名字。是个城里长大的小子，听上去有意思得很。据说此人带着满满一行李箱'粉'啊'丸'啊来了学校。"

"满满一行李箱？"

"依我看，恐怕有点言过其实。不过，不管怎样，我们都该想个法子见见这人，说不定很有意思。"

我迟迟不敢答应。"这种事恐怕不太对我的胃口。"

"不出所料。"路西恩笑了，"不要担心，也不对我的胃口。自从戒药以后，我就再没有碰过那些狗屎玩意了。"

"你还是个瘾君子？"

"噢，老早以前，念伊顿公学的时候。"他解释道，"当时才十五六岁，趁着周末跟我的某个哥们儿溜出学校，搭火车去伦敦。有人在布里克斯顿举办规模特大的地下派对，只在派对开场前几小时才把地址用短信发给你。死党跟我两个人嗨到不得了，结果通宵不归，第二天早上六点才从帕丁顿回来。我们的舍监是个老糊涂，被我们严严实实地蒙在鼓里。总之吧，事情一发不可收拾。有一天晚上，我服了好些芬太尼，还以为服错了呢。结果可好，害自己进了医院，喉咙里插了不少管子。"

"哇噢……"

"没错，当时我还昏迷了一阵，情况很不妙。接着只好休学一年，所以我比你大一岁。"他顿了顿，"这破事算是给我敲了一记警钟吧。"

"天哪，老兄。"房间里一时无人说话，我又嘟囔了几句，告诉他最后幸好没出大事，真是皆大欢喜。

路西恩懒懒地躺在椅子上，把烟举到唇边。"其实，当时我只是想回敬一下我老爸，他酒后的那副德行讨厌得很。"

"噢。"

"他倒是已经戒酒好几年了，可我小时候他喝得极凶，撒酒疯撒得厉害。我五岁的时候，他活生生打断了我的胳膊。真要命，我干吗跟你说这些？"路西恩说着哈哈大笑。"不好意思，老弟。我明白，我们才刚刚认识，说这么一大堆让人难以承受，对吧？我还是闭嘴的好。"他长吸一口烟，把一个烟圈吹到窗外。"你看上去像个好心肠的人，像个我可以信赖的人。"路西恩说。"既然话都说到了这里……"他一口喝干了杯中酒，晃了晃空酒杯："要不再来一杯？"

十点钟刚过，路西恩与我在"格里诺"宿舍楼外跟刚才那两名女生碰了头，又跟她们一起走到拉蒙特图书馆不远处的班车站。我们经过一群吵闹的大一新生，他们刚刚外出后返校，纷纷端着冻酸奶。我感觉血管中仿佛奔腾着烈酒，整个脑子反常地呆滞，但我并不介意。

上了班车，我们四人在车尾找到四个空座位。没过多久，路西恩便成了众人瞩目的焦点：他给女生们讲起英国女王视察伊顿公学时的情景，他即将面见女王时却绊了一跤，差点当着女王的面摔个狗吃屎。女生们被逗得咯咯直乐。

路西恩卖力地博取着芳心，我却发觉自己正不停朝座位上缩，缩得越来越小，最后干脆变成了班车后视镜上的一粒微尘。要是我跟路西恩的相像之处能多几条，我的人生会不会大不一样？

班车在"普福尔茨海默"宿舍楼外停了下来，乘客通通下了车。我们一行四人由路西恩领头，莎拉与艾米莉伴在他的左右，我则跟在队伍最后方，活像一个拴在路西恩腰带上的气球，但被他忘了个精光。

我们穿过一扇标有"F入口"字样的门，走进楼梯间。我的耳边立刻传来派对发出的隐隐喧闹声，就在头顶某个地方。到了三楼附近，我们碰见了三个正要离场的大一女生，女孩们一边拌嘴一边下楼梯，全都穿着用白色床单充数的托加长袍。

"脸都丢尽了。"其中一名女生说。

"我已经道过歉啦！那人明明跟我说，这派对要求穿托加长袍出席！你还想让我怎样？"她的女伴回答。

"你早就该找其他人核实一下嘛。"

"等等，哈丽特人呢？"

"别磨蹭，班车已经到了。"

"我觉得，哈丽特就不想走。"

"你确定吗？"

"哈丽特肯定留在派对上了，我们走吧。"

"长袍美极啦。"三名女生从我们身旁走过时，路西恩开口夸赞，"姑娘们，你们真是艳光四射。"

我们爬上一级级楼梯，音乐声越来越响。到了顶楼，我们一脚踏进一条灯火通明但又遍地狼藉的走廊：一只垃圾桶被人打翻，把压扁的啤酒罐和空空的派对塑胶杯撒了一地，还有人用橙色荧光笔在墙上写了几个鬼画符般的字——**去他妈的"普福尔茨海默"楼**。

路西恩敲了敲门，根本没人应门。他又敲一次，敲得更响些。房门开了，屋里扑出一股热气和声浪。站在我们面前的是一位巨人般的赤膊壮汉，肩膀宽阔，颈部肌肉线条分明，恐怕只有足球健将才会有这种肌肉。这位彪形大汉叠起了两条胳膊，脸上挂着傻笑。

"见鬼，你们是什么人？"彪形大汉问。

"我叫路西恩，阿德勒让我们过来逛逛。"

"客人名单上有你吗？"

"应该有吧？"路西恩回答。

"这几个妞是跟你一起来的？"

"没错。"

"带酒了吗？"彪形大汉问。

"通知我们带酒了吗？"

那位巨人耸耸肩膀。"反正屋里的酒快不够喝了。"

"能放我们进屋吗？"

"也许吧。"彪形大汉说。他消失了踪迹，过了片刻又再次露面，手里拿着几张沾满酒渍的纸，纸上写满了人名。"刚才你说，你叫路西恩，对不对？"

路西恩点点头。

巨人伸出一根格外粗壮的手指从名单上划过，在第二页底部找到了路西恩的名字。

"好，你过关了。"他闪到一旁，给我们让出一条路。路西恩先进了屋，接着是莎拉和艾米莉。当我要进屋时，大汉却抬起一只手，摁在我的胸口。

"你想进屋？"

"是啊。"

"名单上有你吗？"

"我跟他们一起的。"

"我问的不是这个问题。派对上有你认识的人吗？"

"嗯……阿德勒，我认识阿德勒。"

"信你才怪。"他的脸上挂着讥笑，"阿德勒姓什么？"

"拜托，老兄，你刚刚才放我的朋友进了屋。"

"你做得了几个俯卧撑？"

"什么？"

"二十个俯卧撑做得了吗？"

"可能吧。"

"这么办吧，要是你一口气做上三十个俯卧撑，我就放你进门。"

"在这儿？"

"三十个俯卧撑，来吧。"他答道。

我朝大汉的身后望去，只盼着路西恩突然现身，把我救出苦海。可惜，他没来。我趴到地上，两条腿朝后伸。地面黏糊糊的，有股啤酒的馊味。我开始做俯卧撑。

"一个。"我数道。

巨人突然哈哈笑了起来。"老天爷啊，我是在逗你玩。要是你都肯做到这个地步，我就放你进屋吧。"

我站起身，嗫嚅道："多谢。"

这间屋既暗且闷，上百具大汗淋漓的人体让整间屋一片氤氲。房间里放着坎耶的歌，放得震天响，地板随之不停颤动。屋角闪烁着孤零零的一盏闪光灯，映衬着人群中的一张张面孔。就在啤酒乒乓桌旁，一盏细长的紫外线黑光灯被胶带粘在墙壁上，发出紫色的荧光。

有人在我的肩头轻拍了一下。是路西恩，莎拉和艾米莉正伴在他的身侧。

"好歹露面啦。"路西恩说，"刚才没找到你，上哪里去了？"

震耳的音乐声盖过了其他一切声响。

"到处找酒桶呢。"

"没戏。"

"你说什么？"

"酒桶没酒了。"

"哎，"我说，"这间屋好热。"

"热得要命，对吧？"路西恩高声回答，"谁去把那扇窗户敞开一下才对。"

莎拉将一只手搭上路西恩的肩头，双唇凑向他的耳朵，对他低语了几句，路西恩点了点头。"我们去跳舞啦！"他喊道。

他牵起莎拉的手，没入了人群之中，抛下我跟艾米莉独处。我正好迎上艾米莉的眼神，顺势笑了笑。她扭脸望向别处，看得出来，被逼跟我独处，艾米莉的心情不太舒畅。我尽力想要憋出几句话。

"这个聚会玩得好野，对吧？"

"你说什么？"

我探身向前，嘴朝她的耳朵凑了凑。"我说……这个聚会……玩得好野啊，人多得数不清。"

"还行吧。"她答道。说出这句话她连看也没有看我一眼。

"你想跳舞吗？"我问。

"什么？"

"我问，你想不想跳舞？不想跳也不要紧，没必要非得跳。"

"我去找点喝的。"艾米莉说，"但还是谢谢你。我好像刚刚看到我朋友了。"

"要我跟你一起过去吗？"

"不必，你待在这里就好，玩得开心点。"她闪身没入了人群。

我猛然发觉，房间里所有人都端着饮品。手里没有酒水，我顿时感觉自己上不了台面，在屋里转悠了一圈：调酒用的饮料已经全部喝了个精光，烈酒也喝得七七八八。我拎起一瓶黏糊糊的伏特加，把剩下的残余一滴滴倒进一个酒杯。

我伫立在酒水吧台旁，叉着双臂倚到墙上，使出浑身解数扮出自如的神情。根本没有人搭理我。男男女女瞥过我所在的位置，目光却径直绕过我，仿佛我是个透明人。

黑压压的人群中冷不丁钻出一个身穿白裙的人影，正朝酒水吧台走来。她越走越近，身上穿一件托加长袍——这位一定是刚才楼梯间里三名女生提到的那个"哈丽特"吧。

哈丽特在酒水吧台旁逡巡了一会儿，端详着一堆空瓶。黑暗之中，她的面容难以看清，但我能看出她的身姿纤细而优美。有那么片刻，我寻思着过去向她自荐一番。她正独自一人站着，上去搭讪并不是件难事——要是换成路西恩，他就会上前开口。不过，我立刻记起刚才艾米莉是如何放眼遍寻整间屋，只盼着找个人躲开我。搭讪又有什么意义？我遥望着哈丽特，她的身影再次没入了人群。

有人把音频信号线从音箱里拔了出来，一阵静电噪声顿时划破整间屋。

"派对收场啦！通通滚出去！这是你们今天第三次吵到我们了！在场的诸位，该回家喽！"有人宣布。

灯亮了。整间屋充斥着一张张吃惊的面孔，纷纷眨着眼睛。

"阿特拉斯！你要一起闪人吗？"问话的是路西恩，他的手臂正搂着莎拉的纤腰。

"艾米莉人呢？"莎拉问，"她不是跟你在一起吗？"

"应该是回家了吧。"我回答。

后来，我们三人纵身跃下了威克斯桥，给这一夜收了尾——那纵身一跃，全是路西恩做的主。

当夜阴云蔽月，小桥两侧耸立的铸铁路灯，每隔一段路就发出橙色的柔光。我们三人脱得只剩内衣裤，爬到石砌的护栏上。我审视着身下三十英尺处那幽黑的河水，水面不时荡漾着路灯投下的微光。路西恩牵起莎拉的手，一起跃下小桥，莎拉发出一声尖呼。似乎过了很久，我的耳边才传来"扑通""扑通"落水的动静。路西恩从水中冒出头，高喊着让我也跳。

我一直恐高。要是换了光天化日之下伫立桥头，要是没有醉意，我恐怕死活也不会冒出跳桥的想法。不过，那夜我不仅喝得醉醺醺，也不乐意当着路西恩的面丢脸，于是我深吸一口气，纵身从桥上跃下，没入一片幽黑之中。

Chapter
2

我的父母生于一个如今已不复存在的国家。念大学时，他们相识于布拉格，坠入爱河短短数月便订了婚。当捷克斯洛伐克变成捷克与斯洛伐克时，他们已经远离故土，前往美国追求全新的人生，搬进了巴尔的摩我姑姑家的地下室。正是在这间地下室里，我降生到了人世。初抵美国的时候，我父母只会说寥寥几个英语单词。父亲持有捷克理工大学的机械工程高等学位，但没过多久他就发觉：从东欧获取的学历，其实在这个全新的国度派不上多大用场。他在一家影院里找到一份工，每逢电影收场，他就打扫爆米花和客人丢掉的杯子、糖果。母亲最开始在一家酒店当女佣，等到英语说得好些了，她就在马里兰州埃利科特城一家捷克人开的咖啡馆里当女招待。我出生数月后，父母离开姑姑家，搬到同一条街上的一居室小公寓里。

我两岁时，父亲因胃癌过世，他给我留下的印象极为模糊。我似乎确实能够回想起关于父亲的一幕场景，至少是一抹残影：那是一张匆匆闪过的面孔，胡子拉碴，在黑漆漆的屋里俯视着我。我说不清那到底是记忆中真实的一幕，还是我老早以前做的一个白日梦，越是琢磨，就越发笃信是后者——那是我的潜意识拼凑出的海市蜃楼，是老照片与想象力孕育而成的赝品。

当时，我并未发觉自家很穷，因为富人的世界并不在我的眼界之内，周遭所有人的境遇都跟我们家差不多。我穿的是二手的旧衣，鞋子从来没有超过两双。直到有人开始买我的画，又带我到宫殿般的豪宅中出席各种活动，我才恍然大悟：原来，世人并不都像我们一家那样过活。

我母亲根本付不起日托中心和课后辅导的费用，因此不上学的时候，我通常就会待在她打工的咖啡馆里。也正是在那家咖啡馆，我与绘画结了缘——当我还是个蹒跚学步的幼童时，我就爱用蜡笔在菜单的背面乱涂。本来，这是我母亲的绝招，用来哄好既没有朋友又没有玩具的我。但没过多久，我便一头扎进了绘画之中，像一脚踏进了世外桃源。

回忆童年，我便只能记起这些，记起我埋头绘画的年年月月。小时候，我家有一盘名叫《毕加索之谜》的录像带，是一部一九五〇年代的法国纪录片，片中录有毕加索在某间画室现场作画的镜头。影片采用了定格摄影、特殊的用光方式和半透明纸张，因此观者可以见到那支笔，见到笔下的一划又一划神奇地出现在屏幕上。我听不懂那部纪录片的旁白，但我拜倒在屏幕画面之下。毕加索画的是一只只飞禽走兽、一张张滑稽的面孔、一个个奇异的怪物，让年少的我一见倾心。但这部纪录片让我如此钟情，最重要的一点在于：那些粗粗的黑色线条仿佛在自行现身，画面逐渐在观众的眼前展开。最开始像是一团纠缠的黑线和一抹色彩，眨眼间却变成了鸽子或公鸡。那部纪录片我恐怕看了上千次，每每盘腿坐在电视机前方，手里拿着蜡笔和一沓纸，一遍又一遍地照搬着我从电视屏幕上看见的图像。

世人总说，天才源于勤奋，对吧？换句话说，正是数千个小时的勤练与重复，才诞生了天才——我对此颇有异议。我向来笃信：勤练可以让人变得极为优秀，但单单只是勤练，永远不会诞生天才。要担得起"天才"的名号，还必须具备别的特质，某些天生之能，融入 DNA 的非凡才华。只要栽培得当，会使人具有惊世的能耐。当拥有卓越天赋的人发掘出自身的使命，真正的天才便会随之诞生。

我还不满八岁时，人们已经给我冠上了"神童"的称号。十岁那年，我在某次全市大赛中夺冠，评委是来自马里兰艺术学院的学界人士。获奖一事引起了好一番轰动，该比赛本来是为高中生举办的，但冲着奖金，母亲偏偏帮我投稿参了赛——两千美金的奖金，足以支付州内大学的学费。评审委员会发现我年龄不符后，投票取消了我的参赛资格，但其中一位评委——出生于牙买加的画家马库斯·鲍威尔随后跟我母亲取得了联络，表示评审委员会的决定让他很失望。他还对我母亲说，希望跟我见上一面。

马库斯·鲍威尔的工作室位于巴尔的摩皇家山火车站旧址，那是一栋花岗岩与石灰岩建筑，带有陶瓦铺就的屋顶和高达五十米的钟塔。我还记得，初见时我心里暗想，它看上去真像一座城堡啊。二十世纪六十年代，马里兰艺术学院从"巴尔的摩与俄亥俄铁路"公司手中买下了这座停用的火车站，改造成了艺术工作室。马库斯在大楼前台接到了我和母亲，一行三人朝拐角处的一家餐厅走。

等到点完餐，马库斯给了我一只大手提袋，袋上印有马里兰艺术学院的简称——MICA。手提袋非常沉，我忍不住朝里偷瞄。袋子里装着好些画笔、彩色铅笔、粉蜡笔、水彩颜料、素描速写本和一顶绣"MICA"字样的棒球帽。我抬头向马库斯望去，只觉得一头雾水。

"是给我的吗？"

"你赢了比赛，就该得奖，这才公平。"他说。

"噢，您真是个大好人。"我母亲说，"你该怎么回答人家呢，克里斯托弗？"

"谢谢！"

"大家一起来瞧瞧吧。"马库斯提议道。他伸手越过桌子，从手提袋里取出素描速写本和那罐彩色铅笔，又撕掉塑封，砰的一声打开彩色铅笔的包装罐。"我跟你妈妈先聊聊天，你不如拿这些去画几笔？"他说。

我一边把玩着刚刚到手的宝贝，一边东一句西一句地听他们聊天。马库斯有一肚子问题：问我母亲跟我住在哪儿，问我念的是哪所学校，问我是怎么学会画画的。我还听到马库斯问起父亲，而且他提及，他也自小丧父。

突然间，我发觉马库斯已经不再发问，他们两人都一声不吭。我抬起头，发现他们都在观察我画画。

"看来有人玩得很开心。"马库斯嘴里说着，伸手指了指我画中一个身负双翼的人物，"那是伊卡洛斯吗？"

"谁？"我问。

"希腊神话中的伊卡洛斯。你知道伊卡洛斯是谁，对不对？"马库斯又问。

我摇摇头。

"伊卡洛斯飞得离太阳太近，太阳烤化了他背上的翅膀。"他解释道。

我听完不禁皱起了眉。"可是，翅膀怎么会被烤化呢？反正我画的只是个天使。"

马库斯哈哈大笑。"哈，一个天使，那是当然。"他说，"克里斯托弗，你愿意让我教你艺术课吗？不是那种枯燥的课，很有趣。刚才我跟你妈妈聊过了，我们一致认为，你可以趁周末到这里来学画画，你愿意吗？"

于是，我的学画生涯就此开启。随后五年，每逢星期日，我母亲便会在早晨七点半叫醒我，再把我送上12路公交车。那辆大巴经常迟到，冬季的清晨冷飕飕又阴沉沉，我坐公交车赶到霍华德街巴士站，马库斯会在车站等着接我。我们一起步行走过五个街区，走到马里兰艺术学院校内，余下一整天我都待在马库斯的画室里。他教我诸多绘画技法，比如光源与透视，比如如何排线、如何混色；他先教我水彩画，再教我油画——教我这么多，他却没有收一分钱。我母亲本打算尽我们所能付他一些费用，可他偏偏一分钱也不肯收。

我渐渐在马里兰艺术学院攒了点名气。马库斯麾下的一帮硕士生很宠我，我频繁出入马库斯的画室，技艺也飞速提升，让他们既惊艳又开心。其中几个拿我打趣，照着剧集《天才小医生》给我安上了"小天才"的绰号，不然就依着巴勃罗·毕加索的大名叫我"小巴勃罗"。于是风声不胫而走——马库斯·鲍威尔收了一个年纪轻轻的神童门徒。眨眼间我便成了各家媒体关注的宠儿。

我十二岁时，本地CBS电视网旗下媒体在晚间新闻时段播放了一则关于我的报道。这期节目被一名华盛顿艺术代理人看在眼里，打了个电话联络我母亲，问我是否已经雇了代理人。他先把我夸得天花乱坠，夸我多有才华，并夸口可以把我捧成"下一个毕加索"。他还声称，他手里握着一大把阔气的主顾，乐意豪掷千金买我的画。尽管马库斯给我们母子敲了警钟，声称这位艺术代理人名声不佳，母亲却还是答应雇他作代理人。

次年，我便接受了一大堆采访，动不动就上电视节目。那一年我画画并不多，但《华盛顿邮报》刊载了我的专题报道，我又在美国公共电视网某期关于神童的特别节目里露了面。艺术代理人信誓旦旦地说，接下来就会让我上奥普拉[①]的节目。奥普拉的节目最终没有去成，但艺术代理人领我出席了他在乔治敦自家画廊里举办的盛大聚会，让我去社会名流和达官富豪面前亮相。芭芭拉·史翠珊和皮尔斯·布鲁斯南都买过我的画。

假如当初我的年纪再大上几岁，假如当初我母亲再精明几分，我们母子或许早就猜出艺术代理人在背地里狠宰了我们一刀。事实证明，我的画从他手里卖出去的价格远远超过他跟我们交代的价格。除此之外，他还瞎吹了一大堆开销、费用和税费，通通算到我们头上，常常要我们等上好几个月才能收到钱。当支票终于寄到手里时，钱款少得不可思议。代理人向我们保证，这情况再正常不过。等到母亲终于发觉他把我们玩弄于股掌之中，已经来不及了。各大媒体对我的追捧已经烟消云散：日子一天天过去，每过一天，我便离童年又远了一步，世上又有谁会愿意掏钱买过气神童的一幅画？

等到读高中时，我的面前有两个选择：要么是巴尔的摩艺术学校，要么是埃利科特城的森特尼尔高中。森特尼尔高中就在我住的城市，在马里兰州诸多高中里排名第二，不仅设有 AP 课

---

① 奥普拉·温弗瑞（1954— ），美国主持人。她主持的《奥普拉秀》是美国历史上收视率最高的脱口秀节目。

程，还设了"资优班"。马库斯极力主张我去念森特尼尔高中，放弃巴尔的摩艺术学校，因为他自己念的就是艺术学校，他觉得我理应接受较广泛、较常规的教育。学校放学后，我依然可以跟他一对一学画嘛。马库斯声称，开阔视野乃是头等大事，若要当个伟大的艺术家，你必须熟知历史、哲学与文学。只懂画技，我只能原地踏步，伟大的艺术万万缺不得深邃的思考和对过往的洞见——正是这些，将意义赋予了艺术作品。

可惜，我跟森特尼尔高中格格不入，在校一直像是个局外人。倒并非因为我不愿意融入，只是实情使然。确实有过几个朋友，但既没有交情过硬的至交，也没有女友，身边连一个亲近的人也找不出来，而我无比渴盼深情厚谊。话说回来，世上又有谁不渴盼呢？

造成这种局面，多半是因为本校其他学生拿不准该怎么跟我相处。不少同学自小一起长大，要么念的是同一所学校，要么在同一个队里玩体育。谁知道，学校里居然冒出来一个来自市中心的家伙，有着诡异的口音和不凡的天赋。高中生中为人熟知的那些身份标签跟我都不搭：我不是戏剧迷，不是书呆子，也不是运动健将，更不是万人迷。我只是与众不同，与众不同便代表着孤独。

绘画，正是我的逃避之法。一拿起画笔，周遭万物便成了一片沉寂，我的眼前只有画布。正如你沉浸在拼图游戏中，某一个刹那，你的心中只在乎一件事：找到能够补全左上角的那片拼图。眨眼间，你的目标变得十分明晰，生活也顿时变得简单。画画的时候，我不孤独。我就是这样熬完了高中生涯。

过去，我还常常做些白日梦，想象着有朝一日，我的生活中充满艺术展与画廊开幕式，身边簇拥着诸多杰出人士，人人过着有趣而精致的人生。我想象着自己住在某处别致的宝地，比如纽约、芝加哥，甚至欧洲。我想象着自己重返森特尼尔高中的校友聚会，让当初的同学刮目相看——长大成人以后，他们想必会在没劲的地方过着没劲的人生，干着没劲的职业吧。我想象着逃离，想象着幸福的生活。

不过，我并没有具体方案，不如说，心里只有个泛泛的念头。我明白，我正沿着某条轨迹前行，此路的尽头是一片应许之地。至于细节，就交给马库斯吧，他清楚要抵达目的地，我该采取哪些步骤。马库斯才是掌舵的人——我对此没什么意见，因为终点处自有大好前途在等待着我。

可惜，即将读十一年级的那年夏天，一切突然变了样。当时马库斯领我出去吃了顿午餐，告诉我他在哈佛大学找了个职位，准备搬去波士顿。

回到家，我忍不住哭了一场。当时我还在用青春少年那自我的视角看世界，无法理解马库斯怎么能说走就走，转眼把我抛到脑后。那我们的宏图大志怎么办？就是为了马库斯，我才放弃了入读巴尔的摩艺术学校的机会。要是没人教我画画，我又怎么提高？假如我天赋不足，无法在艺术这一行取得成功呢？假如艺术之路走不通，我又该怎么办？我可从来没有考虑过别的出路。

马库斯向我保证，他去哈佛教书，是对我们两人都有益的一步。他拿到了哈佛大学一份为期一年的讲师合同，并有望晋升为助理教授，有望获得终身教职。身为教授，他可以为我入读哈佛出一份力，游说招生办公室，并联络艺术界各路朋友给我撰写推荐信。与此同时，马库斯对我还可以继续远程教学。

马库斯说，哈佛大学并不期盼学生全是成绩拔尖的优等生，也欢迎在体育、音乐和艺术等领域成就卓著的学生——而这条路，便是我迈向哈佛的直通车。假如想被录取，我和马库斯只需向哈佛招生办公室证明，我是本国同年龄段最优秀的艺术家之一。

马库斯动身前往波士顿之前，他和我定下了一份为期两年的课程表，着重于古典技法的训练，其核心在于通过模仿进行学习。我将照着大师巨匠们的素描和油画进行仿画，将其技法烂熟于心，在潜移默化中吸取精髓。马库斯将会继续指导我，每隔几个星期查看一下我的进展。此外，就靠我自己用功了。

马库斯领着我从巴洛克时期的绘画大师学起，渐渐学到印象派。马库斯借给我艺术书籍和绘画作品集，书中尽是卡拉瓦乔、鲁本斯和委拉斯开兹等大师的素描与油画。我将这些作品集上的素描临摹了数百遍，直到能够感觉大师的手引领着我的手握住铅笔从纸上画过。在巴尔的摩艺术博物馆，我与扬·凡·戈因 [1] 及安东尼·凡·戴克 [2] 的画作一起消磨了一个又一个下午，我带着一本摊开的素描本坐在一幅幅杰作前，比如《雷那多和亚美达》。一心沉浸于大师画作中时，我感觉每一位大师仿佛在我心中变得无比鲜活：我熟知他们的个性、他们的怪癖，甚至想象得出他们的嗓音。

---

[1] 扬·凡·戈因（1596—1656），荷兰画家，擅长风景画。

[2] 安乐尼·凡·戴克（1599—1641），比利时画家，巴洛克时期的佛兰德宫廷画家。

我埋头练习厚涂法，又尝试一幅画只用寥寥几种颜色，依靠对比效应营造色差感；我埋头钻研埃德加·德加与莫奈的画作，随后更进一步，学习点彩画派，照乔治·皮埃尔·秀拉的《马戏团》仿画了一幅与原作大小一致的版本。不过，我最心仪的还是野兽派画家：安德烈·德兰、劳尔·杜飞[①]、亨利·马蒂斯。我痴迷于该画派大胆的用色——一幅幅画作绽放着醒目的青、黄、紫，充满活力与动感。每逢面对野兽派的画作，一种自由感便扑面而来，真是无比有趣。

马库斯教了我一些窍门和技巧，等到踏进哈佛校门的时候，我的技艺已经颇为精湛，马库斯声称，若不是精于此道，只怕出自我手的仿画就会被当作真迹呢。

醉心临摹的日日夜夜中，我从未想过将这些技艺用到歪门邪道上。我哪里想得出这种主意呢？跟大多数情况一样，又是路西恩做的主。

Chapter
3

那是开学后的第二周，周二傍晚，数不清的哈佛新生涌入安能堡厅。我站在就餐长队的队尾，放眼在满屋熙熙攘攘的陌生人中苦苦搜寻相熟的面孔，谁知一个也没有找到。我时不时会认出一两张脸孔，可惜没办法把人名对上号，于是只好孤零零

---

① 劳尔·杜飞（1877—1953），法国野兽派画家。

坐到餐厅深处的一张空桌旁。

安能堡厅令我心惊。在哈佛，它是最让我感到格格不入的一处。彩绘玻璃窗和哥特式尖顶，使餐厅就像一座大教堂。厚实的木梁撑起高达八十英尺的天花板，使餐厅显得敞阔无比；十多盏枝形吊灯照耀着大厅，木镶板墙面上悬挂着数世纪以来哈佛学院杰出人物的肖像，画中人无一例外全是男性——白发苍苍的白人男子，目光冷峻而难以取悦。肖像的年代越悠久，画中人的目光便越冷峻，越难以取悦。独自一人坐在大厅深处时，有种感觉一直萦绕着我：那些画中人的目光就落在我身上。

我刚坐下几分钟，路西恩便带着两个同伴走进餐厅。先映入眼帘的是斯特林·加德纳。我跟此人见过几次，可他向来记不住我的名字。每次见到加德纳，他都身穿同一款卡其色制服、一件格子衬衣、一双白色新百伦运动鞋。他来自韦尔斯利，念过寄宿私校格罗顿学校。据路西恩称，捐赠嘉纳艺术博物馆的，正是斯特林·加德纳所在的家族。

路西恩的另一名同伴，其身份则更加扑朔迷离。他名叫佐拉，据传要么是非洲某国那常年稳坐总统宝座的人物的儿子，要么是他侄子。佐拉身穿价格不菲的定制服装，有一口优雅的英国腔，因为他在七岁时就被送至英国念寄宿制学校。他的脸书主页上不仅贴着他跟英国前首相托尼·布莱尔和法国前总统雅克·希拉克的合影，还有他在世界各地出席各种会议的照片，个个都顶着诸如"2009年联合国青年大会"或"洛克菲勒基金会下一代全球领导力论坛"之类的名号。我听迎新会上一位同学说，佐拉当初乘坐一辆配有私人司机的"劳斯莱斯幻影"抵达校园，另一个熟人则信誓旦旦地宣布，那是一辆"布加迪威龙"。学校里还流传着一则小道消息，声称佐拉的父亲曾花钱请蕾哈娜到巴黎，在佐拉十八岁生日派对上演唱——真难讲是该信还是不该信。

至于路西恩，他的身边也围绕着不少类似传闻。哈佛校园内几乎公认的一件事是：他至少是个欧洲贵族。没人说得清具体头衔是什么，但大家普遍认为，路西恩的父亲若不是个男爵，则必是个伯爵。其中一则传言说路西恩家与哈布斯堡家族沾亲，另一个版本是卢森堡王室。这些小道消息纷纷传到路西恩耳朵里，他倒颇为自得，陶醉于这些传闻给他带来的神秘感之中。有一次，我曾开口问过他，他一笑置之，没有否认。

在餐厅里，我朝路西恩挥挥手，又朝我坐的这张桌子一指，示意他过来。他朝我点点头，接着却扭头紧随着斯特林和佐拉向另一张桌子走去。我又再次落了座，只觉得心里不太好过。

我一边吃晚餐，一边不时向路西恩那桌投去一瞥，望着他们三个又笑又闹。斯特林看上去有点懒散，胳膊搭在旁边的椅子上晃荡，另外两人则忙着你一言我一语争论个不停。佐拉动不动就握拳敲一下桌子，为自己助长声势；路西恩说话的时候，两只手没有停过，时高时低，时前时后，一时摊手一时握拳，半像个指挥家，半像个魔术师。不知他说了句什么话，忽然佐拉猛地向后一仰，哈哈大笑起来，两人之争也戛然而止。

该不该去那桌跟他们三人共进晚餐呢？是不是已经错过时机？路西恩进来时，怎么不叫我一起过去？也许路西恩并没看见我。刚才他朝我点点头，可是我又有点拿不准：路西恩交游甚广，说不定刚才他是在朝其他人点头呢。

正在这时，坐在路西恩右侧的家伙起身离开了餐厅。我瞅准机会，向他们那桌走了过去。

"路西恩！怎么样，老兄？"我跟他打招呼。

"噢，是阿特拉斯。嘿，老弟，刚才我看你一直坐在好远的地方，怎么回事？"

"刚才我跟其他人一起吃晚餐呢，你们还没来，他们先走了。"

"你见过这两个家伙吧，对不对？"路西恩指指佐拉和斯特林。

我点点头。"两位近来可好？"

"忙什么呢，老哥？你叫什么名字来着？"斯特林开口问。

"阿特拉斯。"

"阿特拉斯，对。"

"你手上蓝色的玩意是怎么回事？"路西恩问，"衬衣上也有。"

"噢。"我垂眼朝自己的手瞥了瞥，"颜料而已，刚才我是直接从画室过来的。"

"颜料？"斯特林问。

"绘画课。"

"绘画课！你知道我们有绘画课可以上？"斯特林问佐拉，"见鬼，我怎么才能混到这种宝贝课上去？不费劲的课我太急需了。"

"我记得申请时间已经过了。"

"真该死。"斯特林骂道，"你们两个有什么不费劲的课吗？路西恩，你不是要上整整七门课吗？离谱！"

"六门。"路西恩纠正道，"我要上六门课。"

"大一新生不是不能超过五门吗？"佐拉补上一句。

"六门。"路西恩干脆把他要上的课一门接一门列了出来，

"《经济学原理》——课号 Ec-10、《公正》、《大英帝国》、HAA 170:《拜占庭艺术》、说明文写作课，再加上 Ec-10。我还得先找院长点头，才能上够六门，真是一场官僚主义的噩梦。"

"见鬼，你干吗非要上六门？"斯特林问。

"我觉得，你把 'Ec-10' 说了两遍。"我告诉路西恩。

"是吗？不对吧。"路西恩回答。

"你确实说了两遍。"佐拉说。

"噢。"路西恩说，"我把哪门给忘了？唔……哎，还用说嘛。我在做一项独立研究，也就是说，给斯蒂芬·平克[①]当研究助理，我在帮他写下一本书。"

"吹牛。"佐拉说，"你居然在帮斯蒂芬·平克写他的下一本书？我觉得你在瞎吹。"

"从理论上讲——没错。"

"路西恩，那就请您指点一下大家。"佐拉回嘴道，"为什么哈佛最厉害的教授之一要劳'您'大驾去帮他写书？"

"哎，他显然用不着我帮。"路西恩说，"不是要让院长点头吗？我在为斯蒂芬·平克做研究，读读学术论文，查查资料，找找档案之类，好歹会给我的简历增光添彩。斯蒂芬·平克同意了，算是帮我爸一个忙，他们从牛津时期起就是老友了，谁能想到这么两个人处得如此融洽？他们真是没有半点相像的地方。等你们跟我老爸一见面，就马上会懂我的意思。我爹是个十足

---

① 斯蒂芬·平克（1954— ），加拿大认知心理学家和科普作家，先后毕业于麦吉尔大学、哈佛大学，博士。代表作《语言本能》。

的传奇人物，热爱寻欢，定会带我们出去喝酒，一起喝个烂醉。平克嘛，显然是个无比理性的书呆子。不过依我看，他们两人像是有点惺惺相惜。平克总爱说，我爸是他见过的脑子最灵光的人之一。"路西恩说完举起餐叉，把土豆泥在餐盘里抹得到处都是，"真是受不了，这玩意让我想起医院的病号饭。"

听到路西恩对父亲满嘴溢美之词，我不禁吃了一惊：他以前不是跟我提过，他们父子关系堪忧吗？

"哥们儿，给这边供餐的公司，就是给格罗顿学校供餐的那家。"斯特林告诉路西恩，"连杂牌便宜麦片都一样。"

"伊顿公学的伙食也烂透啦。"路西恩宣布。

"寄宿制学校的伙食，哥们儿，哪家都烂。你们当初是不是经常点外卖？"

"有时候。"

"学校让点外卖吗？"佐拉问，"哈罗公学就规定，不让我们点外卖。"

"没错。"路西恩说，"我们也有这一类的条条框框，反正明面上是有，私底下没人管。"

"格罗顿学校只找得到两家送外卖的餐馆。'迈克仔'——送餐的外卖员就是这小子，脑子秀逗得很，身高大概一米六，有一头鲜亮的红发，开车猛得要命。随便找个念过格罗顿的学生，只要问起'迈克仔'，那是无人不知。"斯特林向我扭过头，"你念的又是哪所？塔夫脱中学，还是乔特高中？ ①"

---

① 两所学校都是美国康涅狄格州著名中学。

"噢，不。我念的是我们本地的一所学校。"

"叫什么名字？"

"你肯定没听到过。"

"走读的？"斯特林问。

"唔……对，应该算是吧。你这话问的是哪方面？"

"当初你有没有在校寄宿？"

"没有。"

"嗯，念走读学校是什么感觉？我一直很想知道念走读的日校会是什么滋味，我敢说，肯定劲爆到家。你们必然一天到晚在家开派对吧，是不是？我敢断言，野得没边。"

"对，是有人开派对。"虽然从来没人约我去过派对，我心想。

"你是哪里人？"斯特林又问。

"华盛顿。"我答道。

"哎呀，那一带我很熟。具体是哪一块，切维蔡斯街区？"

"差不多就在那附近，再往外一些。"

路西恩用怪异的眼神瞥我一眼。"我还以为你是从巴尔的摩来的呢。"他说了一句。

"我家住在郊区，算是介于两者之间吧，离两边都很近。从华盛顿开车到巴尔的摩，本来就连一个小时也用不着。"

"我还从来不知道华盛顿和巴尔的摩离得这么近。"路西恩说。

"晚餐后你们去不去参加社团展会？"我问他们三人。

"什么社团展会？"

"你说的是拉德克利夫四方院里举办的那玩意？"佐拉插嘴道。

"老弟，见鬼了，"斯特林说，"我奶奶才参加那种社团呢。"

"严格说来，斯特林，你其实连你奶奶都不如，你知道吧？"

"赶紧滚，佐拉。"

"据我所知，你可不是什么哈佛校队队员。"

"首先，佐拉，我运动才能高得很，要是我愿意，去壁球队露个脸完全没问题。其次，我可是哈佛终极俱乐部成员……"

佐拉"扑哧"笑开了。"哎哟，这么说，您竟已荣升哈佛终极俱乐部成员啦，真是张口就来。"

"容我把话说完，我即将成为哈佛终极俱乐部的成员。我们一家数得出三个飞翔俱乐部成员，我表哥还是猫头鹰俱乐部的主席呢。"

"佐拉？"

"怎么了，路西恩？"

"依我看，你也许戳中了人家的痛处。"

"看上去确实是这么回事。"

"对，对，你们俩都赶紧给我滚。"斯特林说。他向我望来，皱起眉，"你这小子是不是话少得很？"

"阿特拉斯只是为人比较内敛，"路西恩说，"就这么回事，对不对，阿特拉斯？"

"是的。"我说，"等等，你们嘴里提到的这家那家俱乐部，是不是都跟'兄弟会'①差不多？"

"有点出入。"斯特林断言道。听他的口吻，显然不太乐意

---

① 存在于美国、加拿大的一种社团组织，入会采取自愿的原则，且需交纳一定的会费。

继续说下去。

这时路西恩拍拍手。"言归正题，我们今天晚上干点什么？"

"看来目前大家已经一致决定，反正不去拉德克利夫的社团展会。"佐拉总结道。

"说得对。那我们还能干点什么？"

"干我们每天夜里都干的正经事啊。"佐拉回答。

"你说的是？"

"尽力征服世界。"

"高见，佐拉，真是高见。"路西恩夸道。

随后二十分钟，路西恩与两位同伴制定了当晚的出击计划，其效率之高、谋略之准，足以让最勤勉的战地指挥官惊艳。三人斟酌了各种选项，定下了应急措施。斯特林担当了军需官一职，负责供应当天晚上的酒水；佐拉担任情报官，负责给一大堆天南海北的家伙打电话、发短信，收集各路消息；路西恩则负责总揽全局，所有决策归他一人拍板。我在整个指挥系统中的角色也很清晰：我是个下等兵，只能服从命令，不得开口质疑，不得发表意见——其实是件好事，因为我根本没什么意见可发表。他们三个竟然准备在周二之夜喝酒，已经让我难以置信。不过，路西恩倒是安抚了我几句，声称周二喝酒乃是常事。

当夜的行动方案渐渐成型：等到晚餐结束，斯特林就跟我一起去哈佛广场的便利店买啤酒（斯特林有张假身份证），再到佐拉位于塞尔宿舍楼的房间里跟另外两人碰头，随后喝上一小时，再去另一个朋友位于威尔德宿舍楼的房间接着喝。到晚上九点半，我们会跟一群女生到施特劳斯宿舍楼会合，然后去邓斯特宿舍楼共度欢乐时光，接着溜进乌诺餐馆度过卡拉 OK 之夜。假如卡拉 OK 之夜方案出了岔子，备选方案则是去 MIT 参加某派对，因为佐拉一口咬定该派对好玩得很，虽然这说法无人采信。

提到施特劳斯宿舍楼的女生，我不禁精神一振。在我们班，该楼女生堪称美名远播，其中有五六个靓妹住在相邻的套间里，整天同进同出。她们正是入学第一夜我跟路西恩在派对上遇到的那群女生，当时她们错穿了托加长袍，那位"哈丽特"正是其中之一。后来，我又在哈佛校园里见到过哈丽特几次，得知她姓安德森，纽约人。可惜，我至今尚未跟她结识，对她一无所知。不过今夜或许我就能结识哈丽特，真是再完美不过。哈丽特见到我跟路西恩一群人在一起，恐怕会认定我跟他们是一拨的吧。

佐拉刚刚说动路西恩，让他相信 MIT 的兄弟会派对并不是世上最蹩脚的破事，餐桌边的战略商讨却突然被赞德·罗日科夫横插一脚。

"哟，路西恩！"

赞德打扮得仿佛夜店老板：黑色牛仔裤配紧身黑色 V 领衫，戴着金链和墨镜。他有一身橄榄色肌肤，体态肥满，隐隐透出一股只因无比自信才犯懒的意味。赞德越走越近，但人还未到，一股呛鼻的味道倒是抢了先。

"怎样啊，老兄？"赞德说着拍拍路西恩的手，"斯特林、佐拉，大家都怎么样啊？"他朝我转过身，"见鬼，你是谁？"

"赞德，这位是阿特拉斯，我的室友。"路西恩说。

"哎哟，这就是那位室友啊。"赞德发出一串不羁而又刺耳的咯咯笑声，"你的'小处男'室友。"

"你说什么？"我顿感脸上泛起了红晕。

"路西恩都告诉我了，没事，老弟。"赞德又咯咯一笑，紧接着摆出夸张的动作对我耳语，"不要担心，我的嘴巴可不会把你的秘密说出去。"

我扭头望向路西恩。"我可从来没有跟你提过这种事。"

"他只是开个玩笑。"路西恩回答。

"老弟！瞧瞧他那张脸红成什么样啦！"

"别犯浑，赞德。"

"没问题，哥们儿，我就是开个玩笑。我敢说，你肯定泡了数不清的妞。"赞德翻了个白眼，心思又放到路西恩身上，"老弟，快瞧瞧我的眼睛，你以为我为啥戴着墨镜？皮德罗从加利福尼亚运了一批正点到爆的货过来。哥们儿，你可一定要来试试。"

"这周末吧。"路西恩答道。

"不行，周末我在城里。倒是让我记起了这事，哥们儿，有时间你一定要跟我一起去城里乐乐。不如这周末就一起去！我们一起去泡吧。你有没有去过夜店'嘭嘭屋'？一定要来啊，老兄。我认识最火辣的妞，个个是模特，才不像学校里那帮凶神恶煞的老修女。斯特林、佐拉，你们也一起来好了，住我家里。你就别来了，小处男！"最后几句，他几乎是在嚷嚷。他在我的后背上猛地一拍，又尖笑了几声。"我只是在逗你玩，老弟。其实也不算，但转头一想又算是吧。"

这么说来，刚才那番话里提到的，才是这帮人眼中的我？我居然一直被蒙在鼓里，而眼前的一幕正预示着未来的场景。假如晚上我真跟他们一起去寻欢作乐，一定会沦为笑柄，人人都来取笑几句。这时我又察觉到一件事：周围的几张餐桌已经没人吭声。我用眼角的余光望见，有人背过脸，有人在椅子上转过身。我恨不得立刻人间蒸发。

"好了，哥们儿，我要闪人啦。"赞德说，"再会，老兄。哟，皮德罗！等等我！"

"路西恩，难道你信任那家伙？"赞德走后，佐拉开口问。

"你说赞德？没错，他很有意思。"

"这人简直像龙卷风。"斯特林说，"我这辈子都没听过谁说话跟连珠炮一样快。"

"这种人怎么会进了哈佛？"佐拉问道。

"你们恐怕死也不会相信，据说赞德是个数学天才。"路西恩说。

"绝对没门。"佐拉断言。

"绝无虚言，我还听说，他在上'数学55'①。"

"扯得没边了，那家伙就是个上不了台面的无赖。"

"你要是真跟他熟，会发现他人其实还不错。"路西恩说，"我们有时间真该跟他一起去纽约玩玩。"

"那家伙是个混蛋。"我一边说一边起身准备走人。

"你还去买酒吗？"斯特林问。

我摇摇头。"算了，伙计们，工作室里还有点事情。"

我们一群人收拾好盘碟，迈入室外的暮色之中。路西恩带着他的同伴向哈佛广场开拔，而我灰溜溜地走向哈佛大学卡彭特

---

① 哈佛大学一门以难度著称的课。

视觉艺术中心，一心只觉得卑微。

卡彭特中心空荡荡的。我刷卡进画室，灯也没开就一屁股坐到了地板上，背靠着墙，合上双眼，深吸一口气：是化学品和颜料那难闻得让人发晕的气味，是孤独的味道。

工作室门开了，灯亮起来。来人是马库斯。

"一切都还好？"

我点点头。

"拜托腾个地方。"他说。我朝旁边挪了挪，他挨着我一屁股坐下来。"跟我说说，出了什么事？想家了？"

"什么事也没有。"我说，"有点累而已。"

"在如此宜人的一天？天气宜人，校园也宜人，你真该出去多转转、多瞧瞧，找找乐子，结交几位女生，才不该孤零零一个人坐在屋里。"

"我在想，这是个错误的决定。"我告诉马库斯。

"什么决定？"

"上哈佛。同学一个个都好厉害，整天都在谈政治经济，不然就谈他们老爸如何经营这家公司或那家公司。这种话我该怎么接？我经常连他们在说什么都摸不清。"

"不要在乎他们那些废话。没错，他们嘴上那套，尽是些瞎扯的狗屁，相信我。我年年都会见到这种场面：新生一入校，恨不得每时每刻都让所有人眼前一亮，拼命炫耀自己有多机灵，有多才华超群、智慧非凡。克里斯，有个秘密我要告诉你，你知不知道他们为什么会是这副样子？"

我摇摇头。

"因为他们心虚，跟你一样。他们唯恐自己不能融入，他们的想法跟你没什么两样。"

"不，他们才不是呢。"

"我教了很长时间书。"马库斯说，"听着，克里斯，你比当初的我强了不止一星半点。当初我刚到纽约艺术学院时，老师们个个都说'哎哟，这家伙只能画画插图，这家伙的画有形无神。'——这话可绝不是在夸我。再说，我是从牙买加来的，他们觉得我底子太薄，牙买加能数得出什么像样的艺术学校？曾经有人对我说，你干脆从第一年学起，因为你就不懂画画。结果呢？话是很刺耳，但他们没说错，我干脆又学了一遍。"马库斯顿了顿："你的处境可没有那么惨。我跟你认识多久了，克里斯？你跟哈佛其他学生一样有才。你或许不是名校毕业，但又怎样呢？谁会在乎那些？"

"可他们真的看重。"

马库斯摇摇头。"你用不着跟这种人结交。出身并不要紧，要紧的是前路。"

Chapter
4

两架直升机在碧空中盘旋。我凑到铸铁大门边，透过格栅遥望一片闪烁的灯光和好些穿霓虹色背心的人。长长的黄色警戒线从纪念教堂朝外延伸出来，一路穿过哈佛校园，好像一条藤蔓正在张牙舞爪。一名警员凶巴巴地喝令我走远些，哈佛校园目前不得进入，直到另行通知为止。

我根本无处可去，于是掉头回了宿舍楼，发觉路西恩正跟斯特林待在一起。

"哥们儿，你有没有听说刚才出了什么事？"斯特林问，"居然有人在哈佛校园正中自杀了。"

"不是吧？"

"没错，就在纪念教堂的台阶上把自己的脑袋轰开了花，用的是枪！"

"是学校的学生吗？"我问。

斯特林摇摇头。"应该不是，我听说是个不知道从哪里冒出来的废柴。不过真是血腥啊，对吧？谢天谢地，这家伙幸好没学弗吉尼亚理工大学来场校园枪击。"

"阿特拉斯，"路西恩开口问，"你不介意斯特林来我们宿舍定定神吧？"

"当然不，想待多久就待多久。"

"该死的，简直烦死人。"斯特林说，"明天有篇论文要交，结果我把笔记本电脑忘在威尔德宿舍楼了。见鬼，这家伙干吗非要在哈佛校园里自我了断？"

"你可以去图书馆借一台笔记本电脑嘛。"我给斯特林支招。

"这我心里有数，可关键不在这儿，是不是？"

"那关键在哪儿呢？"路西恩开口问，"因为你牢骚已经发了一个小时。"

"这人没点公德心，寻短见明明可以在自己家嘛，干吗非要跑到上千人聚集的公共场所，跟那些在交通高峰时段跳轨自杀的混球一副德行。"

"此人之死居然给你带来了诸多不便，令我深感同情，斯特林。"路西恩回答他，"要是此人知道你明天要交论文，我敢说他会愿意改期自杀的。"

"笑吧笑吧，路西恩。"

只不过，路西恩并没有笑。"这种事半点也不好笑，"路西恩说完又补上一句，"我以前的学校就出过这种事。"

"也是自杀？"

"没错。比我低一个年级的学弟，名叫约翰·布莱尔。人很和气，有点古怪，朋友没几个，不过心地挺善良。"

"天哪，真让人发毛。"

"其实也没那么沉重。"路西恩耸耸肩膀，"我是说，难免会有这种事，对不对？人生哪能没有挫折，总有不堪的一面，躲也躲不开。"

"当时没人看出一点苗头吗？"我问。

路西恩寻思了片刻。

"反正我是没看出来。"他说，"那小子看上去没什么异样，知道吧？我明白他必定感觉很孤独。但感觉孤独的，又哪止他一个人。没人察觉到问题有那么严重，我反正没有，只能说，他颇为善于隐藏。"路西恩说着将头发朝后拢了拢："也有可能，当初我们根本没有摸透，究竟该注意哪些苗头。"

随后的几天里，一则又一则关于哈佛校园那位自杀者的爆料浮出了水面。据称，自杀者跟哈佛并无瓜葛，住在距此不远的萨默维尔，自小在哈佛大学的阴影下长大。据《哈佛学生报》

报道，自杀者在金融危机期间丢了工作，房子也没保住，自那以后，他便一直备受抑郁症的困扰。他在自杀前把一份长达三十五页的遗书发到了网上，《哈佛学生报》附上了网络链接。遗书我没有细读，但我在路西恩的书桌上发现了这封遗书的一份打印稿。

也正是在那一阵，某天早晨我一觉醒来，发觉门缝里塞了一封信，是寄给路西恩的，以蜡封笺。信封上压印着一枚高深莫测的盾徽：两只鳄鱼伫立在一个六边形的两侧，六边形内有置于火上的一口锅，上方则是一个小小的狮身人面像，标有年份"1795"。六边形底部是一行拉丁文：Concordia Discors.

我正打算用灯光照照这封信，辨认一下里面装了什么，路西恩却一溜烟从门外进了屋。

"这么说，那人竟然是你！"路西恩的口吻颇为激动。

"说什么呢？"

"那人竟然是你！你就是那个'画家'！"路西恩答道，"居然是你，真让人难以置信，这破事已经害我们猜来猜去好一段时间了。"

"什么画家？"

"神童画家，无人不知、无人不晓的神童。你怎么没跟我说呢？"

我耸耸肩，把信递给他。"你的信。"

路西恩撕开信封，取出一张用厚卡纸印刷的邀请函。他飞快地瞥了瞥，顺手扔到了床上。

"那是什么？"我问。

"你把你画画的事一滴不漏地告诉我，我就回答你。"

"你刚才说'无人不知、无人不晓'？"

"传闻我们年级新生里面有个毕加索，就是你没错吧？有人猜你或许就是那个神童，于是我们查了查你的底细，在网上找到了一大堆猛料。酷毙了，哥们儿！我真弄不懂你干吗一直遮遮掩掩。"

"我没有，只是没想到你会在乎。"

"你有间工作室，没错吧？我能去瞧瞧吗？"

"当然可以，随时恭候。"

路西恩听完，顿时向我投来期待的眼神。

"难道要现在去吗？"

"没错，阿特拉斯，就现在！"

几天前，我刚刚仿画了一幅莫奈的《蛙塘的泳者》，我自己的一幅画也即将完成，名为《三位一体》。该画抽象地描绘了伊甸园，也是我长达六个月的心血之作，主旨为邪恶本色。画中的善恶知识树雄踞正中央，正是金色背景中滋生的一抹幽黑。善恶知识树从黑土地中拔地而起，长长的树杈又弯又绕，仿佛一抹黑烟涌过画布，树叶映照出星星点点的光。亚当与夏娃正在善恶知识树下，扭曲而苍白的躯体与长蛇紧紧地交缠在一起。

路西恩抱臂伫立在这幅画前，歪了歪头，又探身朝前凑，双眼离《三位一体》只有几厘米，看似正在检视画布上的指纹。

"我还没画完。"我解释了一句。

"哥们儿,画得真美。"路西恩夸赞道,"美极了。你的风格……让我想起恩斯特,这话你肯定听厌了吧?"

"你知道恩斯特?"

"怎么会不知道,我差点为了这事念了牛津大学,还记得吗?"路西恩一边评论,一边用食指随着画中长蛇蜿蜒的身形勾勒着曲线,"你读过约翰·弥尔顿的作品?"

"没有。"我坦诚回答。

"你也许该读一读。"路西恩劝道,"今年夏天,我读了他的《失乐园》。唔,总之算是读完了前半部分,也没有大家嘴里说的那么晦涩。依我看,那本书会很合你的意,尤其是——"他指了指那幅《三位一体》:"要是你痴迷于这类风格的话。"

"那本书只是……"

"我懂你的意思。"路西恩接过话头,"提到要去读读名著,人人都在叫好,可惜没有一个真把书捧起来读一读。但话说回来,《失乐园》确实了不起,超乎我的预料。书中撒旦的形象只怕比预想中要巧妙几分,很是招人爱。"

"是吗?"

"正是。书中的撒旦身上有种弱势者奋起反击的感染力,上帝却被描绘成一个作风强横的家伙,逼着天使崇拜他,却把天使当奴仆一样对待。结果读者难免有点糊涂,心里恐怕要寻思:等等,我到底该站在哪边?无论怎样,反正我推荐你读一读。"路西恩说着朝我钉在墙上的另一幅画作一指,"你不介意我到处瞧瞧吧?"

"噢,那个还不能见人。"

路西恩没有接我的话。他在画室里四处走动，打量我的习作和那些画了一半的画，走到一摞速写本前方，从最上层取下一个黑色小笔记本。

"这个还是别看了吧，我只留给自己参考，不能示人。"我伸出一只手，一心取回笔记本。路西恩却瞪我一眼，翻开了笔记本的第一页。

"为什么不能？"他问。

那是我带在身边满校园转的袖珍素描本，算是一本图示日记，里面全是涂鸦、随手画下的几笔、随手记下的几句，以及用缩略语和没头没脑的句子匆匆记下的各种提示和念头。

"里面尽是些没头没脑的草图和想法，和意识流差不多，你也看不懂。"。

路西恩耸耸肩，又把笔记本摆回桌上。他的目光落到了我上星期刚画完的那幅莫奈仿画上，我不禁松了一口气。

"这是莫奈的画吗？"路西恩问，"是莫奈的画，对吗？这幅我见过，当初为了拿英国普通教育高级程度证书，我还得把它的信息背下来。这幅画叫什么来着？池塘……岛？不对……这是莫奈一八六九年的油画作品，叫……"

"《蛙塘的泳者》。"

"这就对啦。"路西恩伸手摸了摸画布，"颜料居然还没干。你画的？"

"临摹的作品。"我解释道，又朝贴在墙上的高分辨率原作图一指，"我最近经常临摹前人作品。马库斯说过，临摹最助长技艺。"

"你临摹过早期绘画大师的作品吗？"

"有时候吧。"

"愿不愿意给我画一幅伦勃朗的画？"

我哈哈大笑。"我倒是可以给你画一幅蹩脚的伦勃朗。"

路西恩的目光在我那幅仿作和那张高分辨率原作图之间游移。"真是离谱至极，简直一模一样。"他叹道。

"我画莫奈倒是越来越顺手，他的画比预想中容易临摹。"

"越来越顺手？哥们儿，让人难以置信，你还能摹仿哪位名家？"

接下来半小时，路西恩对我严加盘问了一番：我何时开始画画？创意从何而来？有什么特殊的习惯？有没有试过在飞嗨的时候画画？有没有试过在喝醉的时候画画？有没有试过在服完某种药以后画画？我认为让 - 米歇尔·巴斯奎特怎么样？我认为萨尔瓦多·达利怎么样？有没有仿过他们两人的画作？难不难？

路西恩还问我，准备如何处理那幅莫奈的仿作。"能不能送给我？"他问。

"当然可以。"我愣了片刻，答道，"可你拿去干什么？"

"噢，知道吧……我要把这幅画挂在我屋里，如此一来，我们就可以跟小姐们夸口，说这是我家收藏的真品。"他冲我挤挤眼睛，"开个玩笑而已。"他补上一句："不过，话说回来，你有没有考虑过把画往外卖？有没有人这样干过？"

"你的意思是……卖赝品？"我哈哈一笑，摇摇头，"没有，我从来没有想过。"

"依你看，你的画是否足够以假乱真？设想一下而已，说不定很有趣。不过显而易见，莫奈名气太大了，挑个其他画家吧，比如……"路西恩用的是一副闹着玩的口吻，因此我没把他的话当回事，不如陪他演演戏吧。

"达·芬奇？"我也开个玩笑。

"我本来想说米开朗琪罗呢。"路西恩说，"不过，没问题，那就列奥纳多吧。"

"我们是不是该回宿舍了？"

"拜托你领路，铁哥们儿。"

屋外的气温已然变凉，一阵瑟瑟的秋风拂过城市。我们两人拐上普雷斯科特街时，我突然记起那封寄给路西恩的信，信上带有奇异的符号。

"那是一份社团招新选拔邀请函。"路西恩向我解释。

"社团？我还以为只有到大二才有资格参加。"我不解地问。

"这份是'布丁剧团'的邀请，他们社团准许大一新生入会，你把它当做终极俱乐部的菜鸟版就好。首轮初选安排在下周四，有什么风声阿德勒会一滴不漏全告诉我，他早就入会了。"

"布丁剧团？"

"全名叫'速食布丁剧团'，怪名字，我明白。应该是属于老白男传统，在哈佛颇有历史渊源。"

"他们是不是常开派对？"

"没错，老弟，派对场面恐怕轰动得很，据说野得不得了。阿德勒曾经夸口，称他们办过一场名叫'皮革与蕾丝'的盛会，参会的女生个个都身着内衣亮相。等等——难道邀请函你没收到？"

"恐怕没有，我只发现给你的信。"

"肯定是他们弄错了。"路西恩的眉头皱了起来，"那你想不想要邀请函？我说不定能搞定。"

"想，百分之百想要，可以吗？"

"当然没问题，我只是没料到你会对这种事感兴趣。"路西恩说。

"哎，怎么会不感兴趣呢？"

"大家都认定你这人超然物外，成天一副自我封闭的模样。"

"大家是这么看我的？我真不是有意做出这副样子。"

"要是你乐意，我可以帮你一把，知道吧。"

"你指的是帮我弄到'布丁'的邀请函？"

"邀请函不成问题，不过，我是说，不限于邀请函。小姐啦，派对啦，结交各路人马啦，诸如此类，我通通都能帮上忙。当然，前提是你乐意。"

"我十分乐意。"

离宿舍楼只有几步之遥时，一阵狂风呼啸着卷过街道，吹弯了树枝，吹散了整整齐齐的一堆堆落叶。一份被人扔掉的《哈佛学生报》也随风飘荡，翻着跟斗朝我们飞来。路西恩抬脚将它踩住，捡起报纸，浏览着头版。这时我已走到宿舍楼前门，伸手帮他把着门。

"要进楼吗？"我冲路西恩高呼一声。

路西恩似乎浑然不觉，一动也不动地伫立在原地，紧盯着那张报纸，皱起了眉头，恰似解不出数学题的人正在发愁。紧接着，他又抬起目光，眼神落在无限远处。我叫了他一声，他猛地回过了神。

"他当时穿的是一件无尾礼服。"路西恩嘴里说，又垂眼瞥了一眼报纸。

我松开手，任由楼门再度合上，迈步向路西恩走去。"谁？"

"马特·彼得森，在哈佛校园开枪自杀的那个人。报道上说，自杀时他身穿一套白色无尾礼服。"

"真诡异。"

"哪门子狂人才会买白色无尾礼服？那玩意租一下不就行了吗。依你看，他身上的礼服是不是租来的？必然是租来的，对吧？"

"我不知道。"我犹豫片刻，只觉得一头雾水。风势再度猛烈了起来。"走吧，伙计，我觉得有点冷。"我催促着路西恩。

"抱歉，老弟，我这就来。"

进了宿舍楼，路西恩面露倦色，也懒得开口搭腔，于是我问了问缘由。

"那件无尾礼服让我耿耿于怀。"路西恩说。

"有什么不对劲？"

"真让人心酸。"路西恩说完这句，一度没有吭声。等到再开口时，他的声音又低又轻，"他可是盛装赴死的。"

我实在不知道该说些什么。路西恩这副神情十分异样，于是我没有再烦他，进了自己那间屋，埋头于写作课的作业——阅读爱德华·萨义德的文章。

Chapter
5

据"速食布丁剧团"的邀请函声称，初选者需身着鸡尾酒会礼服出席。路西恩告诉我，打扮得利索些——"别穿牛仔裤亮相，好歹来条领带，再来套西装，要是你有的话。"

可我没有。

有那么一会儿，我还强装出敢为出席盛会掏腰包买套西服的样子，甚至花了整整一小时在时装品牌网站上大肆浏览，但之后猛然记起尚未付清的手机账单、欠路西恩的酒钱以及下学期躲不过的书费。

不过，我倒真有一条领带：红蓝条纹，上面印着哈佛校徽。用这条领带搭配我参加哈佛招生面试时穿的一套服饰：一条浅色卡其裤、一件红色半扣领衬衫。这套服饰的款式简单朴素，但把人衬托得利落得体，甚至有几分职业人士的派头。

可惜，在路西恩眼中，却不是这么回事。

"阁下这是穿的什么鬼玩意？"从屋子另一头抛来一句质问，仿佛懒洋洋扔过来的飞镖。飞镖在空中画出一道抛物线，先缓后疾，"咚"的一声扎中了我的心口。

"拜托，你一定是在开玩笑吧。那不是哈佛校徽领带吗？老天爷哪，阿特拉斯，你是不是想当全世界最没劲的呆头鹅？"他边说边作势打个寒噤。

又是一镖。

"是你让我戴领带的嘛。"

"可没让你戴这条。"

"我只有这一条。"

"再说了，你又是从哪个鬼地方翻出这件衬衣的？难看。"

第三镖。

"马歇尔连锁百货。"

"我简直都懒得问马歇尔连锁百货是什么鬼。"

"我的衬衫有什么不妥吗？"

"唔，阁下这件衬衫闪亮夺目，还大了一号，让你像个代客泊车的小子。除此之外，倒是没什么毛病可挑，妙得很。"

"咚"。"咚"。"咚"。

我能察觉自己的脸上泛起了红晕。"我没有别的衣服了。"我只觉得自己活像个白痴。"瞧，我本来就跟这种场合不搭，赶紧把这破事忘了吧。你还是别带我了，一个人去的好。"

"别犯傻，"路西恩下令，"你绝不可缺席，就这么定了。容我先速速冲个澡，我们再想办法，我可以借几件衣服给你。待着别动，我去去就回。"路西恩说着拎起他的洗漱包和毛巾，迈步出了门。

房门关上时，我从镜中瞥见了自己的身影。

若是我持画笔，恐怕绝对画不出镜中的这张面孔：既不得体，又不老到；五官既不分明，又不对称；鼻子太大，嘴唇太薄，还有两个黑眼圈，一张脸显得面无血色，病恹恹的——总之，镜中之人谈不上有什么魅力，并不属于一个会悠然跻身"速食布丁剧团"的人。

我开了一瓶啤酒，一屁股坐到路西恩的书桌椅上，心中涌起了疑虑与惧意，一浪高过一浪。路西恩绝不会准我打退堂鼓，当初我干吗非要缠着他弄张邀请函呢？这种场合本就不容我踏足，到场的人肯定看得出来。我只怕马上就要当众出丑。要是这宗糗事从此跟我一辈子，甩也甩不掉，那怎么办？

路西恩冲完澡回了屋，伫立在镜子前方，梳理一头金色长发。我在镜中迎上了他的目光。

"别再瞎琢磨了，阿特拉斯。"他下令道，"不许逃。"

"可是……"

路西恩不悦地眯起了双眸。我尚未来得及再说一个字，他干脆地截住了话头。"把你弄上邀请名单可花了不少力气，我还动用了关系走后门。要是你小子居然连赏脸露个面都不肯，那让我的脸朝哪里搁？"

话一出口，他看似立刻被自己凶巴巴的口吻吓了一跳，甚至有点尴尬，又对我笑了笑。"来吧，老弟，出不了什么事，跟在我身边就行。"

我认命地点点头，眼睁睁望着路西恩收拾打扮准备出门。他双手抹上润发油，用手抚过头发朝后拢。他这套头发定型术我已见识过多次，深深为路西恩一气呵成的动作所折服，想不到，他打理发型竟如此利落、高效。发型一向是我难以迈过的难关之一，每次斗胆使用护发产品，我都无法准确把握用量。当天晚上，我就一遍又一遍地梳头，把东一撮西一撮的乱发摁平，竭力打理出上得了台面的发型。

路西恩从他的衣橱中取出一套灰西装，小心翼翼地搁到床上，又折返回衣橱，取出一件浅蓝色衬衣、一条深蓝色领带。我留意到一件事，路西恩的服饰全都熨得笔挺。他穿上衬衣，扣上纽扣，又从梳妆台上的一只盒子里挑了一对袖扣；再穿上长裤和袜子，系好领带。只系了一次，领带的长度就搭配得刚刚好。紧接着，路西恩又取出一只深绿色鞋盒，取出一个栗色丝绒套，里面装着一双褐色尖头皮鞋。路西恩把皮鞋蹬上，审视着镜中身影，显得心满意足。随后，他的目光落到了我身上。

"我有套西服可以借给你，不过千万别把外套弄丢。"他告诉我。

"真的吗？"我问。

"没错，那玩意贵得要命，三千美元一件呢。要是你弄丢了，我妈会要我的小命。"

"三千美金？你是在逗我吧？"

"一分不少，不开玩笑。"他朝衣橱转过身，取出一套深蓝色西服和一件白衬衣。

"这我可担待不起，老兄。你有没有不那么贵的衣服？要是有人把酒水洒在我身上，可怎么收场？"

"不要紧，小心点就行。试试这件衬衣吧，你穿或许大了些，但还凑合。我再给你找条领带。"

那套深蓝色西服柔软又轻盈，我感到丝绸衬里凉飕飕地贴上肌肤，突然冒出一个念头：长这么大，我还从未穿过如此舒适的衣服呢。路西恩挑了一条橙色细领带，也是丝绸质地，领带上绣有丁点小的蓝色海豚。我把丝滑的领带搭上脖子，几乎毫不费力便系好了，又将领带翻过来瞧了瞧，标牌上写着"爱马仕"。

"这条领带也不能丢。"路西恩嘱咐道。

"路西恩……我不会一路走一路丢三落四，你知道吧？"

他哈哈一笑。"他妈的，总之别弄丢。"

半小时后，我们从宿舍楼出发，穿过哈佛校园，直奔位于花园街的"速食布丁剧团"社团会所。一路上路西恩没有说话——这种情况难得遇到，但我并不介意。当晚空气清凉，城市的喧嚣已飘然远去，路上只有我们两人踏在水泥小径上发出的一串皮鞋声。

我们来到哈佛校园内的"三百年剧场"：这是一块方形大草坪，一端紧邻怀德纳图书馆，另一头挨着纪念教堂。除了路灯洒下的片片黄色灯光，露天剧场笼罩在一片幽暗中。路西恩和我从恢宏的图书馆旁经过——想当初，正是在这里的石阶上，我们聚在一起拍下了哈佛新生入学照。图书馆的玻璃门隐隐透出微光，右侧的圆形石柱底部，两名学生正挤在一台笔记本电脑前，一起抽着一支烟卷。

路西恩和我继续沿着小径往前走，路过一排红砖宿舍楼，看见一列向花园街迈进的大一新生长队，队中男生个个穿着西装，女生则是高跟鞋配连衣裙。

"瞧瞧，人也太多了吧。"我说。

"据我收到的消息，首轮初选有五百人左右。"

"那最后入会的有多少？"

"三十五人。不过依我说，其实人数还更少些，因为会员亲属属于自动入会。"

"也就是说，我们没戏。"

"彻底没戏。"路西恩答道，"但为何不放手一搏呢？"

我原以为剧团会所是一栋壮丽的宅邸，足以媲美终极俱乐部那位于奥本山街的豪宅，谁知映入眼帘的却是一栋破旧的隔板房屋，建筑的白漆已经剥落。这是一栋三层斜顶小楼，屋顶铺着瓦片，一块硬纸板用胶带粘在二楼一扇破窗户上。数百名哈佛大一新生乌泱泱地在楼外等待，个个都很忐忑。

楼门开了，一个穿红色长裤的金发高个儿在大楼台阶上现了身，把一众参选者叫进了屋。

我们走进挤满人的主室。房屋的四壁刷成了酒红色，挂着数十年前的镶框演出海报。

"瞧瞧那个庞然巨物。"路西恩说着朝我们身后的墙壁一指：墙上赫然装饰着一条长约九英尺的巨型鳄鱼标本。是条"独眼龙"鳄鱼，鳄鱼皮已多处开裂。

"我听人爆料说那玩意可是 TR 的手下败将。"我们身后的一个小子开了口。

"谁？"

"泰迪·罗斯福[1]。这条鳄鱼是他当初的猎物。"

"哈喽！诸位！敬请大家注意！"红裤金发站在主室正中的桌子上，室内众人顿时闭上了嘴，"诸位都能听到我发言吧？在下名叫克罗斯比，有幸担任'速食布丁剧团'的主席。欢迎大家，感谢赏脸。今晚在此相聚，目的在于让诸位了解我们社团的宗旨，也让我们了解一下诸位。不如说，有点像是初次约会吧。"他面带笑意地说，人群随即发出一阵紧张的笑声。

"今晚到场的还有我们剧团的不少会员，也是为了加深对大家的了解。依我说，诸位不如尽可能多地跟现任会员结交，能结交几个算几个。留心身上佩戴铭牌的人吧，那就是本社团的

---

[1] 第 26 任美国总统西奥多·罗斯福的昵称。

成员。对了，请千万记得跟本社团主持选拔的佩姬和费尔南多打个招呼哟。两位主持人在哪里？"

一个矮墩墩的黑发男子应声爬上讲台，自称费尔南多，他身边随即冒出一名非裔女生，穿深蓝色的灯芯绒长裤、粉色开衫，戴着环状耳环，一笑便露出两个酒窝。

"佩姬与费尔南多将总揽大权，"克罗斯比介绍道，"假如诸位想要搭讪，那就找他俩吧。稍后我会将讲台让给其他理事会成员，让他们做一下自我介绍。请诸位切记，多多跟理事会成员结交。对了，假如不幸搭上了屋角那两位穿夏威夷花衬衫……"

我闻言踮起脚尖张望，一眼望见两个戴着雷朋墨镜、身穿配套夏威夷花衬衫的家伙，正呷着百威淡啤。其中一个蓄着八字胡，另一个戴着一顶卡车司机帽，帽子上绣有"C.E.O."字样。

"……那就别搭理他们。"克罗斯比接着说道，"这两个家伙是白痴，一文不值。"

"嘿！去死吧！"屋角其中一人嚷嚷道，"相信我，我们值一文。"

"岂止是一文，"另外一人边点头边说，"我们可是重于泰山的大人物。"

克罗斯比的一番开场白眼看就要收尾，我留意到屋里的气氛已经变了个样，一时间剑拔弩张，人人都在躁动。我周围的参选者正一起朝主室正中挤过去，用猜忌的目光打量着彼此，恰似一群乘客要登上一趟挤满人的航班，正在登机口寸土不让地争夺头顶空间。只要是戴铭牌的现任会员，眨眼间就被大一新生们团团围住，个个使出浑身解数吸引眼球。屋里热气腾腾，身穿西服外套的我开始冒汗。我先向几个社团理事会成员做了自我介绍，随后又跟几个人搭上了话，但基本上还是呆立在原地听其他新生背诵自己的简历，听他们大谈自己上过哪所预科学校，完全容不得我插嘴。我感觉毫无出路，转念一心只盼着逃离，逃出这间汗津津、热腾腾的屋子。

至于路西恩，他可真是得心应手。他翩然穿梭于整间屋，跟一群又一群人聊个不停，似乎一点也不费力，时而逗得克罗斯比乐不可支，时而跟社团财务主管互换号码。又过了几分钟，他跟佩姬已经聊得根本拆不开，周围还站着另外八个人，但路西恩与佩姬仿佛置身事外，你一言我一语根本不跟其他人搭腔。这时，路西恩一眼望见我在屋子另一头，于是向我招招手，示意我过去。

"可算大驾光临啦！"路西恩说。

"就是他吗？"佩姬问。

"很显然。佩姬，向你介绍一下盖世无双的阿特拉斯。"

"认识你很开心。"我说。

"阿特拉斯，"佩姬又念了一遍我的名字，"这名字我好欣赏。"

"跟他很衬吧？"

"这么说来，你就是那位声名显赫的画家？刚才路西恩一直在跟我讲你的事迹。"

"噢，我可算不上什么声名显赫。"

"别自谦啦，你这讨厌鬼！赶紧跟佩姬讲讲，你上一幅画卖给了谁。"路西恩催道。

"卖给了何方神圣？"佩姬问。

"皮尔斯·布鲁斯南。"

"要命的詹姆斯·邦德，"路西恩插嘴道，"是不是酷毙啦？"

"厉害！你见到他本人了吗？"

"没有。我的意思是，那不是他本人，我是说，他并非亲自来买画，"我赶紧解释，"他有个帮手……有个帮手会帮他操持购买艺术品。帮手出席拍卖会，为他竞价。倒是很常见，不少富豪会雇帮手买画。"

"藏品管理师。"路西恩纠正道。

"藏品管理师，说得对。不过，这种好事并不是每天都能遇上。我都不敢断言那家伙是不是真替皮尔斯·布鲁斯南买画，说不定就是满嘴瞎扯呢。"

"你依然在自谦，阿特拉斯。给我打住，真要命，明明托马斯·克劳恩① 都已经把你的画挂到了他家墙上。"路西恩说着伸手向依然围拥在侧的八名新生一指——他们八人个个都垂头丧气，还在找机会插嘴。"这些呆瓜谁敢夸这种海口，对吧？"

佩姬闻言"噗嗤"笑出了声，但又立刻忍住了笑。"路西恩！"她嗔道。

"念高中的时候，我可是美国优秀学生奖项获得者。"其中一名新生冒出一句。

"我通过了十八门 AP 考试，创了加利福尼亚州新纪录。"

"我获得了卡内基·梅隆大学的"风笛奖学金"，该奖项颁给全美最优秀的高中生风笛手。"

"去年夏天，我去了麦肯锡公司实习。"

---

① 电影《天罗地网》中的角色，一位富豪兼艺术品神偷。

"你听明白了吗？"路西恩又开了口，"真见鬼，风笛演奏冠军。你知道全世界有几个人演奏风笛？整个地球恐怕也就数得出七个吧。"

"光我们的队里就有好几百人，"风笛手回嘴道，"而且，风笛还是全美发展最为迅速的管乐器之一……"

"以己为傲吧，老弟。"路西恩却绕过风笛手跟我搭腔。

"你确实应该感到自豪。"佩姬补上一句。

我是自豪，但也恨死了成为聚光灯下的人物。我拿托马斯·克劳恩开了个蹩脚的玩笑，路西恩随即转移了话题。某个曾在安多佛镇跟佩姬结识的故交挤到了我前面，把我硬生生挤到了人群外。我又逗留了一会儿，几乎没怎么吭声，随后决定赶紧走人。

我可不想赖在这儿不走。有什么意义？反正我也入不了会。我悄然离场，向前门走去，只等幽幽清夜和空荡荡的街道映入眼帘。谁知我看见的却是两名身穿夏威夷花衬衫的男子，正站在前门台阶上抽烟。一位蓄着八字胡，另一位戴了顶卡车司机帽。

"当时我还以为，我只是宿醉得厉害，"八字胡说，"可是……哎哟……那可真是有史以来最折腾的宿醉未醒啊。后来我才回过神，我这恐怕是戒断反应吧。"

"酒精戒断？"卡车司机帽问道。

"对啊。"

"天哪，也太猛了，老弟。"

他们一齐转过身朝我望过来，终于察觉到我的存在。

"抽烟吗？"八字胡问我。

"多谢，不用了。"我回答。

"不，我的意思是，你身上带烟了吗？这是我身上的最后一根。"

"我没带烟，不好意思。"

"真要命。"八字胡朝他的同伴扭过头，"我们得去一趟便利店，我宁死也不进那间屋，那真是见鬼的蒸笼酷刑。"

"你要闪了？"帽子男向我发问，"你知道现在才八点半，对不对？"

"我出来透透气。"我顺嘴编了一句，又挨着花衬衫坐到了门前台阶上，"两位待在屋外，十分明智。"

"不得不说，我对今天的参选者极度失望。迄今为止，我遇到的每个大一新生都是该死的'吞拿鱼'。"

"或者是'灯罩'。"帽子男评论道。

"该死，你说得一点也没错。整间屋满满当当全是'吞拿鱼'和'灯罩'，活像屋里搁了一大份吞拿鱼沙拉。"

"'吞拿鱼'是什么意思？"我不禁好奇。

"要是你非问不可的话……"

"举个例吧。想象一下，要是你跟你的哥们儿坐在一起吃大餐，你正沉浸其中，谁知某人冷不丁冒出来，把一条巨型吞拿鱼扔到餐桌正中。我的意思是，一条重达四百多磅的蓝鳍吞拿鱼巨怪。你本来吃吃喝喝正开心，顷刻间面前多了一条巨怪，屋里人人都在问，要命，为什么会突然冒出一条大得不得了的鱼来？谁也没办法装出视而不见的样子。"

"闻起来难闻，看上去奇丑，还一心想要变成众人关注的焦点，实际上害得大家都不说话，大煞风景。"

"吃大餐的所有人都在嘀咕，劳驾来人把这条该死的吞拿鱼弄走吧，好让大家重返欢乐时光。"

"就是这么回事。"

"懂了吗？"

"当然。"我答道——其实，我没太听懂，"'灯罩'又是怎么回事？"

"假如某人属于'灯罩'，那就相当于电梯背景乐。这种家伙跟壁纸没什么两样，会跟背景融为一体。"

"所有派对都缺不了这类人，但他们毫无特点，根本没人能记住，就跟没人记得住灯罩一样。"

我点点头，紧接着意识到："灯罩"不正像是我的画像吗？

"这家伙想说的是，'灯罩'是一群没劲到家的人。"

"毫无创见，毫无新意。"

"跟'灯罩'聊天，只比跟真正的灯罩聊天强上一丁点。"

"这么说来，哪种人算是更讨厌一点，是'吞拿鱼'还是'灯罩'？"我不禁问道。

"你是在逗我吧？"

"他肯定是在逗你。"

"我觉得这小子没开玩笑。你没听懂，对吧？"

"'吞拿鱼'更招人厌，程度要深不少。"

"一百万倍地招人厌。'吞拿鱼'咄咄逼人，会来招惹你。"

"'灯罩'就颇有自知之明。你把它塞到屋角，它就不会挡道，'吞拿鱼'却要站到聚光灯下才乐意。"

"换个话题吧，你们这届学生究竟如何？今天一整晚，我只发现三个美貌小姐，这可上不了台面。"

"这么说吧，大一新生中谁是辣妹？给我几个名字。"

我寻思了一下，一口气说出四五个女生的芳名。

"有点意思，这则情报颇有价值，小子。最后一个女生——她就是我听说的那个'曲棍球小姐'吗？"

"安妮？应该是。"

"我听说大一新生中间出了一个打曲棍球的辣妹，辣得冒烟。她听上去就很上得了台面。"

"可我听说她已经有男友了。"我告诉他们。

"男友这种玩意，早就不合时宜啦。"

"非常不合时宜。"

"嘿，小子，你叫什么名字？"

"他们叫我阿特拉斯。"

"阿特拉斯？"

"这是个绰号。"我解释道。

"一个蠢到家的绰号。你真名叫什么？"

"克里斯。"

"也很差劲，还是叫阿特拉斯吧。我是但丁。"八字胡宣布，又冲着他的同伴挥了挥香烟，"他是施坦威。"

"跟钢琴品牌同名。"施坦威补上一句。

"但没有一毛钱关系。"但丁插嘴道。

施坦威恼火地瞥了一眼但丁。"你每次都非要补上这么一句，为什么每次你都要补上这句？非要揭我的老底。"

"我说的是实话。"

"算了……那你小子，你是怎么回事？"

"什么？"

"你是干吗的？住哪儿？有什么人脉？"

"唔，我住格里诺宿舍楼，主修的专业我正在考虑……"

"真没劲……"

"我也画画。"我说。

"这就有意思多了，至少你没有张嘴宣布，你一心痴迷于投资。"

"老天爷啊，"但丁发出怒吼，"要是再弄来一批立志要当对冲基金经理的愣头青，我真要动手弄死克罗斯比。"

"我们是电影人，"施坦威做起了自我介绍，"我们拍短片。我是编剧，旁边这个白痴其实摄影机玩得很溜。"

"我以前也玩过粉刷。某年夏天在汉普顿刷过房子，真是……"但丁顿了顿，长吸一口烟，"……烂透了。"

"嘿，有个问题我一直没琢磨透。"施坦威说，"油漆工为什么非要穿白衣服？他们的衣服难免溅到油漆，按理说该穿黑色或者其他深色的衣服，好歹把油漆遮一遮嘛。"

但丁耸耸肩膀。"该死，我怎么会知道？"

"你不是当过房屋油漆工吗？"

"那是高中的事了，才干了一周我就撂了挑子。"

"我的意思是，医生要穿白大褂，因为医生总得彰显自己干净又卫生，房屋油漆工完全是另外一码事嘛，他们的衣服看上去总是脏兮兮的。你知道其中缘故吗，小子？"

我摇摇头。"说不清，不过大多数房屋都是白色，或许白色正是房屋油漆工用得最多的颜色。"

施坦威打了个响指，向但丁扭过头。"这答案有点道理。我逢人就问这个问题，人人都答不上来，这小子我欣赏。"

"嘿，哥们儿，你身上真的没带烟吗？"

"抱歉，老兄。"

"算了，走吧，该去便利店啦。"但丁摁灭了手中的烟。施坦威作势向我致意，两人施施然没入沉沉的夜色中。

Chapter
6

那一夜，我从"速食布丁剧团"会所偷偷溜了号，自认与剧团已然无缘。谁知几天后，剧团递出第二轮选拔邀请函，路西恩与我收到的竟不止一份——我并没有被踢出局，真让人惊掉大牙。

路西恩也惊了：他实在弄不懂我当时为何要早早撤退。

"你清楚你的问题在哪里吗？你小子必须自信起来。"路西恩说道，"要是你愿意，你大可以舌灿莲花，我又不是没见过，比如那天晚餐，你逗笑了全场。你小子得对自己有点信心，要我行我素。"

我点点头。"道理我懂，但做起来哪有那么容易。总不能一下决心要自信，就能立刻自信满满吧。"

"当然可以。"路西恩说，"以前我也有这个毛病。"

"对，毫无疑问。"我说了句反话。

"不，我可不是在跟你胡诌。我知道，看我现在的样子或许没人肯信，不过我这个毛病一度比你还要严重。当初我真的害羞得不得了，恨死了人际交往，情况惨到难以想象，最惨的就是搬家的时候，不得不在新学校里从头来过，我会紧张到吐。"

这番话确实令人难以置信。我仔细审视着他的面孔，寻觅他在说谎骗我的蛛丝马迹。他说这个只是为了让我心里好受些吗？太不可思议了，但他的口吻不像有假，神情也颇为真挚。

"我向你保证。"路西恩又补了一句。

"后来发生了什么？"

"我决心做出改变。"路西恩挠了挠耳朵，"让我想想，怎么才能表述清楚。"

我只等他把话说完。

"我老爸曾经提过理查德·尼克松的一件轶事。"路西恩开了口，"有一次，他与尼克松同乘一台电梯，上楼参加一个聚会。那是'水门事件'几年之后，尼克松的状态很差，整个人勾着腰，显得疲惫、虚弱又苍老。当电梯门打开，摄像机竟一拥而上，尼克松登时就变了个样。用我老爸的原话，仿佛'有人摁下了开关按钮'。尼克松的双眼顿时有了神，腰挺得笔直，脸上露出了灿烂的笑容，整个人精神抖擞，看上去活像木偶眨眼间获得了生命。"

"我没听懂。"

"演戏罢了。"路西恩解释道，"就是这么回事。自信乃是一种表演，做出一副自信满满的派头，你就可以骗过众人的眼睛，让他们真心相信你胸有成竹，即便其实你很心虚。假如演得够久，你就连自己都可以骗过。到这个地步，你就无往而不利了。"

"你是怎么办到的？"

"有个小窍门，在我身上很管用。"

"真的吗？"

"我会假装自己是个演员，正在扮演一个热爱交际而又极富魅力的人物。"路西恩向我透露，"我可以暂时把自我抛开，把自己当做另外一个人，仿佛遭遇的一切都发生在剧中角色身上，而不是我自己。假如剧中人说了什么蠢话，或者剧中人出了丑，那也与我无关。这招让我抛开了顾虑，你真该试一试，瞧瞧有没有用。"

我用怀疑的眼神打量着路西恩。这窍门听上去也太粗陋了。

"试试而已，又有什么坏处？"路西恩耸耸肩膀。

于是，在"速食布丁剧团"第二轮社团新人选拔闯关中，我用上了路西恩的招数。剧中角色名叫"阿特拉斯"，而我给剧中人安上了我自己渴慕的一大堆特质："阿特拉斯"安然而又自信，跟女生搭讪的时候，"阿特拉斯"并不会胆怯，不会刻意避开对方的眼神；"阿特拉斯"为人风趣，让身边的人如沐春风；除此之外，"阿特拉斯"身上甚至有几分骄矜之气。我从其他人身上借来了不少特质，东一点西一点，加诸于"阿特拉斯"的身上：从路西恩身上，从佐拉身上，从一大把影片角色的身上，从高中时期结识的曲棍球健将和一众"泡妞达人"身上。这群人特色各异，但个个都有一种不管不顾、无所畏惧、趾高气扬的气质。

离谱的是，这招竟然奏效了。当然，实情并不像路西恩嘴里说的那么轻松。扮演他人，简直把人累得够呛。有些时候我还会心头一惊，感觉已经被人识破，虽然事后证明并非如此。路西恩的窍门奏效了，我一路顺利闯关到了第三轮新人选拔，随后是第四轮和最后一轮，眼睁睁见证了候选者的人数从四百多骤减到了几十个。

最后一轮选拔闯关是社团会所举办的早午餐，受邀角逐的候选新人仅有五十位，而其中只有三十五人能成功入会。毋庸置疑，路西恩也在五十位受邀者之列，此外还有佐拉及他俩的朋友凯恩，一名来自新西兰的赛艇运动健将。斯特林却未能受邀：真是出乎大家的意料，包括斯特林自己，他在第四轮之后就被踢出了选拔。据说斯特林是被剧团会员投票淘汰的，因为他当初在格罗顿学校曾经欺负过理事会某成员的弟弟。但斯特林满嘴喊冤，声称那是不着边的瞎扯，他连那小子是谁都不认识。

斯特林并不是缺席最终轮选拔的唯一人气选手。赞德，名声臭大街的纽约仔，也同样遭遇了出局；此外还有来自曼哈塞特的那帮曲棍球手（他们走到哪里都成群结队）、来自迪尔菲尔德学院和霍奇科斯学校的游泳健将，来自乔特高中的"万人迷"高尔夫球手、来自加利福尼亚的"英特尔科学奖"冠军……这些人气极旺、呼声极高的参选者都没能留到最终轮选拔，但不知怎的，我却偏偏挤了进去。

我敢打赌，若不是路西恩鼎力相助，我恐怕早就被淘汰了。他不仅手把手全程指点，教我该怎么穿着、怎么搭讪、跟谁搭讪，还暗地里动用别的手段推我一把。第二轮选拔闯关没过多久，他就跟剧团的选拔主持人佩姬有了一段露水情缘。路西恩嘴上绝不会认账，但我疑心他劝佩姬尽可能助我一臂之力。

万圣节前的那个周一，凌晨零点三十分的时候，不速之客来找路西恩了。其实，当时我们已经听到了风声，声称"速食布丁剧团"会在当晚出招，于是路西恩和我一直在熬夜，只等着有人敲门。

那是剑拔弩张的一夜，路西恩和我都根本没办法集中心神。有好几次，我们仿佛听见了敲门的声响，开门却发觉眼前的走廊空荡荡的。为了消磨时光，路西恩放了一部史蒂夫·麦奎因主演的老片子，讲的是如何逃离恶魔岛——路西恩口口声声说，这部片是他的最爱之一。我坐下跟他一起看电影，心思根本不在影片上。午夜时分，我已经准备上床就寝，第二天早晨还要早起上某门课呢。正打算去刷牙，路西恩收到了阿德勒发来的一条短信，他把短信内容亮给我瞧了瞧。

"恭喜。请恭候那接送的使者，随后必将是一段磨难之旅。"

我读了那条短信，又瞥了一眼自己的手机，不禁觉得喉咙一阵发堵。

"棒极啦，恭喜老兄。"

"你觉得短信里的'磨难之旅'指的是什么？"

"新人入会要被捉弄一番？"

"见鬼，你收到短信了吗？"路西恩问。

"没。"

"没短信并不等于没希望。阿德勒这人脑子秀逗，很有可能操之过急。"

"至少我们中有一个能入会。"

"别东想西想，老弟，谁也说不准。"

正在这时，有人在我们屋的门上敲了一下。

"来找你的。"我说。

路西恩迈步走到门旁，将房门打开。

"带件外套，戴上眼罩。"门外人对路西恩下令。

"阿特拉斯呢？要把他叫上吗？"路西恩问。

"闭上嘴，不许说话。"

路西恩从衣橱取出一件冬装外套和一条领带当作眼罩。他朝我投来伤感的一瞥，无可奈何地耸耸肩膀。"抱歉，老弟。"他做个口型说道，随后消失在了房间门外。

我一屁股坐到路西恩床上，向后一仰，任由脑袋磕到床垫上。我聆听着走廊里传来的脚步声变得越来越轻，直到再也没有一丝动静，只剩一片死寂，湮没一切，包括我的思绪。我眨眨眼睛，一滴泪珠淌下脸颊。就在这时，耳边传来"咚"的敲门声。

必定是路西恩忘了带什么东西吧。我走到门旁，拧开把手，门外赫然站着身穿深色西服的施坦威。但丁站在他身后，耳朵上夹着一根烟。

"带件外套，或者其他保暖的衣服，赶紧。"施坦威下令。

一时间我一动也没动，茫然地伫立原地，只觉得摸不着头脑。

"现在就去，你这个呆头鹅，麻利点儿！"但丁凶我，"这一届孩子怎么这么不灵光？"

于是我拎起一件冬装外套和一条围巾。他们两人用围巾裹住我的脑袋，遮住我的眼睛，扶我穿过走廊，迈下楼梯，踏进凛冽的寒气中。尽管围巾系得很紧，勒得我隐隐作痛，我却忍不住露出微笑——整整五百名大一新生，差不多占新生人数的三分之一，我竟然成了中选的幸运儿之一。

那夜余下的一切，都是一片模糊。我蒙着眼罩被人牵着在哈佛校园里四处走动，被领到一个又一个人面前。对方给我下了各种指示，比如命令我喝酒，命令我做俯卧撑，命令我唱让人下不了台的歌。从头到尾，我站了又站，等了又等，喝了又喝，一度认定自己马上就要"哇"一声呕吐。这一番磨难搞得我晕头转向，倒也不在意大家叫我干什么。

大约过了一个小时，又有人领我上了怀德纳图书馆的台阶，吩咐我摘掉围巾。我的视线一阵模糊，根本看不清昏暗的灯光下伫立在我面前的两人究竟是谁，只听见他们宣布我已经正式入会，次日早晨会得知更多详情。

我回到宿舍时，路西恩正在屋里踱来踱去。

"阿特拉斯！你入会了吗？"

我点点头，忍不住喜笑颜开。

"该死的，太棒啦！"路西恩乐道，"老天啊，真让人松口气。"路西恩一跃蹦过来，给了我一个拥抱："哎，我们成功了，老弟。"

我也回抱他一下，沉浸在有生以来最强烈的幸福与感激中。我深知这一夜的分量——这是全新人生的第一步，即将开启我一直梦想的人生。而这一切，尽皆归功于路西恩。"多谢。"我对他说。

次日早晨，我错过了早上的课程，直到十点才迷迷糊糊地醒来，猛然记起昨夜的喜讯，忍不住蹦出被窝，乐滋滋地向我妈报喜。

"噢，亲爱的，"她用捷克语对我说，"我真是太开心啦！真为你感到自豪！你刚才是不是提到，最后只有二十个大一新生入会？哎，等一下我就去告诉你的哈娜姑姑。"

"三十五个。"我告诉她。

"也才三十五个嘛。参加海选的有多少人呢？"

"得有五百人。"

"哎哟，老天爷啊。再跟我说说你入的这个社团。"

"算是个艺术戏剧社，肯尼迪曾是会员之一。"

"那个总统吗？"

"还有老罗斯福和小罗斯福，还有两位别的总统，名字我忘了。"

"天哪，克里斯，真是天大的喜讯。要是你父亲能见到你如今多么优秀，那该有多好。儿子念哈佛了，沿着约翰·肯尼迪总统的足迹，你父亲肯定无比自豪。"

"妈，你不是在哭吧？"

"不，不，怎么会呢。"我听得出她在哭。

"顺便说一句，马库斯让我代他问声好。"我告诉母亲。

"喔，马库斯！他怎么样？你要乖乖听他的话，好吧？"

"我会的，妈，那是当然。"

"好的。"母亲念叨了好几遍，我正打算道别收线，她忽然开了口。"克里斯，"她的口吻很犹豫，"还有一件事。"

从母亲的语气我听得出来，她要说的必是坏消息。我的心猛然一沉。数月前，母亲收到一张传票，声称奥库斯物业管理公司起诉她，要求赔付四千一百美金。刚开始我们都以为传票肯定是弄混了，毕竟连这家公司的名号都没听到过，对方又怎么会起诉我母亲？

可惜，传票并没有弄混。原来这家奥库斯公司最近接手了一套房产，是我们曾经的住所。该公司起诉我母亲拖欠房租，声称她提前四个月终止了租约——真是满嘴瞎诌。我们确实提前退租，但根据租房合同，若提前两个月告知房东，本就有权终止租约。可惜我们的说法没有半点用。这家物业管理公司一口咬定，我们未能妥善提前告知，而我们不仅无法证明对方胡说，甚至根本没办法跟对方联络。奥库斯物业管理公司没有网站，没有登记电话号码，公司地址是特拉华州的某个邮政信箱。总之一句话，我们母子的对手，是一家匿名的有限责任公司，只透过服务器和传票接连出招。每个月都会有一张新传票寄到我家，要求赔付的金额比一个月前又涨了一些，对方还要求我们承担诉讼费。才过了短短几个月，据奥库斯公司声称，欠债已经超过五千美金。我心里一直揣着这件事，恰似一个若隐若现的毒瘤。

"我跟律师谈了，"母亲开了口，"就是哈娜推荐的那个律师。听他的意思是，付钱恐怕躲不过。"

我感觉喉头发堵，仿佛一副重担突然压上了肩头。"按那家公司索赔的金额全数偿付吗？没得商量？"

"律师说，不如付钱算了，不然对方会纠缠不休，这事就没完没了。这就是对方的手段，他们对每个人都使这套，除非我们把钱付清，不然他们就搅得我们不得安生。"

"可这事实在太荒唐，我们根本不欠他们一分钱啊。我们住在那栋楼的时候，他们明明还不是我们的房东。"

"我明白，这些话我都告诉过律师，可他还是建议付钱，一了百了。"

"我们不能把对方告上法庭吗？"

"当然可以，可律师费又要花多少？要是我们败诉的话，又怎么办呢？"

"这样不合理，妈妈，极不公平。"

"是不公平，但又有什么办法？你想让我怎么办呢？"

"好吧，"我改口道，"那我们付账吧，要我给你寄多少？"

"你是不是有一笔积蓄存了下来，今年夏天的进账？真抱歉啊，妈妈拖累你了。要是你父亲还在世的话……谢谢，亲爱的，我爱你。"

我曾跟母亲说暑期打工攒下一大笔钱——可实际上，为了不在路西恩以及同伴面前丢人，那些钱早已被我花得七七八八。他们一帮人吃腻了哈佛的食堂伙食，就爱下馆子。有一天夜里赞德馋得厉害，干脆叫了一辆出租车直奔中央广场的麦当劳餐厅，点了整整一百美金鸡块、薯条和奶昔，随后在宿舍楼204号房大宴宾客。这帮人还时常外出，并不仅限哈佛校内，也奔赴波士顿其他学校的派对——也就是说，我们在酒水和车费上的花销可不是小数目。短短几周，我的积蓄好似流水一般花了出去，靠学生工攒下的钱根本于事无补。我明白，这样下去撑不了多久，也知道自己无法跟路西恩那帮人一样挥金如土。可是，这一点他们并不知情，我也不希望如此。

不过，还有一招我至今尚未动用：哈佛大学会向获取奖学金的学生提供贷款，每年高达两千美金，该贷款在学生毕业之前都免息，毕业后按名义利率计息——在我看来，它正是救命的解药。刚开学时，我曾下定决心绝不借债，不过，心知身边尚有一条退路，终究心定得多。到了眼下的关头，应该是时候动用这招了，别无他法。挂掉母亲的电话后，我便动身来到哈佛大学管理助学金的办公室，填写了一份申请两千美金贷款的表格。我把贷款申请表交给相关负责人，心里莫名涌起一种一夕长大的感觉。负责人告诉我，学校尚需几天处理贷款申请，到本周末应该就会开出支票。

我正打算从办公室离开，凯恩突然风一般登上了前门台阶。"你是为剧团的事来这儿的吗？"他劈头就问。

"这话是什么意思？"

"要交的社团会费啊，老弟，比我预计中多得多。你是来贷款的吗？"

"会费是多少？"

"难道你没收到电邮？每学期一千多美金。"凯恩告诉我，"除此之外，新人入会还要另交一千。"

我呆望着凯恩。我从来没有听说"速食布丁剧团"要交会费，招新选拔的过程中，没有一个人提过会费，总不能人人都掏得出一年三千美金吧？简直是天文数字。

"不可能吧？"我对凯恩说。

凯恩在手机上点开了电邮。"瞧……信上明明白白写着：所有新入会的成员必须一次性缴纳九百五十美元入会费。此外，每学期另需缴纳一千一百二十五美元会费。"

我的心猛地一沉。根本连算也不用算，我交不起。我顿时感觉脚下发虚，又忍住了发笑的冲动——终究还是落到了钱的问题上。

"事情就这样，老弟。"凯恩又开了口，"我本来打算稍后去找克罗斯比聊一聊，跟他摊牌说我拿的是全额奖学金。要是你乐意，不如一起去，肯定能想出点办法。"

"他们就不能提前跟我们打声招呼吗？"

"我懂，老弟。真他妈的烦人，他们要是能给我们打个折扣就好了，或者准我们少交点会费，放我们一马。"

"嗯。"我没精打采地说，"如果有什么好消息，拜托告诉我一声。"

回到宿舍，我看了一遍克罗斯比发来的电邮，一个字也没漏。除了有关会费与社团规则的条条框框，电邮还附上了周六之夜入会晚宴的邀请函和新成员名单。

我盯着名单，不自觉将"速食布丁剧团"的新人分成了两类：一类是出身富贵的新生，另一类嘛，则与之相反。我叹了口气，前一类的数量大大超过后者。名单上的新人有一位姓卡博特[①]，

---

① 疑为美国家族企业卡博特公司。

一位姓温思罗普[1]，还有两名来自威尔德家族[2]。一个叫瑞秋·福斯特的，是某私募亿万富翁的千金；另一个叫阿比盖尔·赵，她的父母刚刚捐赠了七千五百万美金给哈佛大学，用于打造"罗伯特·赵与莉莉·赵学生中心"；新人马克·约翰逊的父亲是BET[3]掌舵人，也是"通用汽车"的董事会成员；新人泰勒·威尔金斯，身为美国第三大连锁超市的继承人；维多利亚·罗斯的父亲曾任新泽西州州长；亨利·弗兰克的父母则是职业棒球队"波士顿红袜"的投资者之一——这么看来，以前根本没人想过会费的事，也就说得通了。对我班上大多数大一新生来说，会费不过是区区小事，打个电话回家便能搞定三千美金。可惜，对我并非如此，三千美金无异于将我逼上了绝路。

整个上午都像是在做梦，我魂不守舍地听了三小时的课，教授说的话半个字也没进耳朵。

当天晚上，我向路西恩倾吐了困境。

"你肯定是在开玩笑。"路西恩答道，"你画的那些画呢？你不是卖画赚了一大笔吗？"

我摇摇头。"赚得远比你以为的少，艺术代理人抽成一部分，还得交这费那税什么的，到手的钱根本没剩下多少。"

"你难道没有刚画的画可以卖？"

"只有那幅《三位一体》，就是之前你见过的。我进哈佛以

---

① 疑为美国奠基之父约翰·温斯罗普的后裔。

② 波士顿一个显赫的家族。

③ 黑人娱乐电视台（Black Entertainment TV），1980年由罗伯特·约翰逊创立。

后就没再画新画，因为马库斯希望我专心练习画技。"

"把《三位一体》卖了，钱不就够了吗？"

"是的，可即便我明天就找画商，人家或许也要过好几个月才能找到买家。"

路西恩沉默了，我们愁眉不展地呆坐着。

"阿特拉斯，我说不定能想出法子。你的那幅莫奈仿作，还记不记得？那幅你画了多久？"

"几个星期。怎么啦？"

"唔，我在琢磨……"

"千万别说要把我的仿作当莫奈真迹卖，那幅莫奈真迹还陈列在纽约大都会艺术博物馆里呢。"

"瞎扯什么呢，那是当然。"路西恩顿了顿，"我有两个主意。首先，你可以把这些仿作当名画复制品卖出去，知道吧？买家深知自己入手的是复制品，不过他们依然会掏钱，因为复制品总强过印刷的海报。"

"那一幅能要价多少，五十美金？"

"我愿意掏三百，掏得心甘情愿。不过你说得有理，而且我也更中意另一个主意。"

"什么主意？"

"你刚刚说，一幅仿作要画几个星期？"

"莫奈的仿作？"

"不，仿谁的都行。其他画家你也能仿，对不对？仿一幅过得去的作品，要花多久？"

"看情况。"我答道，"取决于画的尺寸、仿的是谁，还有我对这个画家的技艺有多熟……总之，有不少因素。你到底想说什么？"

"容我换个问法来问你：仿谁的画你能最快画完？"

我思索了一会儿。"亨利·马丁……可能要花几个星期。卡米耶·毕沙罗和查尔斯·卡莫因说不定花的时间更短一些，我仿卡莫因仿得不错。"

"卡莫因是个不错的选择，他的真迹能卖什么价格？"

"我说不准，你为什么这么问？"

路西恩并未接过话头，而是一把攥起了他的笔记本电脑。过了一两分钟，他将电脑转过来面对我，朝屏幕一指。眼前打开的是苏富比拍卖行的网站，我定睛审视，望见了几十幅卡莫因的画作。

"看见没有？卡莫因的真迹大多数售价在两万美金左右，而且他的画作至今尚未推出权威编目。卡莫因是完美之选。你刚刚说，一两周你就能仿完一幅？"那一刻，路西恩仿佛中了邪——他的眼睛一眨也不眨，直勾勾地瞪着我。"总之，"他接着说道，"要是你一脚踏进苏富比拍卖行，想卖给他们一幅价值五百万美金的莫奈画作，他们只会瞥一眼，要么把你轰出门，要么立刻去报警。"

"他们会报警。"我赞同道。

"说得对。不过，假设你去波士顿某家小画廊或典当行，要卖给他们一幅名气不太大的画家的画作，比如一幅价值一万美金的作品；要是你又正好去对了地方，某个不会刨根问底的地方……依我说，你就能轻松揣着好几千现金脱身。"

"你开玩笑吧？"

"我姑姑跟我提过这种事，她在斯德哥尔摩有家画廊。很显然，这种破事向来都不缺。"

"去对了地方是什么意思？究竟去哪种地方卖赝品才算去对了地方？"

"阿特拉斯，别激动。"

"难道是黑帮开的典当行？"

"不少画廊会买的。"

"你脑子秀逗了吧。"

"听我说，那天艺术史教授还跟我们提到，市面上超过一半的艺术品是赝品，就连专家也分不出逼真的赝品和真迹。听着，你只管画画，其他的交给我一手包办，赚的钱我们平分。"

"你明白这是犯法吗？"

"当然，伪造真迹，算得上对艺术品犯下的第二违法的大罪吧，仅次于偷窃。"

"对，那我们干吗不去偷呢？我们干脆去洗劫伊莎贝拉·嘉纳艺术博物馆，偷它几幅伦勃朗的真迹！"我眼睁睁听见自己的喊声越来越响，越来越恼火，"三亿美元好歹够我们撑上一阵子。退一步也行，这条街上就有一家便利店，我们出门就可以动手抢！"

"阿特拉斯……"

我猛然站起身，只觉一股怒气涌上心头。"哎哟，不要担心，"我厉声道，"这批假画我也想好了，要是俄罗斯寡头亿万富豪行不通，我们还可以卖给波士顿本地典当行里的你那帮铁哥们，很显然，人家除了收上不了台面的珠宝，还一向热爱收藏艺术品。真见鬼，路西恩！这他妈的可不是在闹着玩，老兄，这是我的人生。"我终于道尽了一腔怒气，不由瘫倒在椅子上，双手抱头。路西恩一个字也没有说。我抬头瞥了一眼，正望见他的眼神，顿时悟到一件事：他可不是在开玩笑。他伸手搭上我的肩头。

"我们办得到。"他又开口说道，"相信我，绝对不会被抓包，我们会把活儿干得很漂亮。你现在手头紧，对不对？"

"别这样，老兄，这太扯了。"

"不如这样，我借一笔钱给你，你先交社团费用。过几个星期，你仿一幅卡莫因的作品还给我，不过得给我一幅顶尖货，得是可以径直挂到卢浮宫的那种极品。"

"没门儿，我才不会为了一个蠢兮兮的社团就被哈佛开除，搞不好还要蹲监狱。"

"我可是在尽力帮你，你只管画画就好，剩下的都交给我，我来承担一切风险。就算我真被抓了，警方怎么可能发现我手里的赝品是什么来历？我说是从旧货地摊上收的，警察绝不可能发现是你的大作。"

"你干吗要冒这么大的险？"我问。

"我乐意帮忙。"

"那对你有什么好处呢？"

"你没钱就没法入会，这不公平。我想帮人一把，就这么简单。"

"还有呢？"

"还有……有朝一日，它将成为一则精彩的轶事，一场真正的奇遇，阿特拉斯。"

"我得考虑考虑。"

"先考虑一晚上，明天我们再聊。"

路西恩说完关上了门。我次日要交一篇写作课的心得报告，可惜根本无法集中心神。我在笔记本电脑前坐了整整一个小时，瞪着打开的文档，上面一片空白。光标闪烁个不停，标志着时间正一秒接一秒地流逝。我满心都在眼红路西恩和佐拉，他们根本就不明白成天为钱担惊受怕是什么滋味，比如选某门课之前还得查查该课的教科书贵不贵，或是在加入社团和为母亲救急之间左右权衡。

夜里我躺在床上，呆望着天花板，竭力想要另寻一条出路，但根本无法将路西恩的馊主意抛开。它盘踞在我的脑海深处，既忘不掉，又赶不走，恰似在期末考试前夜收到一封信，信上标着"试题答案——切勿拆封"。我明知道不该偷窥，连动念头想想都是大忌，可是它偏偏就在那儿，躺在我的书桌上，只待拆封。要是我只瞧瞧试题答案的第一页，会怎么样？当然，只是验证一下我是否已经做足了准备应考，算不上作弊，对吧？

路西恩倒是说中了一件事：他的方法确实行得通。我早就听说过艺术品市场上遍布赝品的传闻，也听说某些画商只要能转手把画卖出去，根本不在乎是不是赝品。此外，我对自己的画技颇有信心。要是别人能以假乱真，我敢说自己也差不到哪里去。再说，我可不是史上第一个炮制伪作的画家。在功成名就之前，不少名画家在年轻时都靠伪作养活自己。马库斯曾经跟我提过，米开朗琪罗就曾靠赝品雕塑卖给红衣主教起家，而红衣主教最终成了米开朗琪罗的一大主顾。

只要画一幅画就行，没有谁会留意到一幅画，没有谁会察觉。只需区区一幅画，我的全部麻烦便会迎刃而解。

次日早晨，我一觉醒来，发觉书桌上摆着一个信封，装着两千美元现金。没有字条，也没有人多说一句——恐怕也无须多说。我心知这笔钱的来历，也心知收下它意味着什么。

我收下了这笔现金。

Chapter
7

黑暗之中，烛光摇曳，数十簇星星点点的黄色火苗在一排排蜡烛上跃动。那是一盏盏小圆蜡烛，根本无法照亮偌大的屋子。

坐在我左侧的是一名女生，马上就要当众念上一则自己编的段子。女生叫克莱尔，穿的是影片《福禄双霸天》中布鲁斯兄弟之一的行头。刚才的一刻钟，她一直埋头忙用黑莓手机撰写一首揶揄某个剧团成员的五行打油诗。我已亲眼见她拟了好几份草稿，还帮她改了一下用韵。

"好啦，"克莱尔开口说，"我要念诗了。"

"祝你好运。"

克莱尔将椅子向后一推，只手搭在我的肩头，借力登上椅子。有那么一刹那，她看似就要跌倒，却又稳住身子，挥挥另一只手，示意屋里众人注意。有人发出一声响亮的喝彩，屋里随即响起一阵勺子敲击酒杯的叮当声，此后整间屋顿时静了下来。克莱尔拿起黑莓手机，清了清嗓子。

"致加勒特。"她向满屋人宣布道。紧挨我们桌的一群男生又是起哄，又是握拳猛敲桌子，一下又一下仿如鼓声。

"加勒特！"有人高声嚷嚷。

"哎哟！住嘴！"

克莱尔眯起眼睛望着手机，照着手机屏念出了声：

> 有个小伙名叫加勒特·克劳，
>
> 他脸上的愁容取代了微笑，
>
> 因为那天他得知一个噩耗，
>
> 你瞧，
>
> "布克兄弟"服装店已关门拉倒。

屋里爆发出一阵雷鸣般的掌声和欢呼。克莱尔再次落座，一张脸涨得通红。"写得怎么样？"她问我。我尚未来得及回答，与我们同桌的一名大四学生便举杯祝酒，号召大家一饮而尽。于是，当夜第五次，我们整桌人齐刷刷站起身，开口唱起了歌：

> 一口闷，一口闷，一口闷，
>
> 一口闷，一口闷，一口闷，
>
> 一口闷，一口闷，一口闷，
>
> 一口闷啊，
>
> 一、口、闷！一口闷！

一曲终了，在座众人都将杯中酒一饮而尽。我们这桌刚刚收尾，隔壁桌又开口唱起了"一口闷"，同一支歌在整间屋此起彼伏。

克莱尔并非在场唯一一身穿戏装出席的会众。单单我们这桌，就坐着"蜘蛛侠""小甜甜布兰妮""夏威夷神探"，还有一只企鹅和一位小精灵。这是"速食布丁剧团"入会晚宴，也恰逢万圣夜，所以半数资深会员都盛装打扮，准备晚宴后径直参加化装舞会。至于其他的人，要么西装革履，要么穿着两种风格的混搭。

我穿的是路西恩挑的一件白色晚礼服，因为他非要陪我去中央广场的礼服店买衣服。"我跟你一起去。你们美国佬在毕业舞会上穿些什么破烂玩意，我心里很有数。我借钱给你，可不是让你去买那种俗气的涤纶面料，再配个夹式领结和一顶软呢帽。没门，老弟。"

路西恩自己早就备好了无尾礼服，说那是伦敦一名裁缝为他量身定制的。他还穿了一双绣有家徽的天鹅绒浅口便鞋——我本以为那是一双女鞋，但抵达社团会所时，我却发现脚蹬天鹅绒便鞋的人会赢得一片赞美，于是我悟到一件事：天鹅绒便鞋代表着精于此道，代表着属于圈里人。真想知道哪里能买一双。

最后一轮酒喝完，克罗斯比踩上一张椅子，宣布晚宴结束，请所有人离场上楼，清场后要接着招待宾客出席万圣节派对。我迈步逛到酒水吧台，正好遇见但丁，他自告奋勇要带我参观这座宅子，领我走上窄窄的螺旋式楼梯，上了二楼。墙上贴着社团照片和昔日的演出海报，一间电视室里配备着几张超大真皮沙发，隔壁游戏室里摆着一张牌桌和一副国际象棋。

"去大鳄之厅喽！"但丁对游戏室里的人群发令。

我尾随但丁绕过拐角，走进一间钴绿色的屋子，里头居然又有一具鳄鱼标本，体形比楼下那只还要大。但丁朝着鳄鱼一指。"那可是泰迪·罗斯福的手下败将。"

"我还以为他猎杀的是楼下那条鳄鱼。"

但丁瞪圆了双眼紧盯着我，一眨也不眨，接着耸了耸肩膀。"唔，有可能。谁弄得清楚？"

楼梯上到一半，我停下脚步，观望着楼下的景象：桌子已被打扫干净，一名保镖守在宅子前门，一份名单紧攥在他的手中。保镖的身后有一对醉醺醺的情侣，恐怕是拜"一口闷"所赐，正互相拉拽，根本不理睬周遭发生的一切。宾客们一窝蜂涌进主室，聚在酒水吧台旁。剧团的理事会成员们恰似忙乱的工蜂，时而张罗这些，时而收拾那些，满屋子找电源线、辅助线和闪光灯。虽然才入会短短几个小时，我感觉自在又舒心，仿佛已经习惯了社团的氛围。

我的目光尤其被某张脸庞吸引：她雪白而美丽，一头及肩黑发轻拂过面孔。那是哈丽特·安德森，身穿一条红裙，正在屋角跟另一名女生闲聊。我定睛端详，她突然回头，正好迎上我的目光。我赶紧把视线掉开，以免被她认定我一直在偷窥她。过了片刻，我又朝她瞥了一眼，发觉她继续望着我。这下可好，轮到她赶紧掉转目光。

其实我早已跟哈丽特偶遇过好几次，一直苦于找不到良机上前搭话。我总能找出打退堂鼓的理由：或许她正在跟别人说话；或许她看上去太过美貌；或许该怪我还没喝醉，怪我心虚得很。可是此刻，托词一个接一个不见了踪影，我实在找不到不去搭讪哈丽特的理由。

她正背对着我，审视墙上的一张照片。我清了清嗓子，可她并未转身。我学着路西恩搭讪女孩的招数，在她的头上轻轻一拍。哈丽特转过身，脸上露出不解的神色。

"哈喽。"我开了口。

"这是你的惯用招数吗？我又不是小狗。"

我的脸顿时涨得通红。"可人人都这么打招呼……"

"才不是，这样怪得很。"她怒视着我，眼中满是轻蔑的神情。

"抱歉。"一阵尴尬的沉默后，我能感觉到自己的双颊越来越红，正要落荒而逃，她却笑出了声。

"我是逗你呢。对不起，我实在忍不住。"

"谢天谢地。"我无力地笑了笑。

"顺便说一声，我叫哈丽特。"

"阿特拉斯。"

哈丽特伸出一只戴着红色羊毛连指手套的手，我握了握。她举起酒杯的姿态像个小孩，一只手紧攥着杯柄。衬着她的晚礼服，那副连指手套显得有点荒谬，不过她并不在意——真让我倾倒。

"你叫阿特拉斯，是跟阿特拉斯山脉有关吗？"

"不如说跟希腊神话中的擎天神有关。"

"这么说，你是希腊裔？"

"算不上。我是捷克人，唔，也算是美国人，我在美国出生，但我的父母来自捷克斯洛伐克。"

"也就是说，你压根没有半点希腊血统。"

"说得对。"

"你明明是个捷克裔，怎么取了个希腊名字？"

"你问题真不少。"

"我是个好奇的人。"

"舍友给我起的。"

她用戏弄的神情瞥我一眼。"说来听听？"

"他认定我的真名很没劲。"

"于是干脆给你起了个新名字？"

"没错。"

"要是我没理解错的话，别人觉得你的名字很没劲，你就由着他把你的名字改成了希腊神祇之名？"

"你要这么说的话，听上去有点荒唐。"我说。

"不然呢？"

"说得有理。"我答道。

"你的真名叫什么？"哈丽特问。

"克里斯托弗。"

"是个好名字。"

"我也向来这么认为。"

"与克里斯托弗·马洛同名。"

"他是本会会员吗？"

哈丽特"噗嗤"笑出了声。"他是个剧作家。已经过世的剧作家。"

"好吧。"

"你当真不知道马洛的大名？此人堪与莎士比亚比肩呢，剧作《浮士德博士的悲剧》就是出自他的笔下。"

"我懂。他的大名我不该不知，不过我攻读的可不是英文专业。"

"饶你一马。"她说。

"好，该轮到我提问了。"

"请。"

"你今天扮的是谁？"

"说来话长。"

"我有空。"

"我扮的是弗恩·阿拉贝尔，《夏洛的网》里的女孩。我刚才还带了一头毛绒小猪呢。"

"那小猪呢？"

"你说威尔伯？"

"对。"

"我可能一不小心把它留在其他地方了。"

"你竟然弄丢了威尔伯？"

"大约十分钟前，有个喝醉的拿走了威尔伯，不能全怪到我头上。"

"你干吗戴一副连指手套？"我问。

"冷。"

"也就是说，手套跟角色没什么关系？"

"其实，这双手套都不是我的。"

"哎哟，你用威尔伯跟人家换了副手套，对不对？"

"唔……"

"天呐，保护威尔伯可是弗恩的头等大事。"

"可我太冷了！"

一阵喝彩声吸引了我们的注意。我们双双望向声音传来的方向，一眼见到路西恩踩着椅子，高高举起一大罐啤酒，周围聚满了人。他挥了挥另一只手，示意全场注意。

"哈喽！"路西恩在一片喧嚣中高呼，"我就说几句话，给大家敬酒。"

DJ 关掉了音乐，不少人发出嘘声让别人安静。所有的视线通通落到了路西恩身上。

"诸位中或许有人知道，我出生于一个小国，名叫瑞典，那是维京人的国度，还有身材高大的美女和价格实惠的家具！"

"宜家！"屋子深处有人喊道。

路西恩接着说下去。"在瑞典，我们祝酒可不说'干杯'，要说'Skål'！在场的诸位！"他将啤酒举过头顶，在场众人齐声喊道："Skål！"

"在瑞典，我们有一支歌，跟大家刚才唱的那首差不多。歌名叫做《Helan Går》，翻译过来差不多就是……"说到关键处，路西恩顿了顿，清了清嗓子，"一口闷！"

全屋一片欢呼。

"要是诸位同意的话，在下愿意献歌一首。"路西恩提议道。

不消说，众人嚷嚷着喝起了彩。于是路西恩唱道：

Helan går

Sjung hopp faderallan lallan lej

Helan går

Sjung hopp faderallan lej

Och den som inte helan tar

Han heller inte halvan får

Helan går [1]

唱罢，路西恩双手高举那罐啤酒，将它一饮而尽。音乐声再度响起，两名同学干脆把路西恩扛上肩头抬走了，而他把空酒罐举过头顶，仿佛那是一座奖杯。

我向哈丽特转过身。"真是令人惊羡啊。"我叹道。

她翻了个白眼。"简直蠢到家了。"

"你说路西恩？"

"在我眼里，他就是个讨人厌的混蛋。"

"是吗？"我震惊道。哈丽特是我见过的第一个没有拜倒在路西恩脚下的人。

"他害我的朋友吃了亏。"她解释道。

"出了什么事？"

"详情我并不清楚。"哈丽特说道，"开学的几个星期里，他俩有过一段情。西尔维娅说他连哄带骗，让她相信他们两人已

① 歌词为：干杯！请您歌唱"呵呼嘟啰啦啦！"谁若不能一口闷，剩下的半杯也别碰！干杯！

经互相认定此生，谁知道他却背着她使坏。为了掩盖真相，他又对西尔维娅扯了一大堆离谱的谎。她说这人很有问题，她从来分不清他嘴里的话是真是假。"

"真的吗？听上去不像他的作为。"

"我非常确定。怎么啦？你俩总不会是好友吧？"

"算是吧。"我回答，"我的意思是，他就是我的舍友。"

"就是他叫你'阿特拉斯'？"

"正是。"

"那如果我叫你克里斯托弗，你介意吗？"她问。

"当然不介意。"她这一问，隐隐透出一种熟悉与亲密的感觉，让我略感吃惊，忍不住笑了笑，"乐意之至。"

"好，很棒。克里斯托弗，那你有什么专长？在场人人都有独门绝招。等等，让我猜一下，你是壁球队的。"

我哈哈大笑。"绝对不是，简直差得远，我连壁球场一百米之内都没有踏进过一步。"

"那是网球？田径？"

我仍然摇头。

"看来不是体育健将。难道你是个数学天才？不然就是全美拼字比赛冠军？"

"难道这便是我散发的气质？书呆子之王？"

"真不好意思。那你到底有什么专长？"

"我是个艺术家。"我回答。

"受难艺术家，还是挨饿艺术家？"

"目前两者都不是，至少暂时不是。你呢？"

"你都不想猜一下？"

我考虑了一会儿。"依我看，你是个作家。"

她歪着头审视着我，眼中满是好奇。"等等，你怎么会知道？"

"在下自有妙计。"

"有人跟你透露过。"

我摇摇头。"刚才我把名字告诉你，你首先想到的是个剧作家，说他跟我同名。最爱剧作家的人，莫过于演员或作家。"

"你的言外之意，是说我长得不够美，当不了演员？"

"这话是你说的，我可没说。"话一出口，我顿时追悔莫及。哈丽特倒吸一口凉气，伸手捂住了嘴。

"天哪。"我赶紧说，"刚才是开玩笑，万分抱歉。"

"简直无礼至极。"

"实在对不起，我真的是在开玩笑。在我心里默念的时候，那句话显得要风趣不少。真该死，本来跟你聊得好好的。"

"是吗？"

"我觉得是。"

"这话是你说的，我可没说。"哈丽特说。

"刚才我想说的是……如果你是演员，应该会扮成剧中的人物，而不是书中的人物。"

"算你圆上了。"

"那你是哪种作家？"我问。

"诗人。"

"我竟不知道世上还有诗人这一行当，还以为跟哲学家、探险家一样绝迹了。"

"我认为，哲学家和探险家也尚未绝迹。"

"你确定？"

"非常确定。"

正在这时，刚刚跟哈丽特做伴的女生在屋子另一头高呼着她的名字。

"看来，有人在找我。"哈丽特说。

"那你动身吧。"

"认识你很开心。要是你碰巧发现威尔伯的踪迹……拜托告诉我。"

"那我得问你要电话号码，才能让你知道。"

"说得有理。"她摘下手套，在我的手机上键入一串号码。

"哈丽特！"她的同伴又喊了一声，"我们要走喽。"

哈丽特将手机塞回我手中。"再见。"

Chapter
8

"该起床啦，宝贝。"

我睁开双眸，面前顿时浮现出路西恩的身影。

"已经中午了。"他补上一句。

我咕哝一声，翻身躲开光亮，只觉得头痛欲裂。

"把它喝了，会好受些。"一个沉甸甸的东西"咣当"砸上了我的后背。

我坐起身，揉揉眼，发觉自己身上还穿着无尾礼服，屁股左侧搁着一瓶蓝色饮料。我向窗外瞥去，望见一片湿漉漉又灰蒙蒙的秋色。

"我感觉一团糟。"

"你就是一团糟。要不要来点布洛芬？"

"那倒不用。"

"没问题。给你，好好瞧瞧这书，是我今天早上在怀德纳图书馆里翻出来的宝贝。"路西恩说着将一本薄薄的平装书扔给我。

我又倒回了被窝。"现在读书太早了点吧。"

"明明已经是中午，赶紧看书。"

"《伪作大师的学徒：与世上最声名狼藉的艺术家相伴的日子》。"我念出了书名，又瞥了一眼路西恩。

"酷哦，对不对？我这儿还有。"路西恩说着又递过来一本，书名赫然叫做**《艺术品造假者手册》**。我顺手翻开一页，读了起来。

"此时你将埋头致力于备妥颜料，斟酌所用的媒介剂、油和清漆，并挑选画笔——上述一切，均需仿效你要模仿的古典大师使用的方法……"

"我查过这本书的作者，"路西恩向我解释，"此人名叫埃里克·赫本，几年前已经去世，是艺术界的传奇人物，靠炮制勃鲁盖尔和鲁本斯的伪作赚了几百万，快来见识一下。"他从我手中取过那本书，翻到某页停下，把几张图表和某段貌似烹饪书食谱的内容亮给我瞧。"看见了吗？这玩意读上去就跟操作手册差不多。"

"这是能从图书馆里借到的书？"

"一本不落，怀德纳图书馆里这类书还多得很。不过我觉得这几本已经足够上手。我们来把书分成两份，读起来能快一倍。"路西恩拿起其中一本，递给我，"给你，从这本开始读吧，读完以后把心得跟我讲一讲——我只求你做到这件事，拜托就依我一回。要是事实证明，确实是我脑子秀逗，这个计划比我预料中冒险得多，我们就把这破事忘个精光，行吗？来吧，阿特拉斯，别当老顽固。"

我接过那本书，在手中摆弄——我根本拉不下脸拒绝他，我信任路西恩，一心希望他对我有好感，正如我对他有好感。自从路西恩和我交情渐深，我的人生经历了惊天的变化，但根基依然不牢，随时都有可能被夺走。我可不希望路西恩把我当个废柴看待。再说，他又何曾引我误入歧途呢？"没问题。"我回答他，"我今天晚上开始读。"

当天夜里，做完经济学习题的我走出拉蒙特图书馆，回宿舍读起了第一本关于艺术品造假的书籍。我实在没那份胆量公然在图书馆里读，因为满脑子都是好管闲事的图书管理员和防不胜防的摄像头——在我踏出图书馆时，管理员只怕会翻翻我的背包，要是不小心瞥见了书名，还会挑高两条眉毛呢。说不定，他们会朝拉蒙特咖啡馆里买咖啡的哈佛大学警员招招手，让人家过来帮个忙。更惨的是，我说不定还会碰见手持本的马库斯，又得费一番口舌向他解释为什么会读《艺术品造假者手册》。最终，惶恐的我干脆把书塞进了床下的一只鞋盒，只在深夜时分紧锁宿舍门、拉上百叶窗的时候读一读。

随后几个星期，我读完了好几本路西恩挑选的书，有些只粗略翻了一下，有些读完了全书，一个字不漏。出乎我的预料，这批书竟然颇为引人入胜，某些书中讲到自学的画家造出的伪作最终竟在著名的博物馆里展出，讲到亿万富豪把全副身家通通花在了收藏赝品上，讲到骗子和欺诈高手们如何瞒天过海，讲到所谓的专家如何被哄得上了当。

其中，最终服法的那些艺术造假高手的回忆录，是我的最爱。这类书读上去半像惊悚小说，半像操作指南，其中大多数都详细写出了伪作炮制者各自的工序，甚至详细描写了某些非常实用的环节，例如所需的物品清单及如何获取那些物品——中间又有不少内容属于常识，例如：切勿照抄某幅名画，切勿试图仿制与该名画一模一样的赝品，而应沿用该画家的风格重新创作一幅画；确保使用的颜料符合时代特征；挑个作品既多但作品记录又颇混乱的画家下手模仿；切勿使用全新的画布。

伪作炮制过程中尚有其他一些更具技术性的要素，也就是确保伪作能够通过详细鉴定的某些步骤。例如，造假者必须确保画上的清漆在黑光灯下不出现异样，因为旧清漆与新清漆会呈现出不同的绿色。清漆无法人为旧化，但某位造假者琢磨出了一记妙招：用某种溶剂将廉价老油画上的清漆化掉吸入纸巾，拧出纸巾吸入的液态旧清漆，随后便可再次用于此人刚画出来的伪作。

伪作炮制中最艰巨的难关之一，便是掌握油画颜料干燥所需的时间。与数小时便可变干的丙烯颜料不同，油画颜料干燥所需的时间要长得多，需要数月甚至数年的时间才能完全干透。因此，一幅已有五十年历史的油画，看起来跟一幅一周前刚刚完工的画作肯定大不相同。

在一本关于汉斯·范·梅格伦的书中，我发现了解决之道：梅格伦是荷兰人，炮制了不少仿维米尔的伪作。梅格伦发觉，若将某种聚合物胶水掺进油中，便可造出能在数日内干透的油画。仅仅过上一个星期，掺了胶水的油画颜料变硬的程度便几乎相当于已有百年历史的老油画。梅格伦的绝招显然相当有效，因为出自他手的一幅赝品《以马忤斯的晚餐》足以瞒天过海，以至于研究维米尔的顶级专家都宣布该画是维米尔最优秀的杰作。

受梅格伦这一招的启发，我开始尝试把不同的胶水掺进油画颜料。刚开始的时候，我用的几种胶水的黏性太厉害，干得太快，掺了之后没办法画。后来我发现了一种木材胶，效果十分不错，可惜这种胶水呈亚麻色，害得颜料染上了一抹淡黄的色调。在我试过的一大堆胶水中，某个品牌的透明胶效果最佳。只需花上几个小时，掺入透明胶的油画颜料摸上去就已经干了，并且这款透明胶又不太粘，不会让我感觉是用蜂蜜在作画。

读着这堆"秘籍"时，我几乎无法抑制满心的欢喜。也许该怪阅读"禁书"带来的快感吧，要不就是得知机密带来的兴奋。不说别的，单单是阅读过程就很是让人心醉，仿佛是一场场智斗。读得越多，我越发倾心。

路西恩也颇有同感。我一味醉心于伪作炮制者们自身别出心裁的技艺，路西恩却一头扎进了造假骗局的运筹帷幄。在彼此身上，路西恩和我都发现了天然的同谋，可以携手分享并讨论刚刚读到的"秘籍"。某些少年因同样痴迷漫画书或橄榄球而心意相通，路西恩和我则因同样着迷伪造艺术品而成了至交。

没过多久，路西恩与我就成天互发短信，分享读书心得，交流书中的精华。到了晚上，我们便讨论各种策略，权衡不同方案的优劣之处。

其中，路西恩对一件轶事格外着迷：有人曾将其伪造的文件放入泰特美术馆的档案中，为自己炮制的赝品捏造了出处。此人察觉到，美术馆安保人员一心只关注是否有人从档案室里往外盗走物品，并不关注是否有人朝档案室里带进物品。于是，此人将假文件混进了已有档案里，破坏了用于验证艺术品出处的记录系统，并挟英国顶尖机构之一的威名，为自己炮制的赝品背书。这一计谋，让路西恩大为叹服。

在这段时间，路西恩与我的讨论恰似两个谋划完美犯罪的同伙在商量对策。我们两人聊的是艺术品造假，但话题若是换成如何抢劫银行，或是如何完成谋杀并成功脱罪，也并无不可——总之，都是纸上谈兵嘛，不过是一场头脑游戏而已。与此同时，它也是我与路西恩相处的契机，把路西恩和我紧紧绑定。这个合伙项目，我不希望它早早结束。

不过，我倒也给自己吃了一颗定心丸，路西恩曾经答应过，假如该计划风险太大，我们就立刻罢手。我很有信心，路西恩最后一定会临阵退缩，因为这条路上有一道无法逾越的难关，除了罢手别无他法。谁知道，随着时间的流逝，我竟然发觉路西恩从一开始就没有说错——这个计划并不离谱，居然真的有可能实施。我也猛然悟到，我们说不定真的要开始实施了。

在研究"秘籍"的过程中，最让我吃惊的一点是，就算其中最马虎、最无能的艺术品造假者，也风光了好些年才被抓包。

其中有些伪作炮制者属于受过正规训练的画家，画技颇为高超，但另一些则是外行，靠的是自学成才。某位艺术品造假者靠特制的鸟类图画模板伪造约翰·詹姆斯·奥杜邦的画作，打造了一套"一画多印"的体系，颇见成效。另一位则花了数年的光阴，潜心钻研如何使用普通房屋涂料制作赝品，假充马克·夏加尔与阿尔贝托·贾科梅蒂的油画真迹出售。上述两位都制作了数百件伪作，售价高达数百万美金，而他们行事并不谨慎，手法也不复杂周密。他们并没有采取"打一枪换一个地方"的方针，相反倒是一口气朝当地市场卖出了同一位艺术家的一大批"真迹"，害得市场趋于饱和；他们并没有使用假身份和保密银行账户，还找了些有案底、有毒瘾、不太靠得住的同伙——总之，两位造假者漏洞百出，却双双逍遥法外了十多年。

这件怪事，也没能逃过路西恩的眼睛。"要是这群呆瓜都能逍遥法外这么久，那我们俩还不厉害得要命。"他评论道，"对了，听听这则消息：德国有人以四千五百万欧元的高价售出了总共十四件赝品……竟然只判他坐三年牢！伪造赝品冒充费尔南德·莱热和基斯·梵·邓肯的真迹，赚了五千万欧元，只坐三年牢，老弟！权贵们还真是半点也没把艺术品造假放在心上。"

"对啊，为什么看上去那些艺术品造假者根本没人追查？"

"因为确实没人追查。动脑子想想吧，就算想管，警方又怎么去追查？这个市场是如此不透明，差不多半数时间根本没人弄得清买卖的双方是谁。当市面上一半交易是亿万富豪和空壳公司之间的私下买卖时，买卖根本不登在账面上，当局又怎么摸得清这个市场到底脉络如何？不了解全局，又怎么摸得清规律？再说了，警方要操心的破事可不少，收藏家自己心里根本没数，至于中间商——拍卖行啦、艺术顾问啦，等等，他们可是靠这些买卖赚钱的。只要赚到手的钱是真货，他们才不在乎买卖的艺术品是不是真货。"路西恩吁出一口气，又长吸一口，"多说一句，我已经琢磨好卖画的时候，我们该用什么身份了，真是挑不出一点刺。依我说，我可以装作一个波士顿富家子，顶尖'华斯普'家族①的其中一支吧，比如姓什么洛厄尔或洛奇，再跟买方交代，这幅画是我刚刚继承的传家宝。"

听上去，这个主意反而有点画蛇添足。

"干吗非要装波士顿富家子？"我质疑道，"你的口音听上去可不像本地人。"

"噢，得了吧，口音有什么不好装的。"

"要是穿帮了怎么办？"

"我搞得定。"

"那干吗不干脆说你是英国人，或者声称是欧洲人？"

"拜托，动动脑子，老弟。难道会有人专程从伦敦飞来波士顿卖他过世祖母收藏的旧画？根本说不通。相信我，口音我搞得定，再去找斯特林借几套行头，这帮新英格兰预科生穿衣打扮全都一个样。"

路西恩忙着扮成波士顿本地小子，我却一心琢磨着如何将卡莫因的画作仿得更加逼真。我从卡莫因的一幅名作下笔开始练

---

① 也称"黄蜂族"，即白人、盎格鲁‐撒克逊人、新教徒组成的财团。下文中的洛厄尔和洛奇，都是典型的家族姓氏。

起，该画被视为卡莫因画风的典范之作。

某天下午，马库斯发觉我在模仿这幅画，生怕我惹上麻烦。

"世上有些举措属于前进，有些举措属于后退，还有些属于原地踏步，原地踏步是最危险的一种。"马库斯评论道，"无论怎样，都应该努力往前迈进，尝试新事物，不断地探索，不能任由自己故步自封。一旦故步自封，就会陷入停滞，而停滞会让人无法振作，那你就惨了。这可是我的经验之谈。"

"为什么这么说？"

"裹足不前以后，你就会感觉自己毫无建树，随后便失去动力，开始感觉自己不中用，因为你甚至连画画也不愿意再画——这是一条沉沦之路。所以说嘛，不能停！赶紧画完这幅，着手下一幅吧。"

"好。我只是醉心于卡莫因处理水波的手法。"我告诉马库斯，"在他的画中，水波仿佛正在流淌，看上去栩栩如生。我对下一幅原创作品有个新主意，打算把这种手法融进去。"

"好，很棒，棒极了，但千万别把我刚才叮嘱的那番话给忘了。"马库斯嘱咐道。他刚要动身离开，却又打了个响指，扭过了头。"对了，克里斯，有件事要跟你说一声。"

"什么？"

"十二月二十九日，你有安排了吗？"

"应该没有。"

"有人邀请我在曼哈顿摩根图书馆作报告，对方准备举办一场加勒比黑人艺术展，希望我能在艺术展开幕式上演说。不如你也去一趟，届时会展方组织的豪华晚宴会有不少艺术界大腕出席，知道吧，属于大人物云集的场合。"

"棒极了，我很乐意。你的发言准备得怎么样？"

"还没好。"马库斯答道，"也是时候了。"

路西恩挑中查尔斯·卡莫因的画作让我仿，无疑十分明智：卡莫因的真迹价格不菲，冒险颇为值得，但也并非天价，不至于太过惹眼。此外，卡莫因还是个高产画家，据说创作了三千多件作品，其中大部分画作都不知所终。终其一生，卡莫因不时重度抑郁发作，抑郁期间他亲手毁掉了大量画作，其他作品则下落不明。迄今为止，尚未有人费心张罗卡莫因作品目录，详细盘点他的所有已知作品——也就是说，世上无人拿得准出自卡莫因之手的所有作品。或许其中数百件画作已被私家收藏了数十年，公众根本无从知晓。因此，卡莫因去世数十年后，有几件私家藏品露面公开出售，又有什么出奇的呢？

对我来说，准备工作的最后一步，则是研读卡莫因的生平，挑选其中某段作画生涯作为模仿的对象。我在哈佛艺术图书馆里找到一本传记，书中记载了查尔斯·卡莫因的日记与信件段落，已译成英文。我每天入睡前都会从这本书里读上几则，以便揣摩查尔斯·卡莫因的思维方式与心路历程。卡莫因日记的文风在阴郁、自怜与快活、自傲之间摇摆，一时仿佛欣喜若狂，一时又陷入几近虚无的漠然之中。我发觉他在跟密友马蒂斯的信中透露出艳羡之意，又留意到他赞美过的艺术家全都逝世已久，至于同时代的艺术家，卡莫因似乎对他们的成就颇为不屑。

就卡莫因来说，他一生最稳定的日子，便是临终前那十年的时光。第二次世界大战结束后，卡莫因在法国圣特罗佩租了一间画室，可俯瞰当地的海港。窗外的景致必定极讨他的欢心，卡莫因在那里画出了数十幅海港风景。那些画作彼此十分相似，其中不少取材于同样场景的同款船只，只是时段不同。我在苏富比拍卖行的网站上查看了一下，同类画作在拍卖会上已以三万美金左右的价格售出——而这个价位，正是路西恩与我深夜商谈后设定的理想价格。

　　卡莫因在圣特罗佩时期的一众画作中，最令我倾心的一幅取材于日落时分的海港风景：前景中的船只有三艘，恰似带有桅杆的三抹幽影，与一片碧色的汪洋浑然一体，而夕阳正在没入深蓝的地平线下，在长春花色的天空中洒下黄色与橙色——不如就画一幅风格与之类似的作品吧。

　　次日，我对路西恩说，我准备动手。

　　"棒极啦，还缺什么吗？"

　　"缺几块一九四〇年代左右的画布，再加上画框。"

　　"这些东西我上哪里去弄？"

　　"古董店、二手店、私家摆摊甩卖。"我答道，"应该不难买到，只要找些画得蹩脚的老油画就行。这些旧画上的颜料我会弄掉，所以只要是幅老油画，就能派上用场。"

　　路西恩在波特广场找到了一家旧货店，店里有一大批俗气的老油画。他一口气买了四幅，花了七十五美金，真值。若论炮制伪作，老油画的画布至关重要，原因便在于"龟裂纹"。这是油画表层历经多年后形成的一系列裂纹，其原因在于画幅随温度与湿度的变化而伸缩。要营造出逼真的龟裂纹，唯一的办法是在已展现出裂纹效果的旧画布上作画。路西恩入手的四幅老油画上均有明显的龟裂纹，多亏了那些从图书馆里借来的书，我还知道裂纹肌理不仅存在于最上方的油画颜料层中，也存在于下方的打底层中。只要小心清理掉老油画原有的颜料层，不破坏打底层，那几块已有六十年历史的画布便可随我涂抹了。裂纹的独特肌理将依然保留在打底层中，也将反映在新绘制的颜料层上。等到重新绘制的油画干了，便会跟原有的旧画一样形成裂纹。

路西恩买来老油画以后，我便动手开始清理。这一步比预想中要棘手，历经半个世纪的时光，油画颜料已经硬到无法用酒精或松节油清洗的地步。麻烦在于，任何足以抹掉五十年老油画颜料的强效溶剂，也会抹掉其下的打底层，而少了打底层，就会少了龟裂纹，简直让人进退不得。多亏我在《艺术品造假者手册》一书中读到的绝招，将老画布用浸过丙酮的纸巾盖上。丙酮算不上非常强效的溶剂，通常只适用于去除油画的清漆，但纸巾阻止了丙酮挥发。过上六个小时左右，纸巾下的油画颜料便完全溶解了，只剩两张空白画布与原有的打底层。

画这幅画花了我两个多星期，每天晚上我都在画室里埋头用功，各种聚会一概谢绝——其实，我原本一心想见哈丽特，要是晚上出去玩的话，说不定就能碰见她呢。可惜的是，路西恩非让我保证，除非这幅画大功告成，不然不得出门。为了让我挤出时间画画，他甚至主动包揽了我的大多数课后作业，不仅把我新生研讨课上所有的读物都做了总结，还为我的写作课撰写了一篇长达八页的文章，解析阿尔贝·加缪在《反抗者》和《西西弗神话》中体现出的反抗哲学。等到这份作业得了高分，还被老师夸奖成今年我提交的最佳文章，我简直又是恼火，又是开心。

有天夜里，马库斯没有事先打招呼，忽然到访我的画室。我当时埋头作画，支着画架背对画室门，根本没有察觉他进屋。

"你这是画的什么？"

"天哪，马库斯，你差点把我吓死。"

"不好意思，我真该先敲敲门。"他一边说一边凑过来，越过我审视着那幅油画。我猛地悟到他或许会察觉出真相，冷不丁恐慌了起来。

"对了，有些东西你想看看吗？"我开口道。

"这幅是你画的？"马库斯的眼神紧盯着那幅画。

"唔，随手涂着玩。"

"克里斯，这是彻头彻尾的模仿。无论构图、审美，还是透视——通通是照搬经典的卡莫因风格。"

"是吗？"

"对，我拿得准。"

"我是在尝试对卡莫因的风格进行全新的诠释。"

"几乎一模一样。与其说是仿画，不如说是照搬，根本没有一丁点原创性。"马库斯瞪着画布，双眉紧蹙。他伸出食指摸了摸还没干的颜料，又用拇指捻了捻，随后抬起手，凑到鼻子旁闻了一下。我顿时感觉喉头发堵，不禁屏住了呼吸。

"你这用的是什么颜料？"

"喔，就是常用的颜料——冈布林牌。"我告诉他，"不过，我自己调了点油权当尝试，但还是罢手算了，效果不佳。"

"要不，这东西还是拉倒吧。"他说着伸手向那幅仿卡莫因的画作一指，"最近你模仿得太多，不如回头画几幅原创作品。"

"没问题，要是你觉得该这么办的话。"

"目前这一阵，你不如先尝试着认清自己。你拥有巨大的潜力，当下应该是你挖掘潜力并形成自我风格的时候。此前我们一直专注磨炼你的技艺，可要是你的创意受到影响，那就到了改变的时刻。"

马库斯离开后，我松了口气。幸好，他并未察觉到真相。不过不能再冒风险了，我把今晚的事告诉了路西恩。

"还要多久才能画完这幅？"

"已经快要完工。不过，东一小时西一小时的实在够呛，要是能有一长段时间专心画画，我的进度会快上不少。"

路西恩闻言打了个响指。"感恩节。"他提议道，"你干吗不留在学校过感恩节，顺便再把画画完呢？那个时候，学校里连个鬼影也不会有。"

"我妈要我回家过感恩节。"

"那又怎样？给你妈编个借口，说过节期间非留在学校不可，我也待在学校陪你，大好时光别浪费嘛。"

"这……不太好吧，我妈跟我有一套过感恩节的习惯：我们不跟别人家一样吃火鸡，倒是年年去我家旁边的一家小餐馆吃巧克力屑薄煎饼——从我记事起，这就是我家的传统。我小时候，那可是一年一度的丰盛大餐哪。要是我不回家过节，我妈会伤心得要命。再说，你不是也准备飞回欧洲过节吗？"

路西恩摆摆手，表示不值一提。"改签机票就行，没什么要紧，反正圣诞节假期我也要回家。再说我父母这周也不在家。"

他察觉出我很不情愿，于是又开了口，"老弟，感恩节我们自己安排不好吗？去弄只火鸡，弄箱香槟，再叫上凯恩。我敢打赌，还能钓几个小姐，肯定开心得很。"

"可能吧，我说不好，但要是我赶不回去过节，那麻烦就大啦，我妈会伤心的。"

"出不了什么事，阿特拉斯，区区一个感恩节，谁会放在心上？跟你妈打个招呼，说要准备期末考试，反正胡编几句，她肯定会体谅你。"

"克里斯，我没有听懂。你刚才说不回家过节，是什么意思？"

"马上要期末考试，我是很盼着回家过节，可我得待在学校学习。"

"你那里都好吧？干吗不把课本带回家来学习？跟以前一样在卧室里念书。"

"妈妈，对不起，这不行。"

"要么我来波士顿一趟，母子俩一起吃顿晚餐。我再给你带点东西——你要什么，我都可以带。"

"你要怎么来波士顿？"

"我搭公交车就行。"她答道。

"妈妈，用不着这么费劲。再过几个星期我就回家，这学期快要结束了。等我熬过期末考试，就可以回家待上一个月。"

"亲爱的，是不是出了什么事？怎么突然说不回来了？你从来没这样过。"

"课业非常繁重，这里的学生个个才气逼人，压力大得很，我只是希望表现得好一些。"

"我……那好吧，我的亲生儿子都不肯说实话了。"

尽管路西恩跟我吹得天花乱坠，到了感恩节他竟然拍拍屁股走人了。有人赶在感恩节前一天邀他一起去纽约过节，他实在回绝不了，下午就挥手辞别了我，钻进一辆出租车向火车站驶去。

当天夜里，我难以入睡，脑子里一直想象着母亲独守感恩节的场景。次日凌晨一点我干脆钻出被窝，穿好衣服去了画室，一直画到天色放明。朝阳冉冉升起时，我终于收了笔，只觉得非常累，整个人晕乎乎。涂上一层清漆后，我把画带回宿舍，搁到路西恩买来的那盏小加热灯下晾干。紧接着，我收拾好行李朝南站奔去，又登上了一辆驶向巴尔的摩的公共汽车。一路花了整整八个小时，我几乎一直在打盹，但总算及时回到家，正赶上母亲出门前往那家小餐馆。

Chapter
9

那个身穿皮夹克的男子正在端详我们——这一点我敢打赌。越过路西恩的肩膀，我可以望见夹克男正从靠窗的那桌不时用目光瞥向我们俩。此人应该听不清路西恩跟我说了些什么吧。

正值十二月的第二周，天气颇为凛冽，地上积起了厚一英尺的白雪。路西恩与我坐在波士顿纽伯里街的一家星巴克，对街便是沃格尔画廊。

"再把计划将一遍吧。"路西恩换上了一副跟平日不一样的口音，听上去酷似斯特林，专为今天量身打造。他的打扮也酷似斯特林，穿着"里昂比恩"卡其裤和靴子、格罗顿学校运动衫，罩上一件深绿色"巴伯尔"外衣，再配着一副角质框玳瑁眼镜。

"老兄，"我赶紧制止他，"说话小声些。"说着我伸手摸了摸脚边的行李袋——那幅画并没有丢，正好端端地收在行李袋里。

路西恩朝我翻了个白眼。"放轻松。"

"你身后有个家伙一直盯着我们。"

"那又怎样？"

"要是他在监视我们，事情不就闹大了吗？"

"你能不能别开玩笑？"

"我没开玩笑。"

"鬼才在监视我们。"

"路西恩，我一直盯着对方呢，现在他就瞪着我们不放。"

"谁？"

"就在你正后方，那个穿皮夹克的。"

路西恩装作伸懒腰，左右扭了扭身子，借势往身后一瞥。

他气呼呼地扭过头。"阿特拉斯，该死的，那就是个八竿子打不着的路人。"

"你可说不准。"我回嘴道。

"拜托瞧仔细，那人明明穿了一件波士顿风格的搞笑T恤。以你的高见，这种人物会在哪里高就？中央情报局还是联邦调查局？哪有什么人会吃饱了来监视我们。"路西恩伸手朝脑后和两侧梳理着头发，"赶紧把计划说一遍给我听。"

"用不着再捋了，我心里有数。"

"真棒，那我想听一听。"

"万一这家伙是画廊的人呢？"

"怎么你还揪着这破事不放了？见鬼，那就是个游客，阿特拉斯，放轻松，做个深呼吸，别喝咖啡了，你整个人抖得厉害。把咖啡给我。"路西恩下令。

趁他动身倒掉咖啡，我又摸了摸行李袋，轻抚着画框，确保那幅画还没有丢。

"该死，我好紧张。"路西恩再次落座时，我告诉他。

他摘掉眼镜，冷冷地看我一眼。"我已经跟你说得很清楚，你根本无须现身。"他的语调颇为平和，但听起来斩钉截铁，"我告诉过你，我来包揽一切，可你偏偏要来。"

"我们是同坐一条船的搭档，我总不能……"

路西恩举起一根手指，示意我噤声。

"我先说好，要是等一下你按捺不住，表现得像个什么都不懂的小屁孩，那请你赶紧回家，现在就走。要是你管得住自己，那就闭上臭嘴，按原计划办事。你自己定。"

路西恩把眼镜重新戴上，朝后仰靠椅背，叠起双臂，凝神瞪着我。他紧咬着牙关，双唇抿成了一条线，又清了清嗓子。

"再过三秒，我就穿过这条街，踏进那家画廊。"

路西恩站起身，从桌下取出行李袋，迈步走向店门。我赶紧跟上。

沃格尔画廊是一家波士顿本地机构，建于一七九〇年代，堪称马萨诸塞州历史最悠久的艺术画廊，也是波士顿唯一真正享誉全美的画廊。不过据报道，沃格尔画廊因扩张一度受挫，又正赶上金融危机，受过双重打击后便一直苦苦挣扎。

这也正是路西恩挑中沃格尔的原因之一。我本来提议要瞄准规模小一点、创建晚一点的所罗门画廊，那里的人员恐怕对印象派画作没那么熟，总比经验丰富的沃格尔画廊好糊弄一些吧。没想到，路西恩当即否决了。

"正因如此，我们才该绕开所罗门，挑沃格尔下手。所罗门专攻当代艺术，那边的人懂个屁的印象派画作，说不定连卡莫因都没听过。要是一幅画他们连价都估不出来，又怎会下手买呢？"

"有道理。不过我们就不能找个次一点的画廊下手吗？沃格尔雇的可是波士顿最有实力的一批人。"

"不行。两个缘由，其一，沃格尔濒临关门，手头缺现金缺得厉害。要是他们感觉面前有个大便宜可捡，可以轻松脱手赚上一笔，那绝不会放过。他们满脑子想着钞票，而不是画作。"

"其二呢？"

"印象派正是他们的专长。沃格尔画廊的人员精通印象派，对吧？"

"这不正是麻烦之处吗？"

"不，这才是诀窍所在。首先，沃格尔画廊的人并不是专家，而是销售人员，是自封为专家的销售人员。他们定然自信过头，会相信自己的眼睛，对自己仓促间做出的判断深信不疑，懒得费神再找他人鉴定。"

"可是……"

"全怪虚荣作祟，这便是秘密所在，得迎合他们的虚荣心才行，让他们笃信自己智慧过人，毕竟这个念头早已在他们心里扎根了嘛，那就给它浇浇水。一旦认定自己很厉害，世人便会放松戒备。说是狂妄也好，说是自大也好，叫法并不重要，但这正是富豪常被坑骗的缘由。瞧瞧麦道夫吧，阔佬们自认为脑子灵光，不可能上当。你只需把他们捧高几分，使他们掉以轻心，然后迅速下手，对方还没有回过神，背上的蜡翼就被烤化，人也'咣当'一声坠了地。"

我们踏进画廊，门铃响起。画廊的墙上挂着肖像画与海景图，可追溯至马萨诸塞州尚是殖民地的年代。其中一面墙上有个壁炉，屋子正中摆着一张圆形大木桌。

屋子深处的一扇门里走出一个面目不善的秃头男人。此人身材瘦削，身穿栗色开衫配西裤，脖子上晃悠悠系了一副老花镜，时刻紧锁着眉头。

"需要帮忙吗？"听此人的口吻，他真心想问的恐怕是："两位小畜生有何贵干？"

"嗨，下午好，先生。"路西恩把斯特林的声调模仿得惟妙惟肖。

"要是两位在找洗手间的话，不如去对街的星巴克吧。"

"唔，老天，我们可不是来找什么洗手间的。我手头有幅画，希望能让您过目。"

"你们预约了吗？"

"应该没有，我是说……"

"你事先有没有预约？'是'还是'否'，这问题并不复杂。"

"我并不知道需要事先预约。对不起，先生，我的祖母刚刚过世。"路西恩说着把行李袋的拉链拉开，把那幅画取出来，"她给我留下了这幅画，不知道您是否可以帮忙鉴定。"

那人瞥了画一眼，眉头又皱了起来。他从路西恩手中把画接了过去，认真端详着画框，随后把画翻过来，审视着画幅的背面，又取出一个放大镜，一丝不苟地察看起来。

我在画廊里四处闲逛，时而发发短信，时而装作端详墙上挂着的画作——总之，我扮演的是闲得发慌的好哥们儿，总得把戏份演足。

那人又向路西恩扭过头。"你刚才说，这幅画是如何到手的？"

"我已故的祖母留给我的。"

"有相关文件吗？"

"那是什么？"

"证明来历的文件，比如收据、买卖契约、真品证书等。"

"噢，这份应该就是。"路西恩说着从行李袋中取出一个塑料文件夹，又从中抽出一张皱巴巴的牛皮纸。

此前从那家古董店买旧画时，路西恩还买下一台老式打字机，用它炮制了一份售卖记录。

黎明时分的圣特罗佩港口 & 黄昏时分的圣特罗佩港口
—— 画作由卡莫因先生售予 H. 莱曼上尉，交易见证
人为卡莫因夫人

路西恩在契据的三个人名上方分别仿制了一份签名，又将契据的日期标为"1947 年 6 月 24 日"。当初我还跟着路西恩到宿舍楼地下室的厨房里，见他将茶水倒上那张牛皮纸后放到烤箱烤了十分钟，取出撕掉一个角，折起来揣进了衣兜。

"是我祖父当年在法国买下赠给我祖母的画。就在战后，我祖父是个步兵军官。"路西恩告诉秃顶男子。

"要是我把这幅画拿去店里片刻，不知您是否介意？"那人问道，"我想请同事也过目一下。"

"哥们儿，我们赶时间啊，火车三十分钟之后就出发，你就不能在纽约找人看吗？"我插嘴说了一句。路西恩叮嘱过：要是对方拖延，我就得闹一闹。

"要多久？"路西恩问。

"一刻钟。"

"这趟火车可千万不能错过。"我又继续催促，"票已经卖了个精光，下一班要等到九点钟。"

"要不还是把这幅画带去纽约吧，"路西恩一边对我说，一边看表，"真的快赶不上火车了……纽约应该也能找到地方瞧瞧这幅，艾莉森不就在画廊干活吗？"

"没错，交给她就行。"

"对不起，先生。我们恐怕来不及了，但还是多谢您帮我过目。"

"等一下，等一下。"他的目光匆匆从那幅画上扫过，寻找着瑕疵，"你打算要价多少？"

路西恩耸耸肩。"价格公道就行。我有个朋友念的是艺术史专业，她觉得这幅画也许能卖一万五千美金呢。"

秃顶男人朝天花板望去，装出一副正在心算的样子，嘴里响亮地啧啧作声。"一万五不行，"他说，"一万二怎么样？"

"好吧，"路西恩说，"依我说，这幅画我还是带去纽约，瞧瞧要价能不能高一点好了。"

我呆望着他——路西恩竟然刚刚回绝了一万两千美金。

"等等，"秃顶男子又开了口，"不如这样，我给你一万三千美金，你收不收支票？"

"一万三？"路西恩问。秃顶男子点点头。

"要是给现金，一万三可以卖。"

"没问题。请稍候片刻，我从保险柜里取钱出来。"

我拼命想要捕捉路西恩的眼神，可他并不搭理我。我一屁股坐上屋角的一张古董椅，取出手机直勾勾地瞪着屏幕，装出安然的样子。一分钟后，秃顶男子再度现身，手里紧攥着一个附有纸夹的写字板和一个马尼拉纸信封，他把信封递给路西恩。

"全在这儿了？"路西恩问。

"一万三千美金。要是乐意，你可以数数。请在这里署上姓名，此处签字，此处签姓名首字母，然后在最底下签名标注日期。"路西恩把刚拿到的信封递给我，随后以"斯图尔特·莱曼"的名义填写了表格。我朝没有封口的信里瞥了一眼。

秃顶男子露出了笑容，伸出一只手。"祝你们在纽约玩得开心，小伙子们。我的名片请收下，若有别的画作，请两位务必光临。"

路西恩与我转身告辞，他还狠狠地朝我瞥了一眼，示意我管好自己，然后风一般下了画廊的台阶，拦下一辆出租车，吩咐司机载我们去哈佛广场。

"天哪，"我嘴里叹道，一拳捶上了路西恩的胳膊，"真厉害，整整一万三千美金？开玩笑呢吧？"

路西恩猛地欢呼一声，差点把出租车司机吓个半死。"我早就跟你说过，必然手到擒来嘛！"

"居然真的大功告成了。见鬼，简直像在做梦！"我叹道。

路西恩咧嘴笑开了。"刚才我的口音怎么样？一根刺也挑不出，对吧？"

"厉害得不得了。"

"一万三千美金……好，我们先拿出一万平分，一人五千美金。然后我拿掉两千美金，因为你还欠我两千，最后还剩下一千，可以用来支付将来的开销。"

"将来的开销？"我问。

"没错，等到下次出手的时候。"

"你说什么？"

"下一幅画，还用说吗？"路西恩说。

"我们不是就此收手了？"

"拜托，阿特拉斯。你也亲眼见到了，得手不要太轻松。"

"见好就收啊，五千我已经心满意足了。"

"你没说真心话吧？这钱来得再容易不过，人家简直就是求着我们收下来。"

正在这时，我发觉出租车司机调低了收音机的音量，貌似正在偷听路西恩和我斗嘴。

"待会再说，"我告诉路西恩，"别在车上聊。"

出租车在一盏红灯前停了下来，路西恩突然冒出一个念头。

"嘿，二十九日你有什么安排？"他问。

这个日期为什么听着如此耳熟？"我说不好，应该没事。"

"二十九日是格蕾丝的名媛少女首秀之夜。她让我邀请几个同伴，你想不想去？在纽约的华尔道夫酒店举行。"

格蕾丝正是路西恩的新任女友。今年早秋时节，路西恩与赞德去纽约旅行时结识了格蕾丝，她是哥伦比亚大学的大一新生，贵为某私募亿万富豪的千金。我还没有见过她，但从别人嘴里听过不少关于她的传闻，据说是一位颇有曝光度的名媛，路西恩让我看过《名利场》杂志网站上一篇报道格蕾丝的文章。

"什么是名媛少女首秀之夜？"

"女生初入社交界的登场亮相。"

我听得一头雾水。

"总之就是个聚会，在纽约举行，懂了吗？参加的话需盛装出席，那可是个无比盛大的派对，佐拉也去，我本来准备邀请斯特林，不过，不如换成你去？"

路西恩这一问，让我措手不及。尽管两个月来，路西恩与我的交情已经越来越铁，但我依然认定，他恐怕尚未将我当成挚友。佐拉与斯特林才是路西恩的铁哥们儿，这件事无人不知嘛。没想到，路西恩刚刚开口邀请我去聚会，竟然放了斯特林鸽子——一股自私却暖心的自豪感在我心中油然而生。但紧接着，我猛然记起：二十九日，那正是马库斯在曼哈顿摩根图书馆作报告的日子。

"听上去棒极了。"我听见自己一口答应。该如何跟马库斯解释？待会儿再想办法吧。

"好哇！到时候必定开心得很。"路西恩说。

"斯特林那边你怎么交代？"

"唔，不要紧，反正我还没开口邀请他。"

"你确定？"

"百分之百确定。反正斯特林也提过，元旦他向来都是去棕榈滩过。"路西恩咧嘴一笑，举起了装着现金的那个信封，"再说……我们总得庆祝一下吧。"他伸手轻扣车厢里的有机玻璃窗，"嘿，司机老兄？计划有变啊，送我们去南站吧。"

出租车司机咕哝一声，将车掉了个头。

"我们要去南站？"

"因为南站停着列车。我们要动身去纽约啦，宝贝。"

"不，不，不行，路西恩，我没法去纽约，周一还有一门期末考试呢。"

"别紧张，老弟，我也有期末考，绝对不会有事。今晚我们就跟格蕾丝和她的一帮朋友一起去纽约玩吧，明早再搭首班列车回来，还没到吃午餐的时候，你就能赶到拉蒙特图书馆了。格蕾丝的女伴达妮埃拉你还记得吗？就是我让你在'脸书'上瞧瞧的那个。据说，人家对你有点意思。"

"是吗？她怎么知道我是谁？"

路西恩朝我挤了挤眼睛。"权当有人帮你美言了几句吧，不用谢。"

一小时后，我坐进了阿西乐特快的头等车厢，路西恩在我身旁。列车向纽约宾夕法尼亚车站驶去，车窗外的铁轨扬起一片细蒙蒙的冰霜雪雾。

Chapter
10

"我没听懂。"电话那头，马库斯的声音伴随着一阵"噼啪"声：电话信号不太好，他接下来的一句话我根本没听见。

"不好意思，马库斯，你刚刚掉线了，能听见我说话吗？"

"我听得很清楚，克里斯。"这时，通话又变得颇为流畅，"问题到底出在哪里？我提前了六个星期早早跟你打过招呼，还是在感恩节之前呢，当时你一口答应下来。接着我把请柬和来宾名单都发给你了，你连吭都没吭一声。现在倒好，你提前一天给我打个电话过来，说你因故没法出席？我的意思是……克里斯，拜托，你是在开玩笑吧？"

"我明白，我明白，是我弄错了日子，真对不起。我还以为是下个星期。"

"下个星期？一月份？我可口口声声告诉过你是十二月份。跟我说句实话吧，克里斯，问题到底出在哪里？是不是你手头紧？我可以找人让你借宿。"

"不是钱的问题。"

"那是怎么回事？为了给你弄份邀请函，我可欠了好大一份人情。来宾名单你读过了吗？亚当·温伯格、格伦·洛瑞，大卫·茨维纳，是纽约艺术学院的负责人。我还约了埃里克和艾普莉先跟我俩喝点东西，好把你介绍给他们。老天爷，小子，你那小脑袋瓜到底在犯什么傻？"

我早料到会挨马库斯一顿训，因此这通电话已经拖了好几周。当然，处理得是有点小孩子气，可惜，整整两周，我每天一觉醒来，就又决定再往后拖上一阵子。于是，拖来拖去，最后实在拖不下去了。

"真的非常不好意思，我真不知道该说些什么。我在日历里把日期标错了，后来又出了点别的事，今天我才反应过来，原来日子安排重了。"

"别跟我瞎扯。你这瞒天过海的一招，我听得出来。日子怎么安排重了？还能有什么盖过这件大事？"

"嗯，问题在于……"我刚说了半句，马库斯却打断了我。

"刚才那一问，不需要你的答案，克里斯托弗。"他凶巴巴地说，"听着，要是你不愿意抽空去一趟，那不要紧，别跟我演这种提前一天才借故推辞的低级把戏，还要瞎编个狗屁的借口。我该怎么跟埃里克和艾普莉交代？不是有句俗语：龙生龙，凤生凤，老鼠的儿子会打洞。唔，不管龙凤还是老鼠，你这是在开倒车，你母亲养出的儿子原来可不是这个样。"

"马库斯……"我咬字很慢，拼命想把话接上，"我说不好。我很抱歉，总之我搞砸了，行吗？"

"不太行。以后我们再聊。"

电话应声中断。我挂上电话，心中满是愧意与内疚，可也松了一口气。马库斯说得对，可在内心深处，我并不是那么在意。之前的人生，我一直是个循规蹈矩的乖孩子，一直按该走的路老老实实地走，我真的厌烦了。找点乐子有什么不行？难道就会让人一跤跌入深渊？

这时，一阵刺耳的叽喳声响彻整间屋，震得我的耳膜嗡嗡作响。是长尾小鹦鹉醒了。我母亲刚养的宠物，我似乎很不讨它们的欢心。总共有两只，都是黄色的澳大利亚鹦鹉，养在厨房的笼子里，一只叫卡夫卡，另一只叫昆德拉，反正我也分不清。从哈佛回到家时，我发现家里居然添了两只鸟，不由感到讶异，我家还从来没有养过宠物呢。小时候，跟大多数小孩一样，我也盼着养条狗，可惜母亲总是一口回绝——她既没空照料小狗，也没钱养。我问起两只澳大利亚鹦鹉的来历时，她说这都怪我离家念大学，家里顿时变得好冷清，才买下了两只鹦鹉。不过后来她见到两只小鸟关在笼子里没办法飞翔，又感觉很心酸。她倒愿意放生两只鹦鹉，但只怕活不了，毕竟它们一生都在囚笼中度过。实在没办法，只能把鸟关进小小的笼子，搁在厨房的流理台上了。

我察觉得到，从哈佛回来这一趟，让母亲很开心。在这之前她一直颇为忐忑，因为奥库斯物业管理公司的纠缠像是挥不去的阴影，让她揪着心。当时她连信箱也不愿意打开，唯恐又收到一张传票。

这一次，母亲请了整整一星期假来陪我。某个下午，我们一起去了溜冰场，又逛了水族馆。我感觉有点别扭，因为即使是在我小时候，我母亲也罕少陪我出门，她总是连周末都忙着上班。每次下班回家，往往又累脚又痛，早早就上床休息。一想到母亲若是无须整天操劳，一想到假如父亲依然在世，能够搭把手，那我们该有多么快乐，我不禁感觉心中隐隐酸楚。

圣诞节次日，母亲与我在巴尔的摩剧院观看了莫斯科芭蕾舞团的《胡桃夹子》。两张演出票算是我送给母亲的圣诞礼物。见到票时，她流下了眼泪。在她还是个小女孩时，曾在布拉格国立音乐学院学过芭蕾，甚至在国家芭蕾舞团于布拉格国家歌剧院表演的《胡桃夹子》一剧中扮演过一个小角色。可惜十三岁那年，因为体重和身高，校方将她除名。不过母亲始终秉持着对舞蹈的热爱，时常对我提起她多么期盼能带我去看芭蕾，但高额的票价始终让我家望而生畏，我们手头根本掏不出这么一笔费用。

刚开始，母亲拒绝了我的芭蕾门票，吩咐我拿去退了，又训我乱花钱。我赶紧告诉她售出的门票没办法退——既然已经扯了一个谎，干脆再胡诌几句，声称哈佛大学艺术生可以通过学生服务办公室购买各类戏剧和演出的打折票。听完后，母亲默默寻思片刻，随后点点头。说不清她是否对我的话买账，但她再也没有多问一句。

对那场所谓"名媛舞会"，她倒是挺好奇。

"跟毕业舞会差不多，但是纽约版。"我尽力向母亲解释。

"办舞会的这个姑娘是谁？怎么认识的？"

"是路西恩的女友，他们已经约会好几个月了。"

"可纽约远得很，你要住哪里呢？"

"路西恩让我住他那儿。"

"他父母在纽约？"

"他在宾馆订了一间房。"

"这么说，不是跟他父母住在一起？"

"应该不是。"

"那你要穿什么衣服出席？有衣服配得上这种奢华场合吗？"

"路西恩有一套备用的无尾礼服，他答应借给我。"

"路西恩、路西恩、路西恩，这小伙子的名字我都快听得耳朵生茧了。"

于是我把《纽约时报》报道这场名媛舞会的文章给母亲看，她吓了一跳。报道提及了肯尼迪家族①与洛克菲勒家族②，其中一位即将在舞会上亮相的名媛少女乃是美国某现任参议员之孙，另一位则是原驻法大使的千金。文章中的豪门与头衔打动了我母亲，一眨眼的工夫，我受邀出席宴会便让她感觉满心自豪。她嘱咐我要拍照留念，又吩咐我把《纽约时报》的这篇报道打印出来，好带给我姑姑瞧瞧。

名媛舞会当天，我搭公交车前往纽约，本打算倒头打个盹儿，但坐在我身后的男子一上车就开了免提跟朋友煲电话粥，足足聊了一个小时。车水马龙中，巴士动不动就猛然跟跄一下，颠得厉害，害我有点想吐。我合上双眸，竭力想象自己正身在别处。

等到再次睁开眼睛时，巴士已经抵达了纽约。我原本料想这辆巴士会停在纽约的大车站让乘客下车，谁知汽车"吱嘎"一声在一家足底按摩店外停下，根本没人通知车上乘客已经抵达目的地。巴士司机一声不吭地把车泊好，开了车门下车，我赶紧跟上，拦下一辆黄色出租车，吩咐司机载我去华尔道夫酒店。

这时已是傍晚时分，暮色正在渐渐地降临。我摇下出租车的车窗，大口呼吸冬日凛冽的空气，任它像清澈而又冷冽的碧波一般拂过我的面孔。出租车在曼哈顿穿梭，我眼前的都市风

---

① 美国的政治家族，家族成员约翰·肯尼迪曾任美国第 35 任总统。

② 美国的石油家族，创始人约翰·洛克菲勒。

光也从紧巴巴、矮墩墩的廉租公寓变成了宽阔的大道和钢筋铁骨的参天高楼。

还隔着几个街区，我已经望见了华尔道夫酒店的身影。酒店已经换上了圣诞装扮，点缀着金箔花环与串串华灯。二楼的高窗上饰有直径至少六英尺的巨型金色花环。在酒店底层，悬垂的华盖发出暖融融的橙光，宾客们从旋转门中鱼贯而入，酒店的门卫正欣然迎接。

我迈上大理石楼梯进入大堂，给路西恩打了个电话，他给了我二十七楼的某个房间号，吩咐我上楼。

"实在太离谱了。"我张望着整间屋，惊叹道，"瞧瞧那洗手间！这间房得贵到离谱吧！"

路西恩耸耸肩膀，"反正买单的是格蕾丝的父母。我早就告诉过你，今晚有的是乐子。"

"格蕾丝人呢？"

"她在走廊尽头收拾打扮呢，住在玛丽莲·梦露曾经住过的套间里。"路西恩告诉我。我看上去定是一副狐疑的样子，路西恩哈哈笑出了声。"2728 号房，你自己去查查吧。顺便说一声，佐拉也来了，就住在隔壁。"

"哎哟，去瞧瞧他想不想喝一杯。"

"大堂就有酒吧，去把佐拉找来，我马上就下楼。"

我们三人在酒吧落了座。坐在桌旁，华尔道夫酒店大堂里忙碌的人流尽收我的眼底。在我看来，大堂本该是酒店与大千世界之间的纽带，是人们途经的一站，众人从这里再迈向天南海北。可置身其中时，我才发觉罕少有人径直从酒店大堂离去，似乎多少都会流连于此。人们一个个踏进酒店大堂，逗留片刻，四下走动，像一群绕着蜂巢盘旋的蜜蜂。

这里有不少跟我年纪差不多的年轻人，大多外表看上去相似：晒黑的健康肌肤，整洁笔挺的衣着，精心打理的发型。他们似乎彼此都相识，见面要么欢呼一声，要么击掌拥抱，像秘密社团的小型聚会。

"阿特拉斯，别发呆了。"冷不丁，我的耳边传来了路西恩的声音。

"你没事吧，哥们儿？"佐拉问。

"怎么啦？"

"我刚刚问你，今年暑假准备干吗？"

"不知道，最好是能用来画画，我已经申请了一笔奖学金。"

"你呢，路西恩？"佐拉问。

"我说不好，也许去好莱坞找点事做。你们认不认识格雷格·格洛弗？'速食布丁剧团'的大四生，明年去迪士尼供职，反正据他描述，那里倒是很高端，我一直琢磨要关注下那个行业。"

"没错，"我点头道，"你扮唐老鸭肯定无人能敌。"

佐拉笑出了声。"有道理！你的身高够高。"

"好段子。"路西恩兴致索然地说，"麻烦在于，我在洛杉矶连个人都不认识，有点施展不开。大家一窝蜂都朝银行业挤，可那也太老套了。我倒是有点想弄个初创企业。"

"跟扎克伯格 ① 一样？"

---

① 扎克伯格（1984—　），美国社交网站 Facebook（脸书）创始人兼首席执行官。

"没错，但不要很逊的那种，或者玩阴招的。话说回来，我总得先有个精彩的创意吧，你们俩有什么点子？"

"针对大学生的团购网站怎么样？"

"这主意怎么行得通？"

"说不好，比如给他们提供点酒吧折扣、课本折扣之类？"

"我敢说，团购网站早就用过这招。佐拉你呢？"

佐拉闻言露出了笑容。"难得你开口问，岂不有缘，碰巧……"

"哎哟，又来了。"路西恩叫了声苦，赶紧截住佐拉的话头，"你可千万不要再提你那出租狗崽的烂招。"

"那是个妙招！"

"是妙招才怪！"

"只需在手机上敲下一个键，不出半小时，就有一只狗宝宝送到你的面前——想象一下吧，这该是多么令人心醉的一幕。真厉害，我只怕成天抱着这款应用不肯放手。"

"见鬼，这纯属虐待动物。佐拉老兄，来跟我说说，等到你旗下那五百万只狗宝宝不再是狗宝宝的时候，你准备怎么处理它们？"

"我怎么知道，放生了呗。"

"怎么放？朝哪儿放？"

"要不然，大家也可以领养嘛。"

"这个话题到此为止。"路西恩摇头道，"你们这帮不中用的家伙，真不知道我干吗还把你们留在身边。算了，还是去银行业吧。"

"我听说，金融行业的工作时间长得吓死人。"我插嘴道，

"一天要干个十八、二十个小时，周末也不肯放过你。"

"我知道……"路西恩呻吟了一声。

"是份苦差事，没的说。"佐拉附和道。

"哎，你这种贵人，就别装成深悉民间疾苦的样子啦。"路西恩说，"你今年夏天有什么打算，谁又不知道呢。"

"呃？"

"你不是准备荣归故里吗？掌管一国，乃是大业，对吧？"路西恩就爱把佐拉惹毛，"你准备干份什么暑期工？教育部部长？国防部部长？还是三军总司令？"

"去你的。"佐拉说。

"你真该带我一起回去。"路西恩劝道。"我可以辅佐你，我们一起攀登权力之巅。跟那部电影一样，片名叫什么来着……"

"你要是敢把《血钻》两个字说出口，我们就此绝交。"

"天哪，佐拉！怎么会呢，我说的明明是另外一部电影。"

"对。"佐拉不无挖苦地说，"还有哪部关于非洲的电影呢。"

路西恩凝神瞪着天花板，打了个响指，拼命地回想。"见鬼，片名到底叫什么来着，反正片中有福里斯特·惠特克……"

"《末代独裁》。"我说。

"哇噢，真意外。"佐拉叹道。

路西恩闻言猛敲一记桌子。"就是这部，《末代独裁》！我将变成你的左膀右臂，你的知己亲信，而你将一步步从'人民之子'变成一个喜怒无常、疑神疑鬼、与现实脱节的暴君——设想一下，那是多么有趣的一幕。"

"唔，多谢阁下抬举，竟然将我比作伊迪·阿明，你这个种族主义混球。"佐拉回嘴反驳,"你明白乌干达跟我们国家是风马牛不相及的两个国家,对吧?它可在非洲的另一头,隔着整整千万里呢。打个比方,就像我给你支招,劝你不如去竞选美国总统,这样你就可以照搬那位人物……唔……叫什么来着?噢对,希特勒!"

"这两件事根本就不搭边。其一,我根本没资格当美国总统,我又不是出生在美国。"路西恩也回嘴道,"其二,美国宪法及其强有力的制衡体系,与'领袖原则'这一概念从根本上相左,导致任何个人几乎无法在美国像希特勒当初在德国那样将权力握于一人之手。"

"我恨死你了,你心里也应该有数吧?我们国家也有宪法。真该死,我们国家可是民主政体。"

"算是吧。"路西恩说。

"你这话什么意思?"

"我的意思是,大约从一九六三年开始,你父亲的亲兄弟就已经担任总统了。"

"胡说八道。"

"那从哪年开始?"

"他可不是我父亲的亲兄弟,他是我父亲同父异母的兄弟。再说了,他一九七九年才当上总统。"

"这不就对了吗。"

"你到底想说什么?"佐拉质问道。

"我的意思是,这听上去可不太'民主'啊。"

"要命。"佐拉叹道,合上双眸,响亮地长吁一口气,"你这人真混球到家了。"

"你爱我,你心里明白。"路西恩说着向佐拉抛去一个飞吻。

路西恩把座椅朝后一歪,打了个呵欠,双臂探到身后,弓起后背,挺起肚子。紧接着,他整个人瘫成一团。

"哎呀,我得喝杯浓缩咖啡才行。"他又打了个呵欠,懒洋洋地扫视着酒店大堂,"瞧,佐伊来了,还有达妮埃拉。"

顺着路西恩的目光,我远远地看见了酒店礼宾部服务台旁边的两名女生。佐伊我还没见过,达妮埃拉倒是见过一回,就在寒假前路西恩和我一起来纽约那段日子。达妮埃拉是格蕾丝在哥伦比亚大学结识的朋友,但并不算是格蕾丝的纽约故交——这一点我弄不懂有多大差别,可我听路西恩与格蕾丝两人都提过不止一次。据我所知,达妮埃拉是佛罗里达人,家住迈阿密附近,父母都是医生。这些都是路西恩向我爆的料,上次待在纽约时,他就尽力撮合我们两人,但事情没成——显然,都该怪我,怪我始终按兵不动。

"这两位是谁?"佐拉问道。

"达妮埃拉和佐伊,你见过,都是格蕾丝的朋友。"

"应该没有。"佐拉说。

"我让她们过来吧。"路西恩踩到座椅上,双手拢到嘴边做喇叭状,"佐伊!达妮埃拉!嘿!"

整个酒店大堂顿时安静下来。众人纷纷扭头望向路西恩所在的方向。两名女生乐得直不起腰,路西恩露出自信的笑容,朝她们挥挥手。

"路西恩!你也太离谱了!"

"真让人难以置信，你脑子秀逗了吧。"

"你们离得太远，我又累得走不动路。"路西恩说道，"你们怎么样？假期过得还好？来跟我们一起喝一杯，我再搬几张椅子来。"

我赶紧站起身，跟达妮埃拉打招呼。此前我就打定主意：等到再跟达妮埃拉碰面时，不如对她行个吻面礼。路西恩与佐拉就会对女生行吻面礼，让他们显得成熟又老到。可惜的是，真到行礼时，我的心中突然犯起了嘀咕：吻面礼到底该吻哪一边的脸颊？右侧还是左侧？只吻一侧还是两侧都要？我顿时慌了神，昏了头，差一点就亲上了达妮埃拉的嘴。

"唔，还好……嗨。"达妮埃拉一边说，一边咯咯发笑。

"真不好意思。"我后退一步，发觉佐拉正紧盯着我，眼睛瞪得溜圆。

"你刚刚是打算占人家便宜吗？好大的胆子！"

两名女生齐齐笑了起来，达妮埃拉伸手从一头浅褐色秀发上抚过，随后又搭上我的肩头，纤细的手腕上套着两只金镯，随着手臂轻舞发出一阵叮当响声。

"这种事又不是第一次遇到。"

"嗨，我们恐怕是初次见面吧，我叫佐伊。"

"我叫阿特拉斯。我们还是改成握手的好。"

佐伊"噗嗤"笑出了声，同我握了握手。

"真有你的。"她夸了我一句。

路西恩搬来了椅子。

"我们正在商量有什么创业的好点子呢。"路西恩告诉两名女孩。

佐伊开口说："我表姐麾下就有一家初创企业，她刚开的，名字叫'金镀'。"

"等等，这消息我还是第一次听说。"达妮埃拉接过话头，"'金镀'可是我的心头好啊！"

"她确实是我心中的厉害人物。"佐伊说，"她刚刚名列福布斯三十位三十岁以下精英榜单，那可是我的梦想。"

"'金镀'是个什么公司？"我问。

"主攻奢侈品服装和珠宝的闪购，确实有着过人之处，在她家可以用超低价买到超级棒的宝贝，我一直在用这家公司的服务。"达妮埃拉向我解释。

"我一直寻思，真该做个类似的网站，提供艺术品闪购。"佐伊说。

"艺术品闪购怎么做？"

"别一味揪着'闪购'不放嘛。依我说，不如做个电子商务网站，让大学生和年轻人等人群也能收藏艺术品。这家网站别卖天价艺术品，但可以提供版画和版数作品之类，更像是一家售卖艺术品的'易贝'①。"

"这个点子真有意思。"路西恩说。

"嘿！不许剽窃！"

"不敢保证哦。"路西恩说着举起了两只手，"开个玩笑而已，我哪有这个胆子。"

---

① 易贝，美国线上拍卖及购物网站。

"佐伊，已经五点一刻啦！"达妮埃拉忽然慌了神，"格蕾丝会要了我们的命。"

我们赶紧买了单，去楼上套间换衣服。佐拉和我穿上无尾礼服，路西恩身为格蕾丝的男伴，穿了一件特制燕尾服，搭配手套与白马甲。

晚上七点半，佐拉与我下楼前往舞厅。我们迈出电梯，踏进一条镶有镜面的长走廊，脚下是黑白棋盘似的地板，头顶是水晶吊灯。就在走廊的尽头，十二位即将正式踏入名流社交圈的少女正齐刷刷立成一排迎接宾客，向每位进门的宾客致意。少女们身穿同样款式的白色长袍，戴着长及手肘的白色丝质手套，脸上露出呆板且不变的笑容，恰似刚从蛋糕顶上摘下的人偶。其中，格蕾丝的个子最为高挑，也最为艳丽，无论她的双肩、秀发，还是玉颈上闪亮的珍珠项链，无一不在熠熠生辉。当我随队列走到她面前时，格蕾丝向我露出那不变的笑容，正是她给予所有人的同等待遇，不禁让我略感失落。

少女的身后是一段饰有鲜花与彩灯的高大藤架。两名服务生伫立在藤架旁，手中的托盘里盛满香槟杯。耳边传来人们交谈的话语声，我端起一杯香槟，穿过藤架。

没想到，踏进偌大的房间时，一道突如其来的闪光害我睁不开眼睛。一名摄影师赶紧上来致歉，又拜托我许他再拍一张。我尚未回过神，先冲着镜头摆出了笑容，接着才看清眼前的景象。

这是一间双层宴会厅，人头攒动。屋子正中是一个超大型硬木地板舞池，一侧的舞台上，着白色上装的管弦乐团人员正随时待命，周边则是一张张圆形餐桌，约有五十张。绿叶烘托之下，每张餐桌正中都绽放着粉色、黄色与白色的鲜花。四周的墙壁也极尽华美，悬挂着一串串金箔花环，其间点缀着红银相间的饰物，在华灯下闪耀。

"还挺豪华吧？"在我身后进屋的佐拉开口。

"这难道不是人间仙境？"我一不小心把心里话大声说出了口。

"你说什么？"

"没什么，不如赶紧去找找我们那桌。"

晚餐是三道菜配美酒，用餐期间我基本都在跟达妮埃拉闲聊。聊天很顺畅，因为达妮埃拉显然不喜欢冷场，话题则以各路八卦为多：某女生刚刚出了戒毒所；某小伙据说正在跟某女生约会，但达妮埃拉敢断定，这小子没安好心。我们聊得老套又肤浅，虽然笑声不断，但说到底，笑的也是他人的不幸。我不禁想起了哈丽特——假如面前是她，我会跟她聊些什么呢？

美酒使在座的一众宾客都有些飘飘然，等到甜点上桌的时候，不少人已经踏进了舞池。管弦乐队时而奏响时下的流行金曲，时而又奏响老式摇摆乐。在场的众人无一不是舞林高手，就算看似拙笨的男士们，也牵引着舞伴翩翩翻飞。

"我们也去跳一曲吧。"达妮埃拉催我。

"你先去，我稍后就来。"

"胡扯，"她说，"你干吗扫我兴？"

"我不会跳。"我说着朝舞池一指，"毫无舞技可言，我从没学过跳舞。"

"一点也不难，来吧，我教你。喝掉它，你就够胆了。"她伸手端起一杯残酒，将剩下的葡萄酒倒进我的杯中。

"你是打算灌醉我吗？"

"你已经醉了，"她说，"我是打算让你醉得更厉害些。"

我忍不住笑出了声，接过了那杯酒。达妮埃拉盯着我一饮而尽，随后将我拽进了舞池。

次日早晨，我一觉醒来，发觉自己躺在路西恩的酒店房间里，达妮埃拉正躺在我身旁。我记忆中的最后一幕，是尾随路西恩和格蕾丝进了一家主题夜店，随后是起泡酒和一大瓶伏特加。

眼前的画面我将永远难忘：我躺在床上，身旁是沉沉入睡的达妮埃拉。放眼环顾整间屋，只见一瓶高级香槟头朝下没入冰桶。达妮埃拉那件必定价值数千美金的裙子皱巴巴扔在地板上。我究竟是如何走到这一步的？

Chapter

11

一月初，我收到了奖学金委员会的通知。那天我下楼吃早餐，母亲递给我一封信。我展平雪白而又整洁的信纸，眯起惺忪的睡眼，打量着信上的几行黑字。

"恭喜。"信件一开头便宣布——我顿时松了一口气。我一直把希望寄托在这笔奖学金上：今年夏季，我可就指望着这笔钱过活了。

我又接着读信。

奖学金委员会挑中了我的申请，我已正式成为今年十二名哈佛"暑期艺术奖学金"的获得者之一。委员会对我提交的预估成本费用清单进行了审核，决定向我下发一千四百美元奖学金。

我眨了眨眼。一千四？肯定是写错了数字吧，我明明申请了五千美元——也就是该奖学金的最高金额。区区一千四百美元，怎么够我在波士顿住上三个月？这点钱恐怕连房租都付不起。

整整一下午，我都在跟学校艺术办公室的女士通电话。果然出了错，校方并未发觉我是个全额奖学金学生，尽管我在申请表上明明白白地打了钩。属于管理上的疏漏，那位女士解释道，她表示抱歉，并满口答应会跟主管反映。过了一小时，那位女士又给我拨来电话，再次致歉：该计划的资金显然已经分给了获奖者，一分也不剩，因为项目的预算本来就很紧张。那位女士随即又表示，全怪经济不景气，很遗憾她实在帮不上多少忙。

随后几天，我琢磨着放弃今年暑期画画的打算，干脆去找些活干。要不尝试一下银行业？不然就试试咨询行业？我听说一个暑假就能让你赚上两万五千块。两万五！想想就让人垂涎。我想象着自己身穿一套西服，迈步穿过玻璃覆面的摩天大厦的大堂，走进电梯，见到里面挤满了一张张熟悉的面孔。其中一两个旧识向我点点头，但没人格外关注我，既没有谁打听我最近在画什么画，也没有谁关心我的下次画展何时举行。

我告诉路西恩，正考虑去华尔街做实习，他的反应像我刚刚宣布要从哈佛辍学去角逐《顶级大厨》①的宝座一样。

"你是脑子秀逗了吗？天哪，你为什么要干这等傻事？"路

---

① 美国一档美食综艺节目。

西恩问。

"难道我还有别的路可走？"

"你心甘情愿去摩根士丹利^①摆弄表格吗？你会被活活闷死，不骗你。你是个画画的，不如我们再多卖几幅画，你整个暑假的钱就有着落了嘛。"

路西恩说我本来就应该追逐自己的天赋才能。假如这意味着必须卖掉几幅我亲手打造的伪作，以便打开成功之门……唔，那何不认命呢？大师米开朗琪罗不早就开过先河了吗？我们所做的一切，难道不正是打造公平的竞争环境？某个钱多到发慌的傻蛋买了一幅赝品，那又怎么样？再说，在人家买家眼中，入手的画可是真迹。赝品也罢，真迹也罢，买家心中的喜悦可是真得不能再真了。卖伪作是一种无害的犯罪，路西恩宣布道，若论犯罪，真有罪的恐怕该是那些"两头吃"的经纪人和中间商，他们以双倍的价格转卖艺术品，既猛宰了艺术家，又猛宰了委托人。我们不过是略施手段，通过让腐败的精英主义体制吃瘪来证明自身的观点。等到路西恩的一番高论收尾时，我几乎要认定售卖赝品纯属一桩义举了。

我确实有点舍不得收手，当然还有另一个缘由——财迷心窍。平生头一次，我总算能为自己花上一点钱。卖了那幅卡莫因赝品后，我第一次不必抠抠搜搜、省吃俭用地攒钱去买想要的东西。金钱给了我一种从未品尝过的自由，我无须在每买一样东西时都算算费用。因此，当路西恩催我再画一幅伪作时，我

---

① 俗称"大摩"，一家成立于美国纽约的国际金融服务公司。

并没有太反对。

我们打算在分工上做些调整。从今以后，路西恩将独自外出卖画。与两个毛头小子相比，单单一个人会让人更加记不住，也更不易引起怀疑。再说，路西恩看起来比我年纪大些，更成熟。我们一致认同：今后将不再在波士顿卖画。画廊圈子本来就小，兔子不吃窝边草嘛，路西恩说，下一幅画他会带去纽约或华盛顿卖。

路西恩建议我下一幅伪作该挑个名气大点的画家，问我夏加尔仿不仿得了？马奈的画呢？干他一票大的！我死活不肯答应，于是我们各退半步，我把一月剩下的日子通通花在了仿制一幅沉闷的莫里斯·德·弗拉曼克的风景画上。

时值开学第二周，课程注册马上就要收尾，波士顿冬日的严寒也来势汹汹。街道两旁堆起了五英尺厚的积雪，人行道上撒着盐。我在教室门口正准备打探一门符合数学要求的社会学课程，耳边传来一个熟悉的话音。是哈丽特——她孤零零地坐在走廊的长椅上，膝上摊着一本书。

"在读哪本书？"我说。

她把书页折了个角，将书递了过来。

"《尤利西斯》，你喜欢吗？"

"我尽力了。"她答道。

"这书你有点啃不动？"

"倒也不是。"她的声音越来越低，露出尴尬的微笑。我在她身旁坐下。

"那是哪里不对劲？"我问。

"好吧，听上去有点怪，不过一两年前我犯了傻，读了乔伊斯笔下的几封情书，本来料想文字会十分优美，甜蜜而又迷人。"

"结果不是？"

她用力摇摇头。"恰恰相反，那批情书是我读过的最粗鄙的文字，真是不堪入目，很恶心，算是就此败坏了我对乔伊斯作品的胃口。"

"天哪，情书能糟到哪里去？"

"你可别不信。而我有门课偏偏要做这个作业。"

"这么一说，我真该去看看。"

"千万不要。那批情书不该落到任何人眼里，应该付之一炬。"

"我向你保证，我写信会比乔伊斯精彩不少。"我脱口道。听到我蹩脚的调情，哈丽特微微露出了笑容。

"哎哟，我不是那个意思……对不起，话一出口就变了味。"我赶紧补上一句。

"依我看，你给自己设的门槛可不怎么高啊。另外说一句，克里斯托弗，刚才那句话纯属冒进。"她逗我，"我跟你一点也不熟，你竟然张嘴就要给我写情书？"

"等等，刚才有谁提过'情书'两个字吗？我只说写信，天下的信可有万千种，我说不定指的是感谢信、律师函、致编辑函、粉丝来信，你怎么就一口咬定是情书？"

"你说什么就是什么吧。"哈丽特白我一眼，"说起来，你也选了这门课？"

"哪门？"

她哈哈笑出了声。"看来是没有。"

"我该选吗？"

"选吧。授课教师是海伦·文德勒[1]，我妈刚把她的新书送给我当圣诞礼物。"

"唔，那是当然，好吧。"我附和着哈丽特的说法——我压根不知道海伦·文德勒是何方神圣，"她这门课叫什么？"

哈丽特从包里掏出一份课程大纲。"这门课名叫……"她顿了顿，清了清嗓子，"……审美与诠释：诗、诗人与诗歌。"

"你在上一门叫'诗、诗，还是诗'的课吗？"

哈丽特哈哈大笑。"总强过'乔伊斯、乔伊斯，还是乔伊斯'吧。"

"说得有理。对啦，假期你过得怎么样？"

"有趣得不得了！大部分时间我都窝在家里。"

"真不赖。我倒是趁着假期去了趟纽约，跟路西恩和他的一帮朋友一起。"

"玩了些什么？"

"有一天夜里去泡吧，"我说着，暗自盼望能让哈丽特惊艳，"路西恩有个朋友担任推广员，已经把事情从头到尾安排妥当，我们还享受了'整瓶服务'[2]，厉害得很。"

"我之前可没看出来你爱泡吧。"

"你也泡吧？"

---

[1] 海伦·文德勒（1933—），美国文学评论家，也是哈佛大学名誉教授。

[2] 酒吧或夜总会的一项特色服务，允许顾客购买整瓶酒为其个人消费。

她摇摇头。"十三岁的时候，我妈带我去麦迪逊广场花园听过小甜甜布兰妮的演唱会，算是泡吧吗？"

她分明是在揶揄我。

"我就是跟着大家到处逛。路西恩最近在跟一名女生约会，整个纽约她都玩得转。"我说。

"跟你比起来，我的假期可就没劲了，最有意思的恐怕是跟我妈一起做姜饼屋。"

"对了，多问一句，本周六我们一帮人去听音乐会。你有没有兴趣？"

"哪款音乐会？"

"是路西恩痴迷的法国电音 DJ，名字叫做……记不清了。"

"法国电音……真有国际化韵味。我很想去，可惜本周末不行，我要把课程理顺，还要参加《哈佛讽刺家》杂志的面试呢。"

"听说那可不容易。"

"确实不容易，简直挤破头，首轮参选人员能从奥本山街一直排到大学健康服务部。"

此时已有不少学生聚在教室外。一名助教从门后探出头，招招手示意大家进教室。哈丽特收拾随身用品。

"你也进来上课吗？"她问。

"干吗不呢？"

我跟随哈丽特进入教室，径直向后排走去，占了两个座，又叫了哈丽特一声，朝身旁的空座一指。她迟疑片刻，歪着头叠起了两臂。"我还是坐前排吧——看得清楚些。"她说着指指自己的眼睛。

我点点头，眼睁睁望着哈丽特走到教室前方，在第二排找了个座位坐下。

"见鬼。"我怎么能犯傻到这种地步？还用说吗，哈丽特当然不会愿意坐教室后排的位置。我本打算挪到哈丽特身旁，可惜教室眨眼间就坐满了人，大好机会白白从我眼前溜走。

整整一堂课，我大部分时间都紧盯着哈丽特的后脑勺，一直魂不守舍，回味着我们刚才的那番对话。我突然悟出，今天我竟无意中找到了接近哈丽特的绝佳契机，不由暗自欣喜。我想象着自己跟哈丽特一起做小组作业、在拉蒙特图书馆熬夜苦读备战期中考试、在安能堡餐厅边吃早餐边讨论文章命题；我还想象着一幕场景——哈丽特与我一起坐在公共休息室的沙发上，身边一个外人也没有，她手捧着一本诗集，头倚在我的肩上。

一周后，我提前十分钟赶到那间诗歌课教室，只盼着再度见到她。可惜，哈丽特并没有露面。等到下一堂诗歌课，她仍旧没有出现。到了第三个星期，哈丽特依然杳然无踪。她必定退选了这门诗歌课——后来，哈丽特告诉了我当初的情形：她的写作课时间正好跟诗歌课冲突。更惨的是，事实证明，这门诗歌课比我预料中足足难上十倍，每节课前都要求学生背诵一整首诗（俳句还不作数）。教授甚至会随机挑学生站起来，当着整间教室的面背诵整首诗，以免班上的学生蒙混过关。

我的其他课也是一团糟。学期刚开始时，有人用剧团的邮件列表群发了一封电邮，盘点了本学期最不费劲的课程，或者用他们的话说，"珍宝课程"。但凡是门珍宝课程，通常不计考勤，不会定期布置课后作业，只需提交一两篇学期论文或通过一两次考试。理想的珍宝课程，还会配备家庭作业式开卷考试，评分也不会卡得太死。这种课常被大家起一个搞笑的绰号，比如《关于物质宇宙的科学 36：微生物学与星际生命》被起名叫做"外星人"，《人类学 1097：古典考古学与北欧古代习俗入门》叫做"维京人"，《生物学 118：了解海底两万里的生命》广为流传的名号是"海怪"。

我也选了两门珍宝课程：《早期航海术》与《法老》。《早期航海术》课如其名，旨在向哈佛学生传授如何使用克里斯托弗·哥伦布当年使用的各种器具进行航海。至于《法老》，则是一门以古埃及与早期文字系统为题的人类学课程，谁知竟比传说中要艰深不少。这门课新换了一名授课教授，教授根本没有遵照往年的教学纲要，而是换上了自拟的一套教学大纲。等到开课三个星期，我才发觉这门课竟要学习读写并翻译埃及象形文字。于是，大一学年春季学期的大部分时间，都被我花在描画丁点小的"朱鹭"并牢记星辰方位上了。

破解古代符号绝不是最让我头疼的麻烦事。难关在于周遭的某种期望，某种社会压力——在哈佛，你本该不费吹灰之力便成为卓越的人才。脑子灵光固然不赖，才华横溢则愈发让人惊艳；不过，要是优异的成绩全靠每晚在图书馆熬夜来换的话，那可就让人脸上无光了。假如一个学生频繁出入教授的办公室，假如一个学生学业上争答问题太过积极，甚至只要显得对学业太过着迷，恐怕就会被人冠上"出头鸟"或者"拼命三郎"之类的名号。总之，想在哈佛吃得开，诀窍在于毫不费力地出人头地，而我也确实希望能在哈佛吃得开。于是，我学起了大家的做派。

Chapter
12

时值情人节，"速食布丁剧团"准备举办一场盛会，来给会众牵线搭桥——大学剧院目前正在上演一出戏，剧团的所有成员均可携伴前去观看，随后去社团会所开派对。我提前一个星期邀请了哈丽特，她也答应下来。不过晚上七点开演的戏我俩谁也赶不上——我的课还没结束，哈丽特则跟老师约好了碰头。施坦威跟西尔维娅这一对的处境跟我们很像，于是施坦威向大家提议，不如趁剧团会员都去看戏的时候，到他的宿舍楼房间喝上几杯。

几杯金汤力下肚，时间到了晚上八点半，我们一行四人动身前往社团会所。本来打算走路过去，没想到天气冷得刺骨，寒风从雪堆上卷起雪粒，漫天风雪拍打着女生们光溜溜的双腿。大家纷纷同意打车，哈丽特挽起我的胳膊，我紧搂住她，走过一段又一段结冰的路面。

我们属于最早抵达社团会所的一拨。演出还没有结束，会所里没什么人，只有负责餐饮的人员。为了等社团的其他会员，我们在吧台点了些酒水，接着上楼打起了台球——哈丽特跟我一拨，对阵施坦威与西尔维娅，结果我们连输三局。

"看这架势，我们还是金盆洗手的好。"哈丽特提议。

"你就这样抛下我不管？"

"打台球我们又不拿手。"

"简直是你在诗歌课上抛下我的翻版。"

"我早就跟你解释过了，诗歌课跟我的新生研讨班时间冲突！"

"我是在逗你。你说得对，台球显然没有我们的用武之地。"这时，我听见楼下传来一阵人声。"我们是不是该下楼了？"

屋里隐隐回荡着蕾哈娜的歌声，六对情侣一边转悠一边闲聊。两名大二学生伫立在敞开的窗户旁，抽着同一支烟。

有人冷不丁在我的背上猛拍了一记，耳边又传来一阵熟悉的笑声。"最近还爽吗，猛男？"赞德身穿一件黑西服，内搭一件白色 T 恤，身边的女伴个子高挑，长着一头乱蓬蓬的金发，身穿一条黑色绷带裙，"梅丽莎，你认识阿特拉斯吧？这小子跟着路西恩混，猛得很。"

我握了握梅丽莎的手，又把哈丽特介绍给他们。"演出怎么样？"我问。

"哥们儿，你是没看戏直接来了社团会所？见鬼，我们要早这么干就好了。"

"不好看？"

"烂透了，简直是有史以来最烂的戏，尽是些男扮女、女扮男的花样，我反正是欣赏不了。"

"应该是某种传统。"哈丽特说，"剧团变装演出剧目可是常事。"

"总之听我一句，哥们儿，整出戏都离谱到家，休想让我再去看。对了，今天的派对又是怎么回事？见鬼，一点劲儿都没有，还不如去波士顿城里玩。我哥们儿费萨尔正在夜店找乐子呢。费萨尔跟你小子见过面，对不对？那家伙潇洒得很，就爱

145

一掷千金。要是你真想去，就跟我说一声，反正路西恩说他也一起去。我跟梅丽莎可能马上就走。"

"我们待在这儿也挺好。"我答道，又朝哈丽特望去，"除非你想去玩？"

哈丽特摇了摇头，露出笑容。"我在这儿玩得很开心。"

"我懂，我懂。"赞德说，"那我等到深夜再联络你们好了，我们可以在宿舍楼追加一轮。城里的兄弟给我带了点好东西。"

赞德离开后，我与哈丽特相视一笑。"你朋友真有意思。"哈丽特说。

"遇到这种情形，用'朋友'这词恐怕有点不妥，不如换成'知道我名字的一位法外狂徒'。"

夜深时分，哈丽特牵起我的手，领我上楼到了"鳄鱼厅"。走到墙上悬挂的一幅黑白照前，她停下脚步。那是一张二十世纪二十年代"速食布丁剧团"某届会员的合影，旧照中约有二十个人，乍一看清一色全是身穿西服的年轻男子。哈丽特默然伫立在合影前方，我也认真端详了照片一会儿，并没有看出什么端倪。我用困惑的眼神向哈丽特望去。

"再瞧仔细些。"

"关键是，我到底要看什么？"

"后排，正中央。我可能不该告诉你，你会觉得我是个怪咖。"

我又朝照片凑近了些，发现合影后排的相片中人果然有点不对劲，显得颇不自然。忽然间，我察觉出了真相，不禁哈哈笑了起来——就在后排正中，合影里赫然露出了哈丽特的面孔。她的左侧是亚伯拉罕·林肯，右侧是年轻版贾斯汀·汀布莱克^①，后排最边上的面孔则是哈丽特的舍友伊莎。

"妙极啦！"我忍不住夸赞，"你是怎么偷天换日的？不然的话，难道你私底下其实已经一百岁？"

"伊莎和我扫描了一张社团的合影老照片，用软件修了图，接着把图片打印出来装上框，挂到了墙上。"

"厉害。"

"这样一来，你不会觉得我是个怪咖吧？我们可是觉得很有意思。"哈丽特告诉我。

"噢，依我看，你是个超级怪咖。在我认识的人中间，你说不定是怪咖之最。不过别紧张，楼下墙壁上还挂着一条长达八英尺的鳄鱼，不管你玩出什么花样，它都能盖你一头。"

"哈佛这学校跟死翘翘的动物到底有什么恩怨？我家乡的一帮好友在社交网站上见到我的照片，个个都在问，为什么哈佛大学的每面墙上都缺不了死翘翘的动物？哈佛俱乐部有间大屋，会员们称之为纪念品陈列室，里面全是动物标本。可是我觉得，紧挨着死翘翘的驯鹿和驼鹿开派对，实在怪得很。对了，那个叫驼鹿还是麋鹿？"

"驼鹿。"我回答，"那你怎么跟家乡好友交代的？"

"我跟他们讲，哈佛有全美最出色的动物标本剥制术课程，我还辅修了。"

"他们买不买账？"

---

①贾斯汀·汀布莱克（1981— ），美国歌手、演员、主持人。前男子演唱组合"超级男孩"成员。

"一部分吧。真让人心里发毛，有问题的到底是他们还是我？"

派对渐渐走向尾声，会所里的人所剩无几。楼下的音乐戛然而止，屋里忽然一片沉寂。哈丽特与我四目相接，这一次，我们都没有转开视线。

"你跟我预料的颇有出入。"哈丽特冒出一句。

"你本来预料我是个什么样的人？"

"说不清，反正不一样。"

"算是朝好的方面不一样吗？"

"算。"

"你也跟我预料中不一样。"

"哪里？"

"我原本认为，你十分迷人，才貌双全。"

她"噗嗤"笑出了声。"你还真是蒙在鼓里……"

我们两人谁也没再说话，但并不感觉别扭。我真想吻她，从她的眼神中我依稀察觉她也有同感。但我无法断定，要是会错了意怎么办？要是她断然拒绝呢？恋情尚未来得及拉开序幕，就要化为泡影。绝不能莽撞行事。

"我送你回去吧？"我打破沉默。

"嗯，陪陪我。"她回答。

哈丽特取了大衣，我们迈步走出会所。风停了，寒气也收敛了几分。我陪着她向前走，一直走到两人岔道的地方。我们伫立在路灯下，我跟她道了晚安，她却一声不吭。我探身过去，一只手揽到她的后腰上，在她脸颊上吻了吻。正要抽身退开，我却僵在原地：哈丽特的呼吸扑上了我的脖子。我探身向她凑近些，伸出一只手托起她的下颌。我们的双唇只有一线之隔，我感觉到她短促而温暖的呼吸。随后，我吻了她。

Chapter
13

在那之后的几天里，那个吻反复在我的脑海中上演，那一夜的每分每秒都值得回味百遍。

哈丽特每天都和我发短信，仿佛已成为默契。有一天下午，当回想起哈丽特和我在诗歌课教室外斗嘴的情形，我忽然冒出了一个念头，随后便点开了手提电脑上的 Word 文档，开始给哈丽特写信：我径直套用了某种"个性化"信函格式，再自己填写文中的某些空白处。

[请填写年份]__ 二〇一一年 __[请填写月份]__ 二月 __[请填写日期]__ 二十八日 __

亲爱的 [请填写收信人姓名]____ 哈丽特 ____，

[请描述日期]____ 情人节时 ____，在 ____ "速食布丁剧团" 举办的 "约会之夜" ____ 中，你与我共度了一段令人难忘的美好时光。你堪称 [请填写正面描述]____ 无可挑剔的 ____ 约会对象，而我不得不说，[请从 abcd 中选择一项：] a）那一日，b）那一下午，c）那一夜，d）那段经历 令我久

久难以忘怀，尤其是我们之间那段关于 ____ **动物标本剥制术** ____ 的谈话，以及你拿大学生活开的那个玩笑——逗得我们两人都忍俊不禁。

　　其实，从与你初遇的那一刻起，我便心知：对我来说，你绝非路人，你让我格外动心。尽管我们才相识 ____ **数月** ____，而那也只是我们的 ____ **首次** ____ 约会，我却感觉我们之间似乎有种独特的心意相通，已深入骨髓。

　　若能再与你相约外出，我将无比荣幸。不知你对 [请填写某项浪漫的双人活动] ____ **跳伞** ____ 意下如何？不然的话，不如我们稍后相约看场电影、共享美餐或是喝杯咖啡？

　　为方便起见，本信函中也附上了一则链接，可直达我的个人网站，而网站中又附上了我目前可赴约的时间段 /日期，供你在其中挑选最适合你日程安排的一项：

www.atlasnovotny.com/datingcalendar

　　无论如何，希望你会喜欢这封浪漫的私人信函。无比期待与你再度相会，[请填写收信人姓名] ____ **哈丽特** ____。

谨启

阿特拉斯

克里斯托弗

信写完后，我又通读了一回——胜负还真是难讲啊。哈丽特能体会到其中的揶揄吗？她是不是已经把我们打趣乔伊斯情书的事忘了个精光？

次日早晨，一时冲动的我把信塞进信封，写上哈丽特的名字就寄了出去。不出半小时，我的心里开始打鼓。

几天时间匆匆过去，我并没有收到回信。在我们互发的短信中，哈丽特也从未提过半个字——也许，她根本就没有收到那封信吧。又过去几天，我查看邮筒，发现一封来自哈丽特的信。我赶紧把信塞进背包，回宿舍后避开所有人拆了信。

马萨诸塞州，剑桥市，02138
哈佛"施特劳斯"宿舍楼
哈丽特·安德森公司
二〇一一年三月五日

亲爱的诺沃特尼先生：

您的提议考虑得十分周到，谨此致谢。尽管作为男友候选人，您确实深具魅力而又跟她合拍，哈丽特·安德森却只能遗憾地通知您，请恕安德森方面目前暂不接受新的求爱申请，因此只能谢绝您的提议——也正是那从一万英尺高空纵身跃下飞机的浪漫之举。安德森方面还希望补上一句声明："速食布丁剧团"举办的"约会之夜"中，她也度过了无比美好的时光；与此同时，她认为您的来信趣味盎然，她很欣赏您高洁的品性，并一心笃信，当您以终端速度向地球猛冲而去时，愿意取她而代之、陪在您身边的女生，只怕数也数不过来。

遗憾的是，安德森女士目前已决定，近期将暂停与人约会，一心扑到把人压得直不起腰的学业中。她希望能得到您的谅解，并向您保证，他日若有任何机会，您将不会被她遗忘。

谨启

署名

我把哈丽特的回信又读了一遍，接着把它叠成一个豆腐块，塞进衣兜，随后赶去画室，画了几小时画。回到宿舍时，路西恩也在屋里，我便把哈丽特的回信讲给他听。

"你俩居然在互相手写信件？到底在演哪一出……简·奥斯汀笔下的小说吗？"

"是我们两个人才懂的笑料。无所谓啦，这不是重点所在。"

"要是我刚才没听错——这小姐声称喜欢你，可她忙于学业，根本没空跟人约会？"

"没错。"

"很遗憾，老弟，人家只是想把噩耗说得好听些，世上哪有'忙得抽不开身'这回事。"

"嗯，我倒是信她的话。她选的课难得不得了，再说，她还要争当《哈佛讽刺家》杂志的编辑呢。"

"相信我，要是她真喜欢你喜欢得难以自拔，她挤也能挤出时间来。依你说，哪个小姐会忙到抽不出时间约会布拉德·皮特？"

"你的意思是，我得让她对我更有好感？"

"不。我的意思是，你小子该换人啦。不要把时间浪费在追这个妞上，她对你不感冒，老弟。"

我寻思了一会儿，没有听路西恩的话。"可我真的认为，她确实对我动了心，我们之间有一种莫名的默契。"

路西恩耸耸肩膀，显然已经失去了兴致。"无所谓啦，伙计，你的人生你做主嘛。"

我越是认真品味哈丽特的信函，就越笃定一点：只要我够有恒心，最终定能赢得她的芳心。不过，我得想办法让哈丽特对我着迷——几天后，当路西恩劝说我们自己弄个派对时，这个念头又浮现在我的脑海中。

"大办一场！"路西恩提议道。

"干吗要办派对？"我问。

"办着好玩呗，我还找到一处绝佳的派对场地。"

"你准备请多少客人？"

"是个人就叫上，要求正装出席，派对酒水免费畅饮，再从哈佛大学圈子里弄支乐队，必定会传为美谈。"

"那得花一大笔钱吧？"

"我们得想个精彩的主题。"路西恩没有接我的话。

"你刚刚不是提议正装派对吗？"

"我改主意了，派对得找个主题。'二十世纪八十年代华尔街'怎么样？那种氛围你明白吧——戈登·盖柯、帕特里克·贝特曼以及法式袖口、堆积如山的嗑药，一样也不许漏。噢，等等，再加上面具。"

"那不是有点诡异？"

"好吧，说不定会吓到某些妞，但化装舞会是个不错的点子。"

"是不是会花上一千美元？"

"得花几千，说不定还要更多。"路西恩说着打个响指，"哎呀，有主意了。"

路西恩挥挥手，示意我别多嘴。"没问题，钱的问题能解决。不要再提那种破事，先发表一下意见吧，你觉得这个主题怎么样？"他清了清嗓子，宣布道，"《**动物狂欢节**》。"

"那是个什么鬼玩意？"

"身为一名艺术家，你还真是个没文化的大老粗。《动物狂欢节》是闻名遐迩的古典乐，自己查查吧。时机也再巧不过，狂欢节转眼将至，汉普顿那边每年都办'动物派对'，你知道吧？"

"不知道。"

"噢。"路西恩闻言露出诧异的模样，"唔，总之就有这么一个聚会，场面很宏大，出席派对的所有人都按动物主题扮装。"

"那会变成什么样？"

"很简单啊，来开派对的，要么戴上狂欢节面具，要么扮成动物。"

"那还要穿正装吗？"

"刚才我就说了，赶紧把'正装出席'这个想法抛开。拿出创意来，阿特拉斯，你干吗非得这么老土？"

"我们哪来这么多钱办派对？"

"一点也不难。我这就把你在假期画的那幅画拿去卖掉。"

"我辛苦画完那幅画，可不是为了办个派对就把钱给花个精光的。我的暑假还靠这笔钱过活呢，记得吗？"

"别紧张，肯定会剩下不少。"

"可是办一场派对，白白挥霍好多钱。"

"手上捏着钱不花，有钱又有什么意思？"

"你确定两千美金能把派对搞定？"

"保险起见，不如按三千算。"

"这么说来，我们各出一千五？"我问。有这一千五百美金，去年秋季借的贷款我都可以还上一大笔了。

"你居然没用上计算器？"

"你真幽默。派对打算在哪里办？"

路西恩朝椅子上一躺，两只手枕到脑后，脚跷上书桌。"中央广场新开了一个音乐厅，承接各种聚会，看着非常高端。"他将头朝后一歪，扭头向我望过来，"阿特拉斯，你不如按这个思路考虑——办派对是一桩划得来的投资。"

"投资什么？"

"新人入会选拔。我们会请上一大帮终极俱乐部的前辈，一个也不漏，这场派对注定会被传为大家的美谈，我们俩肯定会人气爆棚。到时候想进哪个俱乐部，还不是手到擒来？"

路西恩说得有理，绝没有哪个大一新生会够胆办如此盛大的派对，此举定会博得高年级学长的垂青。再说，假如高年级学长能对我们刮目相看，说不定也会赢得哈丽特的心。

"三千美金就能搞定这场派对，你确定对吧？"

"三千顶天啦。"

"好。"我答应下来，"算我一个吧，可是，得先保证那幅仿弗拉芒克的画卖个好价钱。"

"棒极了。本周末我要去纽约，我把那幅画带上。"

正如我无师自通地研究出逼真伪作的各种技艺，路西恩也使出了浑身解数，学到了各种伪造出处的手段：伪造一套相关文件，以便佐证我们炮制的每幅赝品皆有来历。动身前往纽约之前，路西恩向我揭示了这次卖画的计划，我不禁无比叹服。他给那幅莫里斯·德·弗拉曼克赝品配上了两份伪造的售卖记录，一份篡改过的一九六二年画展目录真迹（其中插入的一页上就有我炮制的那幅莫里斯·德·弗拉曼克赝品的图片）。此外，路西恩还准备了一封伪造的信函，来自哈佛教授亨利·布鲁姆，信笺印有院系名称，信中还以专家身份表明这幅画实属真品。那封布鲁姆教授的信函堪称神来之笔，不仅因为布鲁姆教授被公认为世上最负盛名的野兽派专家之一，也因为他早在五年前离开了人世——这也代表着一件事：谁也没办法查清这封信到底是否出自教授之手。

路西恩去了纽约，周末倒是没人吵我，我大部分时间都在画室里消磨。最近一阵，我动工了一幅原创的叙事性新画，灵感来自于亚当与夏娃被逐出伊甸园的故事，跟我那幅已经画完的《三位一体》同属一个系列——不如把这两幅画凑成一套双联画吧。我不禁有点好奇：被逐出伊甸园堕入世间，是一种什么滋味？当初拥有完美的一切，如今却永远没有办法再重返昔日，是一种什么滋味？当然，我并不打算将亚当与夏娃被逐出伊甸园的一幕照搬到画中，而是专注于他们的失落与绝望。我跟马库斯讨论了好几种创意，星期六早晨才终于动手开始画。星期天深夜时分回到宿舍时，我突然察觉到：从星期五开始，我就再没有收到过路西恩的消息了。

我发了条短信给他，却没有回复。按计划他早该回宿舍了。我打了通电话，结果径直转到了语音信箱。我给斯特林和佐拉分别发去短信，查探他们是否跟路西恩有过联络，结果是都没有。

要是路西恩动身前去卖画时出了什么意外，那怎么办？要是他被警察抓了，那怎么办？我的脑海中不禁浮现出一幕景象：路西恩被人押进一辆警车的后座。我竭力把自己稳住——也许是路西恩改了主意，想在纽约多待一夜呢；也许是路西恩出门喝酒去了吧。可是，要是路西恩已经把画脱手，怎么不给我发条短信？

可惜，除了坐等，我一点办法也没有。时间一分一秒地流逝，每过一秒，我心中的惧意就浓上一分。十点变成十一点，十一点变成十一点半，路西恩依旧杳无音信。到了午夜时分，我心慌得不行，忍不住把自己骂得狗血喷头：我竟然蠢到这种地步，居然上了这条贼船；我干脆动手查起了律师，琢磨着是否该去自首；我还差点在凌晨两点钟给我妈打电话，向她坦白一切真相；我又给路西恩发了好几条短信和好几封电邮。到了凌晨四点，人间蒸发的路西恩依然没有任何消息。我呆望着手机屏幕，一心祈祷他的短信突然冒出来，最后竟然坐在床上睡着了。

数小时后，有人晃醒了我。是路西恩。

"早上好，阿特拉斯老弟。"他的语调很欢快，"有条天大的喜讯要跟你讲。"

我顿时一个鲤鱼打挺从床上坐起来。"哥们儿，到底出了什么事？你为什么不回我的短信？我给你发了一百万条短信呢。"

路西恩瞪了我一眼，仿佛是我脑子不正常。"哎哟，别激动。怎么，你眨眼间变我女朋友了？我的手机周五晚上忘在出租车上了，还没来得及弄台新手机。"

"我还以为你落到警察手里了。"

"你在瞎扯些什么？"路西恩笑出了声。

"那幅画出手了没？"

"顺利得很。给我一分钟，我有东西给你看。"他把行李袋朝我的书桌上一抛。

"真见鬼，路西恩！我整整一夜都在提心吊胆，生怕你被抓了。"

"放宽心，鬼才被警察抓了呢，明明诸事顺利。实际上，可不仅仅是顺利，应该说进展棒极了。瞧瞧这宝贝。"

路西恩在行李袋里东翻西找，取出一只黄色信封，把信封里的东西"哗啦"一声倒在我的床上：眼前是厚厚一摞现金，全是崭新的百元大钞，用纸带扎成齐整的一沓又一沓。

"这些还只是分给你的那份。"路西恩宣布。

我呆望着那堆钱：现金的总额看起来极为惊人。按纸带上标记的金额，总面额得有……五千。总额也太多了吧。"这些钱全是给我的吗？你到底把那幅画卖出多少钱？"

路西恩把一份刊物递了过来。"给你，先瞧瞧这份册子。"我茫然地伸手接过，那是一份目录，来自苏富比拍卖行即将举行的一场拍卖会。我翻到折了角的那一页，顿时感觉挨了一记闷棍：页面正中，赫然是我的那幅画，那幅出自我之手的卡莫因赝品，也正是路西恩与我去年十二月卖给"沃格尔"画廊的那幅。我抬眼向路西恩望去，嘴张得根本合不拢。

"竟然上了苏富比拍卖行的目录，老兄，这绝对不是件好事，是个天大的噩耗。我们肯定会被人抓住马脚。"我告诉他。

"阿特拉斯，这份目录到底意味着什么，你小子难道没看懂吗？什么天大的噩耗，该说天大的喜讯才对，哥们儿。既然已经上了苏富比拍卖行的目录，就表明拍卖行已经准备拍卖这幅画，它已经从人家的眼皮底下过了关。而且，一旦这幅画被苏富比拍卖行脱手，我俩可就赚大了，证明我们获得了顶级机构的认可。有了苏富比的名头撑腰，还有谁胆敢跳出来质疑这幅画的真伪吗？"

"是吗？"我嘴里问，心中却盼着路西恩的话并非梦话。

"那当然。"路西恩回答，"容我细说一下事情的经过，好吗？搭列车去纽约的途中，我随手翻了翻拍卖会的目录，以求更加深入地掌握艺术品价位，也让我心里有个底，明白我们手头的货该怎么定位。我正在东翻翻西看看，这幅卡莫因画作突然吸引了我的眼球。乍一眼看去，我不太拿得准这是不是你画的那幅，但接着我查了它的来历，完全对得上。瞧瞧这一项：**波士顿沃格尔画廊，购自某私人收藏家**。还有日期和其他信息，全都对得上。"

"当然全都对得上，这就是我们的那幅。"

"再瞧瞧估价，七万至八万美金。沃格尔画廊那家伙从我们手里买下的时候才花了一万三，我还以为，转手他顶天也就卖四万块左右，谁知他能卖两个四万块！真是狠宰了我们一刀！"

"他哪有狠宰我们一刀，那是幅该死的赝品。"

"各自保留不同意见吧。总之，当时我在列车上，心里盘算：要把赝品出手，肯定还有更妙的法子。我的意思是，我们炮制出手的画越多，其中某幅赝品被人抓住马脚的可能性就越高，我们暴露的可能性也越高，对不对？"

我点了点头。

"假如真是这种情况，那我们就该少画几幅，但每幅都赚上一大笔，而不是多炮制几幅，但每幅都只赚一丁点。"

"前提是……"

"前提是我们能把炮制的画出手而又顺利脱身，别太惹眼。我把整件事的脉络认真理了一遍，突然冒出一个念头：要是你仿制的画高超到能从苏富比拍卖行的眼皮底下过关，那它必定是幅无比逼真的赝品。"

"所以呢？"

"所以说，我们不妨造些价格昂贵的画拿去卖。"路西恩提议。他转眼就变得口若悬河，一边在屋里四处走动，一边挥动着双手，恰似正在讲课的教授。"瞧，假如凭空冒出个黄毛小子，声称手头捏着塞尚的真迹，大家只怕难以信服。可是，倘若把同一幅画交给某个有头有脸、手上捏着一大把私人收藏家喜好的老牌艺术代理人，就能不费吹灰之力把画脱手。"

"你到底是什么意思？"

"我的意思是，其实我们缺的是个生意搭档。"

"生意搭档？这事我们可从来没有商量过。"

"而且，我已经找到了完美的人选。"

"不行，没门。我们早就说好，这事不能张扬，只有我们两个人。我们哪里用得着卖什么百万价位的画啊，千万别跟我讲你已经把其他人牵扯了进来，路西恩。"

"先容我把话说完。一月份的时候，我去了格蕾丝父母举办的某个派对，其间结识了一个艺术代理人，是个瑞士人，名叫佛洛里安·耶格。你去查查他的底细吧，人家可是个大佬。你知不知道俄罗斯寡头尼古拉·奥尔洛夫的大名？他是个身家亿万的富豪，刚在苏富比拍下了威廉·德·库宁的一幅作品，大概花了一亿美金。耶格就替他办事，耶格的人脉广得很，老弟。"

我伸手捂住眼睛，忍不住呻吟了一声。"老兄，老兄，千万不要……"

"在派对上，我跟耶格聊得很投契，于是他答应周六再跟我一起喝杯咖啡。后来我们打开了话匣子，我打听了不少事情，比如他从哪里替手头的收藏家挖掘艺术品，又是如何鉴定作品的真伪等。耶格的态度倒是很明确，声称他不会把问题问得太细——追究得过多，对他可没什么好处。于是，我摊了牌，告诉他我手头有一幅画想卖，是幅莫里斯·德·弗拉曼克的画，又问他是否愿意过目。他一口答应，让我第二天把画带去他的办公室。我就照办了，当时耶格瞧了瞧那幅画，又瞧了瞧那堆证明来历的文件，接着又用眼神盯着我，开门见山地问我，究竟是从哪里弄来了如此上佳的赝品。"

我震惊地望着他，瞪圆了眼睛。"那你怎么回答？"

"我说，赝品？真见鬼，你到底在瞎扯什么？然后耶格拿起布鲁姆教授的那封信，说他对布鲁姆颇为了解，教授的信件每一封都是手写，从来没有见过他的打印信件，从无例外。布鲁姆教授连电脑都不用。但是，耶格随后又向我透露，我们那幅弗拉曼克仿品，是他见过的最逼真的赝品之一。他还问我，是不是还有更多来自同一出处的画。"

"你承认了？"

"我们最终达成了协议，因此仿弗拉曼克的那幅赝品才卖了如此高价。耶格付了两万五，真是不得了，对吧？另外问一句，你仿马蒂斯仿得怎么样？耶格有个客户，想要买一幅亨利·马蒂斯的真迹，耶格答应把利润的百分之三十分给我们。"

"亨利·马蒂斯？你是不是脑子有毛病？"

"一幅马蒂斯的画又有什么大不了？"

"马蒂斯的画，那可是动辄五百万甚至一千万美金的作品。"

"唔……我清楚得很。另外，耶格会把赚到的钱分三成给我们，简直是天降横财，对不对？"

"这一票太大了，路西恩，跟我们说好的大不一样。"我说，伸手朝床上的现金一指，"赶紧把钱还给那人，我们可不替人炮制马蒂斯的作品。"

"不，阿特拉斯，你说了不算数，我们会搞定这幅画。"路西恩换上了一副斩钉截铁的口吻。

"反正我不干。你愿意怎样都请便，我就此退出。"

"拜托，难道你还没有反应过来，这一票我们能各赚一百万美金，也许两百万美金？想想看啊！"路西恩说着，脸上绽放出顽皮的笑容，"想想一百万可以怎么花，老弟，我们可以每周末都奔去拉斯维加斯寻欢作乐，美女加美酒，宝贝。"

"我可不想每周末都奔去拉斯维加斯。"

"没问题，那换成加勒比吧，巴哈马也好、阿鲁巴也好、英属维尔京群岛也好……你想去哪儿就去哪儿。想象一下，你、我以及一艘豪华游艇，一群美艳佳人。绝对可以成真。"路西恩劝我，"不然的话，你痴迷的那个小妞叫什么名字？你大可以搭机带上她去巴黎吃午餐，去东京吃晚餐，全程都坐头等舱。真见鬼，要是乐意，你还可以租私家飞机。"

"你根本没有认真听我讲话。"我心里的怒火不禁越来越旺，"除此之外，你根本连想也没想要先跟我商量，就一口答应下来，有点惹毛我了。你这是在搞什么鬼，哥们儿？"

"你居然生我的气？"

"确实有点生气，对。"我告诉他。

路西恩顿时露出一副震惊又伤心的神情，活像个闯了祸却完全摸不着头脑的小孩。"可是，我答应对方，明明是为了你好，哥们儿。我又不缺钱。我原来还以为，你会开心得不得了。我答应对方，是因为我心里有数，这样一来，你遇到的一切麻烦全都不成问题了，这一笔就可以让你这辈子再无金钱之忧，再也不用操心职业生涯缺钱的问题，从此想干什么就干什么。"

"说得有理，但也有可能，我就进局子了。"

"难道你还有别的退路？我们两个一直把小买卖做下去，今天卖一万，明天卖两万？还是干脆干一票大买卖，一次性把钱赚够？阿特拉斯，这笔买卖又不难，耶格那边已经有了买家，是他辅佐了好些年的老客户，对耶格很信任。要是耶格告诉客户，这幅画是真迹，客户就会买账，根本连查也不会查。老实讲，跟我们现在干的勾当相比，这笔买卖的风险可要小得多。"

"风险要小得多？"

"没错，一步到位。"

"免了。"

"'免了'是什么意思？"

"就是免了的意思。我就此退出，这一笔我不参与。"

"你必须干。"

"我必须干才怪。"

一阵沉默。"可惜，"路西恩再度开了口，"你确实必须干，不画也得画。"

我怒视着他。"你还真把自己当成老大了？要是我说'不'，难道你会活生生打断我的两条腿？"

"这事由不得我，我们没有其他路可走。"

"为什么？"

路西恩把手伸进衣兜，掏出一把小小的金色钥匙。"这就是原因。"

"这是什么？"

"这把钥匙可以打开72街与公园大道交会处那家大通银行的某个保险箱，里面放着十万美金，是炮制那幅马蒂斯赝品的定金。我已经答应了这宗买卖，我收了人家的定金。"

"整整十万块？"

"收了定金，阿特拉斯，你不画也得画。"

"把定金退回去，一分不剩全部退回去。"

"退不了。在给我定金之前，耶格放过话，要是白白浪费他的时间，就用那幅弗拉曼克的赝品告发我。耶格知道我的名字。"

"你竟然没想过要先跟我商量一下？"

"我又没料到还得先跟你商量！我还以为你会开心得要命。"

"该死，路西恩。"

"你看问题的角度不对。"路西恩劝道，"难道你没有发觉，我们到底有多走运吗？耶格察觉到那幅弗拉曼克不是真迹的那一秒，就可以抓起电话报警，但结果，他还给我们大开方便之门。"

我抬起两只手，表示作罢。"不好意思，老兄，反正我绝对不接这一笔，没得商量。这个大麻烦是你自己惹的，你肯定有办法搞定。把这家伙的钱全还给他，不就行了吗？只要把定金退回去，他才懒得理你。"

路西恩冷冷地瞥我了一眼，目光中透出一股敌意。"原来如此，你逼我自己一个人扛。"

我耸耸肩膀。"恐怕你说得对。"

"你不是真要坑我吧？"路西恩质问，"我还以为，你是我交情最铁的哥们儿呢。"

"我没有坑你。你不如先去找那家伙商量，我敢打赌，除了钱，他什么也不在乎。"

"不，你确实把我往火坑里推。不过，你猜怎么着，老弟？我可没把自己的真名透露给他。我告诉耶格的，是你的名字，所以，见鬼去吧。"路西恩厉声呵斥，"祝你走运哦。"

我目瞪口呆地望着路西恩。

"你胡说。"

"敢不敢赌一把？"

"没门，你才不会把事情做得那么绝。"

路西恩没有搭理，拔腿走向宿舍门口。

我纵身冲上去，伸手去攀他的肩膀。"路西恩！等等，你刚才是在诓我吧？"

他猛地甩开我的手。"别惹我，我得去呼吸新鲜空气。"

"别走，留步，我们聊聊吧。"

"该说的我都说了。"

"我道歉，行吗？刚才我确实不该出口伤人，不该让你自己一个人扛，我还是帮你把事情妥善解决好了。"

"那你答应画这幅画喽？"

"我在考虑。"

"这有什么好考虑？我刚才已经说过，我们没有退路。"

"我是想说，我俩在一条船上，对吧？不管我们做出决定，不管结果好坏，我都会跟你同舟共济。"

"这是变天了吗，阿特拉斯？就在刚刚，局面分明还是大家各顾各的，有意思的是，一转眼麻烦落到你头上的时候，你就开始唱同舟共济的调调了。"

"你说你告诉耶格的是我的名字，这点我并不买账，根本说不通。你之前说，你和格蕾丝一家三口在派对上结识了耶格，难道你跟女友的父母一起出席派对时，就开始扮演我？"

"有没有可能，我根本不是跟格蕾丝一家三口在派对上结识了耶格？"路西恩答道，"说不定，那才是我在诓你。"

"那你诓我了吗？"

路西恩耸了耸肩。"没有。好吧，我承认，你猜得对，我没有跟耶格透露你的名字。那你是不是要撒手不管了？"

我摇摇头。"不，但你必须答应我一件事，我俩一起使出浑身解数，在不给耶格那幅画的前提下顺利脱身。答应我，你得想尽一切办法退回定金，免得我们惹火烧身。"

"好吧，我可以试试。"

"路西恩，要是我被迫画了这幅画，那也不是为了钱，而是为了你，为了我们大家，因为我不画也得画。"

路西恩点点头。"我尽力吧。"

次日一早，路西恩便动身离开了宿舍，既没有打声招呼说要离开，也没有提到前往何处。耳边传来关门的声音时，我仍在半梦半醒间。等我起床后走进路西恩的卧室，发觉他的笔记本电脑不见了踪迹，屋里没有充电器，路西恩的洗漱包也不在梳妆台上。我又瞥了一眼他的衣橱，缺了度假行李袋。

我给路西恩发短信，问他是否正在折返纽约的途中，准备去见那名艺术代理人，可他并没有回复我。我没有多想，毕竟对路西恩来说，心血来潮去纽约开开派对、吃顿晚餐、见见格蕾丝，都不是什么稀奇事。

好几天匆匆过去，路西恩依然人间蒸发，我的心里才犯起了嘀咕，难道他出事了？直到周三下午，我收到路西恩的短信回复，内容让人心里更加打鼓。

"抱歉，正在父母身旁，没法聊。家里出了点事，以后再详聊。"
转眼到了周五，路西恩依旧杳然无踪。我们两人都修了《早期航海术》，每周五下午都会一起上课。那一周的《早期航海术》下课时，我直奔助教，问她是否收到路西恩的消息。助教向我投来茫然的眼神。

"你不是他的室友吗？他应该还在医院吧。"助教告诉我。

我顿时惊掉了下巴："医院？"

"他没跟你说吗？路西恩的母亲……"话还没来得及出口，助教冷不丁住了嘴，重新酝酿着措辞，"不用担心，他没事，只是他的某位家属得了重病。"助教的话说得支支吾吾，有种字斟句酌的意味。

"他提到是哪位家人了吗？"我问助教。

"不好意思，刚才我就不应该多嘴，还以为你早就知道。这些话请你切勿外传，说不定会给我惹祸。假如路西恩之前没有跟你提到，那我相信，这个消息他并不愿意告诉别人。"

次日，我收到一封航空快件，信封上盖着的邮戳竟是法文。我立刻把信拆开，一眼认出了路西恩的笔迹。

日内瓦
安格利特酒店
二〇一一年三月十七日

阿特拉斯；

想必你正觉得一头雾水，不知道本周我为何会下落不明。很遗憾，我突然离校，是因为遭遇了非常不幸的事故。出事的是我母亲，她在瑞士韦尔比耶滑雪时遭遇了意外。当时她滑得太快，撞上了一块冰，又失控摔在岩石上。飞机将她空运出去进行抢救，她至今尚未离开重症监护室。谢天谢地，事故并未伤到她的脊柱，但内出血相当严重，必须输血多次。

走运的是，我的血型跟我母亲相同（AB-）。这是一种罕见血型，医院里的储备并不多，因此我一直在输血给她，据病情看来，似乎颇有帮助。医生也声称，我母亲的内出血已经止住了，她的生命体征也渐趋稳定（虽然身体依然很虚弱）。我很有信心，我母亲斗志顽强，我心知她会熬过这道难关。

不好意思，我动身离校前没能跟你打声招呼。当初时间紧迫，我父亲已经把飞往日内瓦的航班安排妥当，我只好直奔波士顿洛根机场。这件事请千万不要向任何人透露，我父亲很担心消息会被媒体曝光。而我之所以将事情告诉你，阿特拉斯，是因为你是我在世上最知心的挚友，我心知你值得信赖。

我又仔细回想了我们上次谈话的情形，非常对不起，当时我竟然凶了你。从头到尾，此事错都在我。你说得有理，在答应别人任何要求之前，我本该事先跟你商量一下。此举如此轻率，如此粗心，简直令我自己难以置信。假如当初我能料到你并不同意，我绝不会轻举妄动。坦白讲，当初我真心认定自己是在帮你，而我无比乐意帮你。可惜的是，我却惹来了大祸，我的满腔歉意无以言表。

按你的要求，我已经跟耶格商议过。有个好消息：只要价钱谈得拢，他愿意将事情一笔勾销。但也有个坏消息：耶格开口要我们赔二十万，把当初的定金翻了一番。

依我说，我们面前有两条路可走。第一条，我们按约履行我方的承诺。耶格答应，只要在八月之前交货，就没问题，也就是说，你有整整一个夏季的时间画完那幅画。第二条，我们想个法子把钱还上。我父母倒是有财力，可我必须找我母亲商量，请她瞒着我父亲，决不能让他知道半点内情。要是被我父亲察觉，他定会跟我断绝父子关系，这一点我敢断定。不过，我母亲会体谅我的。滑雪出事后，她时而清醒，时而昏迷，但即使是在意识清醒时，她似乎也有点走神。只要趁我母亲神志清醒时，能找到一个机会跟她独处，我就会尽力跟她交代情况。当然，前提是在你看来，这条路才是最佳的解决之道。

翘首期待你的回音。

你的兄弟
路西恩

这封信字字触目惊心，我忍不住感觉有点心酸。

我把信又读了一遍。难道我真是路西恩**在世上最知心的挚友**？我的心中顿时涌起一股强烈的自豪感，同时又觉得肩上的担子越来越沉。我把这句话读了一次，再读一次，一次又一次。

"我心知你值得信赖。"

我一溜烟奔回了宿舍，匆匆写了一封电邮发给他，嘱咐路西恩切勿拿定金的事去打搅他母亲。毕竟，让她早日康复才是头等大事。至于那幅马蒂斯画作，我们自己就能搞定。

Chapter
14

春假后第二天，路西恩才返回宿舍，仿佛一夜之间老了十岁。至于他母亲，我们只匆匆聊了几句，路西恩说她的病情已经在好转中，但身体依然很虚弱，神经损伤也久久不见起色。路西恩的额头冒出几条皱纹，紧抿着双唇，看似一副疲惫的模样。我开口问了几个问题，他的答复却惜字如金。我感觉路西恩似乎不太愿意细聊，也就没再继续追问。他又再次叮嘱我，切勿把此次事故外泄，我一口答应下来，又表示若需帮忙，我愿意尽力。他道了谢，声称我能帮的最大的忙，就是帮他分分神，以免他总是挂念母亲。

路西恩露出一副沮丧的模样，为了逗他开心，我突然冒出一个念头。"此前你打算举办的那个派对怎么样了？"

"你那时候可没多大兴趣。"

"我也没提过反对。事实上，我很感兴趣。"这句话并不是胡扯。路西恩离校期间，我已经回心转意，重新琢磨起了那个派对。我已经有好一阵子没有跟哈丽特约会了，那个派对倒是个约她的好理由。

"是吗？那好，不如速速动手，不然怕是来不及。"路西恩的口吻甚至有些欢快。他眨眼间便振作了起来，迈步在书桌与床之间走动，一五一十地梳理着待办事项。我本想开口问问他准备如何偿付耶格的定金，可现在开口貌似不太妥。

随后的日子，路西恩一头扎进那个派对的筹备中，费心又费力，看上去根本无暇顾及其他任何事情——不过，让他分分神，不正是我的初衷嘛。三月的最后一个周六，路西恩在中央广场订好了一间可以容纳整整三百人的音乐厅；在中央广场一家打印店中，路西恩又用厚卡纸精心打造了一批请帖，上头用明晃晃的烫金大字印着**"动物狂欢节"**，请帖最下方还附了一行说明：

四月九日。派对着装：生猛。仅限受邀宾客出席。

"你忘了在请柬上标明地址啦，"我提醒他，"具体时间也没有说清楚。"

"刻意为之。"路西恩告诉我。

"难道是我们改了计划，想办一场无人派对？"

"会有人的。"

"要是受邀的客人都摸不清该去哪儿，哪里还会有人出席？"

"要是受邀的客人真想弄清楚派对地址，他们会想尽一切办法弄清；这招的诀窍，在于激发大家的好奇心。谁人不爱解谜？请柬上的最后一行，正是精髓。**仅限受邀宾客出席**——也就是说，其他人要吃闭门羹。某些人会因此获得优越感，而其他人都会为一份请柬抢破头。睁大眼睛瞧着吧，接下来一个星期，这份请柬必将成为热门话题。"

路西恩没有料错，没过多久，消息不胫而走，声称近期有个设于秘密地点的秘密派对。众人纷纷猜测到底有谁收到了派对的请柬，于是小道消息满天飞。路西恩还时不时爆一点虚虚实实的猛料，结果大家的八卦之心复被点燃，秘密派对也炒得越来越热。最后，路西恩悄然放出一则消息，他正是秘密派对的幕后策划。到了那一刻，大家都已经对这场秘密派对趋之若鹜了。

派对之前好几天，大约数百人在四处打听是否有办法挤进受邀名单。路西恩得意地放出风声，宣布人头已满，但还是欢迎所有人出席，"毕竟，我明白被人排挤是一种什么滋味。"

最后出席派对的总共有四百多人，不仅有大一新生，还有高年级的学长。音乐厅装饰着金碧相间的彩带，伴有仿真棕榈树和富有异国风情的充气动物——火烈鸟、猴子、大象；舞池的上方，一个巨型迪斯科球在不停地转动。宾客们通通扮装出席，光是"人猿泰山"就有好几个；有不少女生扮成黑猫，还有人穿着全套吉祥物风格的熊猫服。路西恩一身无尾礼服，头戴一顶狮头帽，在派对里四处溜达，见人便称自己是"丛林之王"。而我从一家售卖威尼斯狂欢节面具的店铺里买了一款白色"包塔"面具 ①，它让我联想到彼得罗·隆吉 ② 的画。

这张面具把我的脸遮得很严实，没有人认得出我，因此十分钟后我把它掀到了头顶上。转眼间，周围的陌生人似乎个个都认识我，而他们七成以上都是陌生人。整个派对之夜，素未谋面的陌生人一个接一个凑上来，仿佛跟我是失散多年的旧识。数月前

---

① 威尼斯面具的一种，多为男性佩戴，用于在一些匿名会议中隐藏身份。

② 彼得罗·隆吉（1702—1785），意大利画家。

只怕会放我鸽子的那群女生，如今竟恨不得跟我共舞。就连赞德这种一度把我当作下人打发的家伙，也过来给了我一个拥抱，又猛力给我的后背来上一记。我转眼间成了"万人迷"，这种感觉如此生疏，宛如做梦。以前，我在派对上从来都是个不惹眼的无名小卒，可在今晚的派对上，我走到哪里都会被人追捧。

派对开场几个小时后，我已经累垮了。扮演阿特拉斯，是一件很累人的活儿，得费神费力才能维持该角色的形象——每次跟人打交道都必须幽默而又自信，绝不能穿帮。我重新戴上面具，顿感自己又成了隐身人。终于能松口气了，我端起一杯饮料，悄然在人群中穿行。戴面具的我与人群遥遥相隔，仿佛聚会正在一块单面镜的另一头举办，而我望着人群，人群却无法觉察到我。

"动物狂欢节"派对之夜云集了诸多宾客，我却一心挂念着某个人，而她并没有露面。哈丽特动身回家过周末了，当天是她母亲的生日。我心里明白，可心里依然有点失望。

自情人节以后，我跟哈丽特就没见过几次。她出门的次数少得可怜，大部分时间都花在了图书馆里。我已经邀请她参加派对好几次，可她总能找出理由推脱。

不过，哈丽特跟我几乎每天都聊，要么互发短信，要么在社交平台上互动，就像一场网球比赛，时慢时快，节奏不一，时而是你一言我一语飞快地斗上几句嘴，时而来一场深思熟虑、耗时颇长的拉锯战。各种奇谈怪论最讨我们的欢心，对话充斥着只有我们两人才懂的梗、各式表情包和奇人奇事的视频链接。总之，要是见到哈丽特和我的对话，其他人可能如读天书，我们俩读来倒是津津有味。

到了大约四月中旬，路西恩与我主办的"动物狂欢节"派对结束没多久，哈丽特的举动却一反常态：她根本不回复我的任何一条短信或消息，拉蒙特图书馆里她专属的座位也不见了她的踪迹。

直到有一天，哈丽特突然发来一条短信，问我是否愿意下午一起喝杯咖啡。我们约好在布拉特尔街的一家咖啡馆碰头。当我赶到见面地点时，哈丽特已经坐在桌边，叫了两杯拿铁咖啡。

"这位女士还活着！"我说。

"我明白，我人间蒸发了嘛。不过，我可不是无缘无故玩失踪，今天有个惊天的喜讯要告诉你。"

"说吧。"

"我当上《哈佛讽刺家》杂志的编辑啦！"

"你是指世上唯一一份根本不搞笑的幽默杂志吗？"

"别胡说！"

"我就是逗逗你。恭喜，真是厉害。"

"新人入会刚刚才收尾，所以我现在才出现。"

"我还以为你被拐走了一星期。"我调侃道。

"也差不了太远，这事儿不能细聊。"

"我明白。"我举起咖啡杯，摆出祝酒的架势，"敬泰勒女士，祝贺你事业成功。在下十分期待读到你撰写的段子，保证绝不发笑。"

"万分感谢，诺沃特尼先生。我也十分期待秉承《哈佛讽刺家》的一项悠久传统，独家发布《哈佛讽刺家》内部人士才懂的各种笑话，让外人根本摸不着头脑。顺便说一句，我带了点东西给你。"哈丽特把手伸到背包里，取出一本又旧又破的书，还套着一张皱巴巴的黄色书封。

"这是什么宝贝？"

"W.H.奥登的大名你听说过吗？"

我摇了摇头。

"噢。我本来以为，你说不定在课上听说过此人，威斯坦·休·奥登是我最爱的诗人之一。我在书店里发现了这本书，就想起了你，是因为书名的缘故……"

我朝旧书的封面一眼，上面写着《阿喀琉斯之盾》。

"鉴于你跟希腊神话关系十分紧密，送给你似乎再合适不过。"

"棒极了，又是诗。我缺的不就是诗吗？多谢！你不仅把我哄去上了诗歌课，这下还给我布置课后作业了。"

哈丽特笑出声。"要是你不喜欢，我就把书收回。"

"门都没有。"我赶紧把书护在怀中，"它归我了。"

"读一读吧，会合你的胃口，我保证。"

"我试试。对了，星期六晚上你有什么打算？我缺个女伴出席盖茨比派对，你愿意去吗？"

"噢……就是俱乐部的那个派对吧？伊莎提过，说她会去。"

"没错，俱乐部给二十个大一新生发了邀请，算是新人入会预选吧。"

"新人入会预选？瞧瞧，某人中选了呢。"

"我敢断定，俱乐部向我发出邀请，纯属偶然。"

"没问题，干吗不去？着装有什么要求？"哈丽特问。

"属于白领结着装场合，略带二十世纪二十年代主题吧。"

"高端！算你走运，我从家里带了套华服来，我就当你的女伴好了。"

Chapter
15

我伫立在奥本山街上，紧挨着"讽刺家"大厦的台阶等待哈丽特。正值薄暮时分，天空被笼上了一抹抹幽蓝的暮色。一支乐队正在演奏，乐声活泼而轻快，一阵阵欢声笑语飘过俱乐部花园的砖墙。我望着一对对身穿往昔时代服饰的情侣，悠然踏上奥本山街，又向当晚的派对走去。仿古的着装，衬上黄昏的暮色，让眼前的一幕令人心醉，仿佛它置身于时间之外。

"只盼这一身勉强符合着装要求吧。"我耳边传来了哈丽特的声音。她上了淡妆，身穿一件深蓝长礼服，一串长长的白色珍珠项链系在玉颈上，发箍上别着一根白色的羽毛。她微微露出笑容，看上去如此娇艳，我简直挪不开目光。

我们轻拥了一下，我又在她的面颊上轻轻吻了吻，然后牵起哈丽特的手，步行了一小段路，来到俱乐部，这里人声鼎沸，处处是笑语与八卦。哈丽特和我进了大门，一名服务生递给我们两人各一杯香槟。众人全都聚集在花园中，一株参天大树的树干上悬垂下串串彩灯，一路攀上花园的墙壁，恰似五朔节花柱装饰的彩带，让人恍然有种错觉，仿佛整场派对现场都笼罩在一顶彩灯铸成的马戏团帐篷中。游廊上一台钢琴的前方，坐着一名身穿条纹西服、头戴草帽的男子，另一名乐队成员正演奏低音提琴，唱着一支我从未听过的歌。

路西恩与格蕾丝这一对正在跟一名高个子大四生马克聊天。马克来自格林尼治，中学念的学校在斯特林眼里只能算二流。听说马克的脑子算不上太灵光，但他那满腔的自信让人不容小觑。

"安多福服装店棒得顶天，"马克评论道，"普莱诗男装店只配给它家提鞋。"

"但普莱诗的领带货色更佳。"路西恩说。

"这点说得没错，那儿的领带确实不赖。你的衣服是在哪家买的？"

"我在杰明街有一家常去的店，叫做'纽伶梧'。"

"杰明街？在哪儿，华盛顿吗？"

"在伦敦。"

马克边点头边把路西恩的话重复了一遍，露出一副会意的神情。"哎呀，应该没错。不过我敢断定，华盛顿也有一家。"

"宝贝，你应该找我爸爱去的那家店做衣服。"格蕾丝对路西恩说道，"店名叫'亨斯迈'，以前我就跟你提过，它家给丘吉尔和里根都做过西服呢。"

"是罗纳德·里根本人吗？"马克换上了一副惊艳的语气。

"唔，我身上这件是'希尔瑞'。"哈丽特用爽朗的语调插嘴说道，"据说这牌子可是丘吉尔夫人的最爱哦。"

我拼命忍住笑。格蕾丝恼火地瞪了哈丽特一眼，不再搭理她，一只手搭上路西恩的前臂。

"宝贝，能麻烦你帮我取杯喝的过来吗？雪树伏特加加苏打水。"

"马上就来。"路西恩转身走开。

"阿特拉斯，今年暑假你打算干吗？是不是也去金融业实习？"马克问我。

"唔……不。我会待在学校，画画。"

"画画？"他眯起双眼，"这是什么意思？"

"我拿到了暑期艺术奖学金，哈佛拨了一笔补助给我，让我在暑假画画。"

"噢，你是画家？有意思，我还不知道你竟然痴迷画画这种事。好吧，暑假画画倒是有趣，你毕竟只是个大一新生，还是别太紧绷了。大一那年暑假期间，我就跟同学去欧洲旅行了一趟，从巴黎出发，最后在克罗地亚体验了一周游艇水上活动。"马克说，"所有人都很看重大一的暑期实习，可我觉得没什么大不了，大二的实习分量才最重。你不用着急，总还有明年嘛。"

哈丽特开口道："没错，约翰内斯·维米尔[1] 最后变成画家的唯一缘故，就是因为他没通过银行业从业资格考试。"

"是吗？"马克问，"这可真有意思。话说回来，考试挂掉确实不算什么稀奇事。几年前有个叫布莱恩的家伙，美国证券经纪人执照考试考了两次都没过，有些人就真的不是这块料。"

"抱歉，刚才我是在开玩笑。"哈丽特补上了一句，"我有个招人厌的毛病，就是开些大家都听不懂的蹩脚玩笑。不管怎么说，我很为克里斯托弗开心，那份奖学金竞争很激烈。我有个《代言人》杂志的朋友透露，申请该奖学金的人多到爆棚，可从

---

[1] 约翰内斯·维米尔（1632—1675），荷兰画家，代表作《戴珍珠耳环的少女》。

没听说谁真的得了奖。"

"哎,《代言人》杂志只怕是本校最无足轻重的组织了,请别见怪。"马克说着皱起了眉,"克里斯托弗又是哪位?"

"就是我。"我答道。

"好吧。"马克脸上露出了茫然的神情。他一时摸不透哈丽特的意思,于是又聊起了他最心爱的两个话题:俱乐部,和他自己。

"说到俱乐部的厉害之处,"马克絮叨道,"其中一点是,俱乐部出身的那帮毕业生全都在华尔街呼风唤雨。瑞士信贷也好,高盛也好,花旗也好,德意志银行也好,多到数不清。我们俱乐部的人动不动就会收到不得了的工作机会,昨天就收到一封呢。某位九七届毕业生,俱乐部出身的哈佛校友,发来电邮说他刚在波士顿后湾开了一家私募股权公司,准备招收暑期实习生。我不清楚他是否面试大一新生,但假如你乐意,我可以把你的信息转发给他。他给了我一份全职工作,可我已经答应了另外一个职位。"

"那你在哪里高就?"

"在一家超级酷的精品私募股权公司,该公司专攻新兴市场及驱动科技领域的非传统增长策略。"马克连珠炮一般回答道,"我对它无比倾心,因为这个职位正是金融与科技的交汇,是绝佳的宝地,也是一份梦想的职业。"

说到这儿,马克歇了歇,用期盼的眼神向我望过来——他显然是在等我开口发问,请他就"驱动科技领域的非传统增长策略"解释一番。可惜我没有,他不禁失望。

"路西恩与我今年会去欧洲避暑。"格蕾丝插嘴说道,"我要去《时尚》杂志的巴黎分部做暑期实习,我爸也在给路西恩张罗筹备。"

"你会法语?"哈丽特问。

"**当然啦。**"格蕾丝用法语回答,"自我五岁开始,我们家每年夏天都去欧洲避暑,基本上都是去法国圣特罗佩。"

这时,路西恩端着格蕾丝要的饮品回来了。

"巴黎,听上去好有品位。"马克说,"那你去巴黎干吗?"

"我会在康泰纳仕的公司战略部门待上一阵,评估潜在的收购目标,比如新媒体。"

"噢,我的天,简直等不及了。我激动得要命,"格蕾丝说,"我家有个朋友名下有家餐馆,我非带你去不可,好得不得了,米其林三星。去年时装周的时候我去过一次,哎,差点要了我的小命,实在太棒了。等一下,当时我拍了照,让我找一下。"

众人都在等着格蕾丝一张张翻找手机中的照片,好一阵长久的沉默。

"找到啦!瞧见了吗?看上去是不是可口得要命?甜点是这张,店家还会在甜点上现场点火,就是当着你的面!"格蕾丝把手机亮给哈丽特瞥了一眼,"宝贝,今年夏天我们可不能错过这家餐厅。"

这时,我发觉哈丽特的杯中已经没有了酒。我碰碰她的手臂,将头朝酒水吧台一歪,哈丽特点了点头。

"我们去弄点喝的,去去就回。"

哈丽特和我来到酒水吧台,端了两杯"高球"鸡尾酒。哈丽特伸手指向旁边的木头长椅。

"你不介意我们过去坐一会儿吧？我的脚痛得厉害。我真傻，竟然穿着高跟鞋走了一路。"

"那就过去坐坐吧。"我附和道，"这正是我从来不穿高跟鞋的缘由。"

哈丽特郑重地点点头。

"好消息是，你只需……"我瞥一眼根本不存在的手表，"再熬几个小时就能够脱身。"

我们双双在长椅上坐下。

"路西恩跟那个女生是怎么认识的？"哈丽特问。

"格蕾丝？路西恩遇见她是在纽约，可能是赞德引荐的吧。"

"你们肯定成天去纽约。"

"路西恩经常去，我只去过纽约两回。"

"她非常美。"哈丽特说道。

"算是吧。别告诉别人，但我对她不太感冒。我觉得跟她实在聊不来。"

"聊聊裁缝师傅很不讨你的欢心？"哈丽特一边问，一边作势扮出震惊的神情。

"你这话倒是提醒了我，你刚才开的玩笑简直顶呱呱，格蕾丝只怕爱死那个'希尔瑞'笑话了。"

哈丽特忍不住放声笑起来。"献丑了！毕竟那帮人实在太装了。"

这时一曲正好奏完，歌手取出一把小提琴调起了音，场上沉寂了一会儿。他即兴演奏了一小段曲子，动不动就揉弦，钢琴师也随即奏响了《没摇摆就没意义》开头的一段和弦。

哈丽特与我蝴蝶般穿行于整场派对，伴着越来越浓的暮色东聊西扯。时光飞逝，到了十点，乐队进屋，俱乐部主席号召大家跟着乐队一起。哈丽特和我从一扇侧门进去，走到酒吧。

"我还记得你曾说，这地方堆满了动物标本呢。"

"随我来，带你开阔一下眼界。"哈丽特说。

我尾随她进了一间镶着木板壁的宴会厅，里面布满了蒙蒙的雪茄烟雾，墙上陈列着十几只狩猎战利品：野牛、加拿大马鹿、羚羊，还有一两只我根本叫不出名字。

哈丽特和我再度回到酒吧，喝了也聊了，我领着哈丽特下了舞池，与她共舞，吻了她。我提议一起动身回家，她却还想在派对上多消磨一阵时光。

派对眼看要收场时，我们一群人决定去体育中心的游泳池。那栋楼夜间上了锁，但我们之中有个击剑队的女生，用电子门禁卡把我们放进楼里，我们尾随她穿过一条条黑漆漆的过道，来到空荡荡的大楼中央，面前竟是一个奥运规格的游泳池。哈丽特突然攥住我的手肘，把我拽到旁边。

"这不太妥吧？"

"来吧！能出什么岔子？"我牵起哈丽特的手，把她拉到身旁，沉醉在无所畏惧之中。

我把全身上下脱得只剩平角内裤，我能感觉到哈丽特向我投来的眼神。耳边传来一声欢呼，有人"扑通"跳进了池子。我紧跟着纵身跃入。

哈丽特也下了水。她的双臂搭在分道绳上，妆容已经花成两只熊猫眼。我伸出一条手臂攀上分道绳，她的脸近在我眼前。没想到，一道手电筒的光束忽然从上方照亮泳池。我猛地抬眼，望见一抹幽黑的人影正从三层楼高处俯视着我们。

"是保安！"有人在高声嚷嚷，"大家快撤！"

人群顿时炸了锅，众人纷纷向泳池边游去，个个堪称神速，恐怕在奥运会选拔赛上也会让人眼前一亮。大家捡起自己的衣服和鞋子，朝不同方向作鸟兽散。我闪电般奔下一条过道，哈丽特紧跟在我身后。我转过一个拐角，竟差点跟那名保安撞个满怀。我一时根本没反应过来，不假思索地跟他打了个招呼，回过神拔腿就朝相反的方向狂奔，能跑多快就跑多快。

"快掉头！快掉头！"我朝哈丽特高喊，又飞奔上另一条路。路的尽头是一段楼梯，竟奇迹般地径直通向大楼出口处。我一溜烟出了绿色大门，跑进刺骨的空气中。哈丽特跟在我身后，与我只隔半步。我们双双放声大笑，累得上气不接下气。

"**能出什么岔子？**"哈丽特学着我刚才的口吻调侃道。肾上腺素令她的双眼光彩熠熠。

"我可从来没有说过，我们不会被抓。"

"我恨你。"

"不如再跑上几步吧？"

"我不介意。可是去哪儿呢？"

"回我宿舍？"

"今晚不行。"

"那就改天？"

"也许吧，难说。"

Chapter
16

四月连绵的阴雨，不经意间已换成五月湛蓝的晴空。先是一个个露天派对盛行了一两周，突然又都不见了踪迹，大家纷纷埋头应付起了考试。浑水摸鱼混过了一学期，我总算遭了报应：我只有"工作室艺术"课程的成绩拿得出手，《诗、诗人与诗歌》一课我得了 B，《早期航海术》与《法老》的成绩则非常丢脸；更丢脸的是，这本该是两门最容易的课。

大一学年刚一结束，路西恩与格蕾丝便双双奔赴巴黎；佐拉说他将前往北京度暑假，学习中文，这让大家都吃了一惊；斯特林倒是采取了求稳的策略，在曼哈顿找了一个实习职位和一间公寓；凯恩趁暑假回了新西兰，在建筑业打打零工赚点外快。

我哪儿也没去，在布拉特尔街租了一套单间公寓，从六月租到八月。那里离学校不远，出入卡彭特视觉艺术中心要方便不少，还能随意使用哈佛大学的美术用品。除此之外，自己租上一间公寓，总算有了一处不受外人叨扰的小天地，可以埋头制作我答应路西恩的那幅马蒂斯画作的赝品。

每年毕业典礼之后，哈佛大学便会迎来一批校友聚会，为期大约一周，聚会活动的工作人员由本科生担任。据传闻，校友动不动便会阔气地给点小费，让工作人员轻松小赚一笔。哈丽特将在聚会活动上担任调酒师，我本来也打算报名，指望着说不定能跟哈丽特共事，可惜最终只找到一份帮校友照看小孩的零工。好在当保姆的报酬很可观，有几次我收到一百美金的小费。我本来的计划是趁哈丽特尚未动身前往欧洲，再跟她多待一星期——哈丽特即将奔赴佛罗伦萨的一所语言学院，在那儿学意大利语。

大一学年末的最后几周，哈丽特与我之间萌生出朦胧的恋情。我们没有发生关系，也没有互认情侣身份，但我不跟其他人约会，她也一样。她曾来我的宿舍过夜两次，每次都穿戴齐整，我们也只亲热一番。哈丽特希望慢慢来，我倒也不介意——有什么好着急的呢。

但我确实盼着，在她去欧洲之前，先答应当我的女友。对此我颇有把握。校友会活动那一阵子，哈丽特和我每天晚上都出去玩，通常只有我们两人。一天夜里，我们甚至聊到了异地恋情，聊到我们暑假也会异地几个月。我说要去佛罗伦萨找她，哈丽特听后很开心。

可是，就在校友会那一周即将结束的时候，我发觉哈丽特的态度起了变化，对我十分冷漠：跟平时比，她要隔上好长一阵子才回我的短信；一旦我有什么提议，她的回复也是一副模棱两可的口吻。但她似乎并不是刻意远离我，因为每到夜里，她的态度又会软下来，问我是否愿意见面。我实在有点摸不着头脑——哈丽特的态度为什么会变得这么别扭？毋庸置疑，我并没有招惹过她，也许是她忽然回过了神，发觉自己跟我太亲密了？难道是暑假的短暂分离令哈丽特焦虑？

校友会那一周的最后一夜，"速食布丁剧团"办了一场派对。那是个天气暖融融的傍晚，派对上人很多，整个社团会所活像桑拿房。哈丽特和我从防火梯爬上屋顶，只想透口气。伫立在高处，我们沿着花园街放眼远眺，一直望到临近哈佛广场的最后一个十字路口。哈丽特与我轮流给楼下街道上来往的行人编起了生平，这次正好轮到我。哈丽特伸手朝一名穿着工装短裤加波士顿棕熊队 T 恤衫的肥仔一指，她的手正好拂过我的膝盖，我不禁有点心荡神驰。

"这一位又有什么样的经历？"

"这人名叫布莱恩，"我答道，"跟我一起上陶艺课。"

"哈佛竟然还有陶艺课，我一点儿也不知情。"

"陶艺课人气不错。"我说。

"那跟我讲讲布莱恩这人好了。"

"闲暇时间，布莱恩痴迷于电脑编程，只盼有朝一日打造下一代互联网平台。多说一句，陶艺他可不那么拿手。"

"下一代互联网平台不就是'脸书'？"哈丽特问。

"我实在不忍心跟他说破。"

哈丽特"噗嗤"笑起来。"他难道从来没听说过'脸书'？"

"没有。"

"布莱恩还有没有其他料可爆？"

"他刚刚申请参加恋爱真人秀电视节目《美国单身汉》，还在等节目回复。"

"噢，那他单身？"

"要我把你介绍给他？"

"我得先瞧瞧他做的陶器到底有多差劲。"

"坦白讲，布莱恩用黏土弄出来的那些玩意，用'陶器'这个词来形容恐怕有点过于奢侈。对了，要去《美国单身汉》当男嘉宾，好歹得是个……"

"单身汉。"哈丽特说。

"正是。"我探身向她凑过去，"你总不会要跟布莱恩凑成一对儿，坏了人家的大好机会吧？"我扭过头，迎上了哈丽特的目光——她露出笑容。我俯身吻她，她回吻我，可是紧接着，她的身子僵住了，整个人变得十分紧绷。她抽开了身。

"到底怎么回事？"我问。

"你说，这样是否妥当？"

"你是指，我们在一起？"

"是的。"

"依我看，不是妥当不妥当的问题，我们是天作之合。"

哈丽特微微露出笑容，但透出些许哀愁。她沉默了片刻。

"我实在不知道，我们在一起是对还是错，也说不清结局到底如何。"

"你这话是什么意思？"

"你让我心动，真的。可我说不清这段恋情你是否当真，我不想受伤。"

"这段恋情我十分认真。"

"有时看上去可不太像。"

"哈丽特，我没有一刻不在想你。"

"那你怎么会跟蕾拉有过一段？"

"蕾拉？"

"她是我的朋友。"

"那是一月份的事了，当时我跟你还一点也不熟。"

"不，那时你已经约过我了。"

"可我并不知道蕾拉是你的朋友。我根本不会跟她纠缠，要是知道……"

"要是知道会被我发现？"

"不，要是知道这么做会害你伤心。我跟蕾拉只是露水情缘，当天我醉得厉害，那一夜发生了什么几乎都不太记得。很抱歉，哈丽特。"

"不要紧。"

"从相遇的那一刻起，我就对你一见倾心，你的身影时刻在我心中萦绕，每一日，每一秒。"

"我可说不清，到底该不该信你的话。"

"为什么？"

"有些时候，我感觉自己看不透你的真面目。你在我面前是这副样子，可是据传闻，其他人嘴里的你又是另一副大相径庭的样子。"

"传闻？你究竟指的是什么事？"

"你明明清楚我指的是什么事。"

"不，我真的一点也摸不着头脑。"

"你跟其他女生的传闻，你成天跟路西恩那帮男生一起出去开派对，他们在忙些什么勾当，我心里很有数。"

我不禁叹了一口气。"你对路西恩没什么好感，我明白。"

"关键并不在于我对路西恩没好感，而在于他人品不佳。要是你跟他走得没那么近，那就太好了。"

"你对他的了解不如我深。"我告诉哈丽特。

"我对他的了解已经足够了。"

"是因为他跟西尔维娅的纠葛吗？"

"没错，但恐怕真相在你的预料之外。"

"我懂，路西恩不该用那种手段对西尔维娅。"

"我指的不是这个。"

"那是什么？"

哈丽特沉思了一会儿。"此前我答应过西尔维娅，我会守口如瓶。西尔维娅感觉这件事非常丢脸。要是我把事情告诉你，你绝不能外泄，好吗？尤其不能传到路西恩的耳朵里。"

"我不会告诉任何人。"

"你保证？我可是把小命交到你手里了，克里斯托弗。"

"我保证。"

"好。这件事我也一直被蒙在鼓里，直到前几天才得知。显而易见，上学期期末那一阵，路西恩跟西尔维娅又联络上了。寒假时，路西恩待在纽约，我猜他们上过几次床。"

"寒假？你确定？那时路西恩已经在跟格蕾丝约会了。"

"西尔维娅当时并不知道。路西恩跟她讲，格蕾丝和他已经分手。这一点，也是西尔维娅觉得丢脸的原因之一。"

"噢。"

"有一天晚上，出了一件特别诡异的事。西尔维娅的父母出城了，她叫了几个朋友去她家玩。本来那天晚上我也要去，可我得帮忙照顾表弟，没去成。当时路西恩一直在给西尔维娅发短信，于是她把路西恩也叫上了。大家都在西尔维娅家玩酒桌游戏，个个喝得烂醉。西尔维娅和路西恩又缠绵起来，她问路

190

西恩要不要留下过夜，路西恩答应了。两人去了西尔维娅的卧室，最后双双睡着了。"

"那有什么大不了的？"

"容我先说完，还没讲到诡异的情节呢。到了凌晨四点左右，西尔维娅一觉醒来，发觉路西恩不见了踪影。她还以为路西恩只是去洗手间，没想到片刻以后，楼下传来'咣当'一声巨响。"

"楼下？"

"西尔维娅父母的卧室在楼下。"

"好吧……"

"西尔维娅吓个半死，因为她怕这是家里闯进了贼，于是慌慌张张下了床，一溜烟跑去洗手间找路西恩。可是，路西恩并不在洗手间里。"

"路西恩人在楼下？那声巨响是他弄出来的？"

哈丽特点点头。"西尔维娅告诉我，过了两分钟，路西恩回来了，声称他刚才下楼想去接杯水，结果在黑漆漆的屋里撞上了什么东西。"

"这有什么问题？"

"问题是，西尔维娅家从不关灯。"

我耸耸肩膀。"路西恩喝醉了嘛。"

"当时西尔维娅也没有放在心上，可是几天后，她父母回到家里，发觉抽屉里少了一块劳力士，一块十分高档的劳力士手表。"

"你的言外之意是，路西恩拿了那块表？"

"谁说得清呢？不过，西尔维娅说，那夜唯一接近过她父母卧室的人，就是路西恩。"

"这一点，西尔维娅没办法百分之百确定吧？你刚才明明提到，当晚大家个个都喝得烂醉。趁西尔维娅一不留神，有人偷偷溜进她父母的卧室，根本不费吹灰之力，当晚在场的宾客中任何一个都有可能。"

"其他客人都是西尔维娅深交多年的挚友，她说，他们绝对干不出这等下作事。"

"路西恩就干得出这等下作事？哈丽特，拜托，路西恩究竟为什么要偷一块手表？没有半点道理，他自己就有一块百达翡丽。再说，路西恩对劳力士根本瞧不上眼，他总说劳力士俗气。"

"别冲我发火啊。"

"我不是在冲你发火。"

"我只是把西尔维娅告诉我的那番话转述给你听。"

"难道你不觉得，这番话说不定是西尔维娅捏造出来的，因为她对路西恩心怀怨恨？"

哈丽特的目光变得冰冷。

"不，我不这么认为。西尔维娅是我死党，但这件事她瞒了我整整六个月。当她察觉自己上了路西恩的当，他根本没有跟格蕾丝分手，西尔维娅简直下不来台。事到如今，她依然不愿提起这些事。"

"你说得没错。对不起。"

"但事情到这里还没有完。"哈丽特接着说，"过了几天，跟路西恩见面时，西尔维娅问他究竟为什么要进她父母的卧室，结果路西恩死不承认，还反过来责问西尔维娅居然怀疑偷表的人是他，真是脑子出了毛病。两人说来说去，西尔维娅就发现路西恩根本没跟格蕾丝分手，她当时都快崩溃了。"

"事情也许并不是那么泾渭分明，路西恩和格蕾丝确实算分分合合。"

"你怎么一次又一次地帮路西恩说话？"

"我只是想指出一件事，我们也没有长天眼，怎么能洞悉一切呢？"

"你就是在帮他说话！"

"他是我好朋友，我不该帮他说话吗？"

"路西恩明明背着他的女朋友搞劈腿，克里斯托弗，难道你不觉得非常不妥？"

"当然，我觉得很不妥。"

"西尔维娅发觉路西恩劈腿，简直气炸了，再也不想见到他。可路西恩根本没有道歉，正常人遇到这种情形总会道歉吧。他却对西尔维娅大发雷霆，用污言秽语骂她是荡妇、骚货，西尔维娅被骂得哭着从酒吧离开。一个星期后，西尔维娅的父母还收到一封匿名信，信中全是谎言，拼命朝西尔维娅身上泼脏水，声称西尔维娅在校干过各种坏事。路西恩是个疯子，克里斯托弗，他身上有股疯得不得了的疯劲。"

"你说的都是真的？"

"绝无虚言！"

"你觉得，匿名信是路西恩的手笔？"

"不然还会是谁？"

"你亲眼见到了那封匿名信？"

哈丽特的脸上顿时露出一种痛心的神情。

"你竟然不信我的话？"

"我只是问问。"

"没有，我并没有亲眼见到那封信。西尔维娅把它撕了个粉碎。"

我感觉心脏猛地一沉，一时间，我竟然辨不清虚实，也拿不准到底该说些什么。哈丽特与我双双沉默地坐着，气氛十分别扭。她抽噎了一声，我扭头向她望去，讶异地发觉她的眸中噙着泪水。我伸臂搂住哈丽特，想将她搂进怀中，她推开了我。

"我不知道，我们两人是否应该到此为止。"哈丽特开口。

"就因为我不愿意出卖我的朋友？"

"我并没要求你出卖你的朋友。"她停顿了一下，"但我也不愿意跟一个有那种朋友的人在一起。"

"这不公平。"

"你已经不是我印象中的那个人。"

"可我是。"

"那你敢开口对我说一句，说你相信我刚才关于路西恩的那番话？"

"好，我相信。"

"真心相信？"

"我觉得是。"我又补上一句，"我说不清，一时间我消化不了这么多。"

"你说不清？"

"我相信你刚才告诉我的一切，都是西尔维娅告诉你的。我只是认为，事情必定还有另一面。这套说法我为什么难以照单全收，你也明白，路西恩一直待我不薄，一次又一次地力挺我。但西尔维娅的这些事，他根本没跟我提过半句，难道里面没有猫腻？有些事情他从来没有告诉过任何人，但都跟我讲了，非常私密的事，他的家事，关于他父母，总之是我永远不会外泄的秘密。那他又怎么会从没跟我提到他又搭上了西尔维娅呢？实在讲不通。"

哈丽特默然不语。

"依我看，我们还是不要再联系了。"她终于开口。

我紧盯着远处某个地方不放，拼命梳理着目前的情形，但脑海中只有一片空白。

"我不愿意。"

"我也不愿意。可是，这才是成熟的解决方式。"她说，"反正今年暑假我也要远行，也算顺其自然，我们分手吧。"

我遥望着远方的交通灯从黄色变成红色，又抬头望向夜空。那一刻，我对于未来的诸多憧憬纷纷跌落尘嚣，一幕接一幕，但它们并未燃起漫天炫目的焰火，更像无言的哀叹，像冷不丁折翼的鸟儿。

"我会想你的。"哈丽特说。

我感到泪水盈满了眼眶，于是拼命眨眼睛，想把眼泪憋回去。我点了点头。

"我也会想你。"

"你不会把我刚才的话告诉路西恩吧？你保证过。"

"半个字也不会透露。"

"谢谢你，这对我来说意义深重。"她起身准备离开。

"别走。"我挽留道。

"抱歉，克里斯托弗。希望你能把头绪理清楚，看清自己究竟想要成为什么样的人，别让路西恩替你做主。"说完，她从窗户钻回了大楼。

我独自在屋顶上坐了片刻，定睛凝望着街道，却根本说不清自己望见了什么景象。微风轻拂，室内传来的乐声淹没在远处塞车的喧闹声中。

过了许久，布莱恩的身影再度映入了我的眼中——他正顺着来时的路朝回走。只不过，此刻的他已经不再是布莱恩，不过是今夜的又一个陌生人。

Chapter
17

一夕之间，蓝天仿佛换成了一副懒洋洋、灰蒙蒙的面目，滞留在剑桥市的头顶不愿离开。淅淅沥沥的雨一直下到黄昏时分，豆大的雨点一下下地敲在玻璃窗上。我一整天都躲在被窝里，打不起半点精神，伴着远处轰鸣的雷声与排水管中的滴答声，时而迷糊时而清醒。

哈佛校园空荡荡的。学生们躲在志愿者撑起的绯红色雨伞下，一个接一个离开；撑伞的志愿者倒还盼着再赚最后一笔小费。科学中心外的大帐篷被拆掉运走了，怀德纳图书馆柱子上贴着的横幅被取了下来，纪念教堂前数不尽的折叠椅只花了一下午就消失了踪迹。日子一天天过去，校园里的学生和教职工一天比一天少。

随后的一个星期，我的心情都十分沮丧。哈丽特没有任何消息，我努力把自己管好，只是有一夜，我跟朋友出门喝得大醉，忍不住给她发了短信，说我想她。哈丽特没有回复。次日，我干脆删掉了哈丽特的号码，免得自己又忍不住给她发短信——删除之前，我写下她的号码，塞进了书桌抽屉。

我竭力把哈丽特抛到脑后，但做不到。难道是我犯了个天大的错？不然的话，哈丽特指望我对路西恩倒戈相向，仅仅是因为听说了几句流言，难道这不是太不公正了？我竭力说服自己，哈丽特跟我分手，并不是什么要紧事。毕竟，她和我到暑假就会远隔重洋，不把一颗心全放在某个万里之外的女生身上，也许再好不过。秋季一到，哈丽特就会返回学校，到时候可以再追求她嘛，让她明白当初对我有所误会，我正是她一开始就认定的那个人。除此之外，要是哈丽特能跟路西恩深交一下，她就会发觉，路西恩其实并不是什么穷凶极恶的歹徒。

为了不再心系哈丽特，我干脆一头扎进绘画里，先把那幅马蒂斯的赝品画完吧。几个月来，欠了耶格的这笔债一直害我揪着心，越早了结越好。

耶格还透过路西恩向我传话，提了一堆详尽又细致的要求：他要的不是仿照马蒂斯风格画出的赝品，而要跟真迹分毫不差。马蒂斯的这幅原作名叫《坐着的女人》，已于二战期间失踪。正因为原作早已下落不明，我手头只有一些来自昔日法国画展目录的图片。炮制这幅赝品最难攻克的关卡，是准确把握住画作的色调。我手头的图片几乎全是黑白照，那张孤零零的彩照又已经随着时间的推移而褪色。看来，最佳方案恐怕是遍查马蒂斯在同一时期创作的其他作品，对马蒂斯爱用的色调心里有数，再尽全力自行去揣摩。

马蒂斯笔下的线条，与阿尔伯特·马奎特 ① 和卡莫因颇有共通之处。以上三人都跟巴黎名家居斯塔夫·莫罗 ② 学过画，技艺方面接受过同一套古典教育。不过我发现了一件事：马蒂斯的线条画看似简单，实则高深。人们常把马蒂斯的线条画误当作简单的速写，但那些画作体现出了速写罕有的情感与深度；光与影的微妙互动营造出了暖意、氛围感与动感的错觉——那些画作如此之精妙，并不是偶然的巧合，而是一丝不苟、丝丝入扣的成果。每画一幅线条画，马蒂斯都会事先用木炭之类的材料试上好几次，照马蒂斯自己的话说，这些画作乃是"我的情感最纯粹、最直观的体现"。这句话被我勾画下来，反复品味。

我开始动工，尽可能照搬马蒂斯的手法去画。真人模特儿是没法指望了，但我已经习惯对着照片临摹。在我看来，人体中最难描绘的部位正是面孔，所以我才偏爱画抽象图形。就人脸来说，我的老师马库斯的要求格外严苛，他总说人脸若是画得好，必须既让人感到亲近，又让人觉得莫测；既表现力十足，又难以描述。

为了磨炼画技，马库斯曾经给我布置过一项作业：将一组被

---

① 阿尔伯特·马奎特（1875—1947），法国野兽派画家。

② 居斯塔夫·莫罗（1826—1898），法国象征主义画家。

捕时拍摄的嫌犯大头照掺进专业头像照中，让我细细钻研。马库斯说，头像照捕捉到的是相片中人的某一面，恰似人们戴上的面具。换句话讲，就是人们决心向外界展露的自我。专业头像照中的形象造作而又枯燥，从某种意义上说属于一种假象，相片中人的笑意很僵硬，体现出的情感半点也不真挚。至于被捕时拍摄的嫌犯大头照，恰恰是另一回事，它们捕捉到了人们最消沉、最脆弱的那一秒。

马库斯还让我把观察上述照片的心得记录下来：从观察他人的面部之中，我学到了什么？人们嘴角的皱纹昭示着什么？眼眸又昭示着什么？相片中人有疤痕吗？有什么不完美之处吗？这些疤痕与不完美之处意味着什么？那些喜洋洋的面孔要是换成哀怨或恼火的表情，又会是什么模样？反过来会怎么样？

至于马蒂斯，他堪称化繁为简的高手。透过剖析并重构马蒂斯的画作，我似乎也得以一窥其中的奥妙，恰似一名钟表匠把手表拆开，又一环接一环地再度复原。

炮制《坐着的女人》所花的时间比预料的要长。动工大约一星期，我突然意识到：恐怕不得不从头再画一次了。一直以来，我都在用一种名叫钛白的颜料。在当今，钛白或许是市面上最为常见的一种颜料，但直到一九三〇年，钛白颜料才在市面上买卖流通，而《坐着的女人》创作于一九二二年。这意味着马蒂斯用的理应是另外一些颜料，要么是铅白，要么是锌白，而这种失误，会让我炮制的画作立刻穿帮。

好几次我都自认为这幅马蒂斯的赝品已经可以交差，没想到才过几小时，我又改变了心意，觉得有些细节还得改改。我确实是力求把活儿做到无可挑剔，因为我非常不信任耶格，那人身上有种气质，让我不禁联想到小时候狠宰过我和母亲的那个艺术代理人。我也查过耶格的底细，但网上根本找不出多少信息，我连他的照片都找不出一张，有的只是几篇报道，只言片语地提及耶格为超级富豪担当艺术品代理人。搜索结果翻了好几页，我才发现一篇有点意思的文章，里面提到耶格曾跟一名原委托人达成庭外和解。显而易见，耶格瞒着那位委托人从买卖中抽成了。路西恩也许是信了耶格的鬼话，可我绝不买账。要是真出了什么岔子，耶格必定会想尽办法把所有罪责都推到我们头上，我可半点纰漏都不能出。

为了炮制这幅《坐着的女人》，耶格给了我一块特制的画布。它的木制画框已经变色好几处，钉子也又旧又锈，画布背面还有星星点点的黑色霉斑。我的任务是让画布上的画与其他部分保持一致，营造出年深日久的氛围，不能穿帮。我泡上一壶茶，等到茶凉的时候，我用画笔在已经画完的画上薄涂上一层茶水，以便让画作的颜色显得不那么鲜明。等到画作晾干时，我又把吸尘器里的灰尘和碎屑倒上画布，尘灰随之渗进了颜料的裂纹中，仿佛这幅画已经在遍布灰尘的阁楼中苦守了五十年。我又用没有沾水的平头画笔在整幅画布上轻拂了几下，再拍掉画上没有粘牢的碎屑。紧接着，我后退一步，整幅画顿时映入我的眼帘。我松了一口气——终于完工了。

不过，此前在研读伪作炮制的相关书籍时，我从诸多伪作画家的传记中发现了一种让人心惊的模式：他们之中有不少人，迈出第一步的情形与我类似——有才华的年轻画家靠造假力图让自己爬出穷困的泥潭。最开始，造假是为了生存，为了赚够糊口的费用，可随着时间的推移，这些伪作画家往往被贪婪所惑，沉溺于造假带来的纸醉金迷之中。若是对什么宝贝动了心，卖掉一幅赝品即可，就像电子游戏打开了作弊器，大把的金钱从天而降——这是一条捷径，但也暗含着看不见的代价。

其中的前车之鉴莫过于这两位画家的经历：其一，出自画家汉斯·范·梅格伦之手的几幅绝妙的维米尔的赝品在纳粹最高指挥部的私藏中被发现后，落下了一身骂名。年轻时，范·梅格伦一度被认定为杰出的天才，曾获得荷兰顶尖大学颁发的金奖，此后又在闻名于世的海牙皇家艺术学院深造。然而梅格伦在早期的艺术生涯中屡屡碰壁，随后走上了造假之路，靠售卖维米尔伪作赚了几千万。他从未以自己的名义取得过显著的成就，而是沉溺于酒精与吗啡之中，把赚来的钱挥霍在寻欢作乐上。在范·梅格伦的庭审过程中，他承认自己绘制赝品的成功之路，也正是作为创作画家的死亡之途。两年后，五十八岁的他心脏病发作，离世时穷困潦倒。

艾米尔·德·霍瑞的经历也与之类似。作为费尔南·莱热的原门徒，德·霍瑞绘制了一千多幅伪作，其中许多画作最终流入博物馆或被纳入收藏。就在德·霍瑞去世前不久，他声称卢浮宫展出的几十幅画作是出自他之手的赝品，迄今无人察觉。正是靠着这些伪作，德·霍瑞过上了富豪一般的人生：多年来，他一直住在纽约、洛杉矶、迈阿密、里约热内卢等地的豪华酒店套间中；他结交莎莎·嘉宝等名流；他在伊维萨岛有一栋豪宅。不过，他也过着逃亡的生涯，一直担心事发的一日。在造假之路上，他遇到的某些人物可不是省油的灯，那些凶徒将他玩弄于股掌之间，要么猛宰他一笔，要么威胁他说，若是不答应他们的要求，就把他交给当局。他备受抑郁症的折磨，一辈子都没能完全施展艺术潜力。在临终前几年，他甚至不得不仿造昔日巴黎同窗的作品，讽刺的是他的才华远在那些同窗之上。最终，在等待引渡的过程中，德·霍瑞服下一瓶安眠药，结束了自己的生命。

跟他们类似的还有贝特莱奇、赫伯恩、巴斯蒂亚尼尼，在这群人身上，相似的遭遇一遍又一遍地上演：被辜负的才华，虚掷了的人生，在阴差阳错间成了伪作画家。是轻率的决定也好，是错误的选择也好，一步接着一步，逐渐走上了这条不归路，像走了岔路的背包客，一心相信自己能找到出路，蹒跚着在密林中越走越远，直到发觉自己迷路时，已经来不及了。

我对自己很了解。同样的遭遇，有可能也会落到我的头上。此时此刻，我已经被活生生拽进了一个难以逃离的泥潭，要是再不趁早脱身，只怕我的人生将走向毁灭。

这块画布二点四米见方，是我画过的最大的。整个星期我都在画布上勾图，用卷尺确保空间的构建不出一丝差错。

我身后的书桌上，摊开着哈丽特送我的那本奥登诗集。哈丽特说得对，我确实对这本诗集很倾心。这事有点出乎意料，但奥登诗集的语言实在优美，大声朗读出来十分悦耳，俏皮又深邃。读了一学期神神道道的格特鲁德·斯泰因 [1] 和不知所云的

---

[1] 格特鲁德·斯泰因(1874—1946)，犹太人，美国作家，代表作《毛小姐与皮女士》。

威廉·巴勒斯 ①，奥登的诗单纯让人感到快乐。

最讨我欢心的便是跟诗集同名的那首《阿喀琉斯之盾》，它重塑了《伊利亚特》中荷马对阿喀琉斯那面精美盾牌的描绘。应阿喀琉斯之母、海洋女神忒提斯的请托，火神赫菲斯托斯铸造了这面盾牌，上有五个同心圆，描摹着存在之物的缩影：最内一环铸着日与月、星辰与大地；其次一环铸着一座和平之城、一座战争之城——后者正被侵略者围攻；再往外一环是和平生活的象征，男男女女载歌载舞，有人忙着耕作，有人忙着丰收，有人忙着看守羊群；至于最靠外的一环，则是茫茫的海洋。

但在奥登的诗里，火神赫菲斯托斯正忙于铸造，一旁的女神忒提斯的目光越过他的肩头，见到的并非熟悉的田园诗般的场面，而是一片灰扑扑的核荒原，被核裂变和两次世界大战带来的死亡与毁灭所主宰。在奥登笔下，随处可见铁丝网，田野中丛生着杂草，四下一片荒芜，一列列队伍踏着尘灰行进，乌合之众凑到一起围观公开行刑。那个世界毫无一丝美好、慈悲与共情可言。

高中时期我无比痴迷荷兰绘画大师耶罗尼米斯·博斯 ② 与老彼得·勃鲁盖尔 ③ 的那些寓言画巨作。我拜倒在画中那奇异的风格和包罗万象的主题之下，一直想尝试类似的大幅画作，但始终没能鼓起勇气。当初申请暑期艺术奖学金时，我提出了创作大型寓言画的设想，本想以《圣经》为题，可某天在琢磨构思时，

① 威廉·巴勒斯（1914—1997），美国作家，发起"垮掉的一代"文学运动。

② 耶罗尼米斯·博斯（1450—1516），荷兰画家，被认为是超现实主义的启发者之一。

③ 彼得·勃鲁盖尔（1525—1569），荷兰画家，代表作《通天塔》。

我想到了奥登的这首诗。

纵观历史，阿喀琉斯之盾向来是深受艺术家们喜爱的题材。远的且不说，最近一次成为热门题材，是十九世纪的新古典主义浪潮中，本杰明·韦斯特和弗朗索瓦·热拉尔都画过忒提斯将甲胄交予阿喀琉斯的著名一幕。但据我所知，至今尚未有人画过奥登笔下的阿喀琉斯之盾。

不过，奥登眼中那悲观的一幕并未成真——地球并没有陷入核战争，当今世界也与奥登在诗中描绘的场景大相径庭。这么一想，要是我自己设计一版阿喀琉斯之盾，或许更恰当吧？

我匆匆画出几张草图，描绘脑海中的景象。我必须考虑清楚：这幅画要体现什么样的风格，我才会满意？尤其是如何让它既能融合现代元素，又能保持古典气息？这幅画要传达的主旨是什么？若说奥登诗中的场景与当今世界并不吻合，那什么样的场景才能反映当下？是该突出孤零零的一面阿喀琉斯之盾，还是画一幕忒提斯把盾交给阿喀琉斯的场景？这样琢磨着，我先画出一套三联画：锻铁炉边的忒提斯与赫菲斯托斯、忒提斯与阿喀琉斯、阿喀琉斯与赫克托耳。这个构思很快被我否决了，因为它过于专注阿喀琉斯，而我更希望着眼于盾牌承载的寓言。

后来，我终于定下主题，称之为现代性悖论：我希望展示的是一个自相矛盾的社会——一个富足与穷困并存的社会，一个技术进步而人性倒退的社会，一个建立在发展与消费信条之上的文明，却也注定将毁于发展与消费信条之手。

画作的构思是一点点在我心中成型的——在我冲澡的时候，在我早晨去买咖啡的时候。各路文章和新闻报道让我获得了不少灵感，我还花了不少工夫钻研新古典主义艺术，阅读有关希腊盾牌图案的素材。到了七月，我的速写本里已经画满了数百幅速写和试笔用的画，最难的一关变成了如何取舍各种素材。

我笔下的阿喀琉斯之盾将是一面金色盾牌，置于淡蓝色的背景之上。我决定保留原版阿喀琉斯之盾的某些元素，在最靠内的一环中绘出日月星辰，也保留最靠外一环的海洋主题，但那并非阿喀琉斯与他率领的密尔米顿人所熟识的大海——我画出了极地冰冠，巨大的冰川正倾入大海；我还画了货轮、游艇、"深水地平线"钻井平台漏油事件和"太平洋垃圾漩涡"。我弃用了战争之城与和平之城的构想，用一座梦想之城与一座绝望之城替代：梦想之城有着闪亮亮的天际线，整洁而又明亮的街道，修剪整齐的公园，行人的脸上纷纷露出笑容，一派快活的神气；绝望之城则跟奥登诗中构想的场景更加接近，正是一座早已湮没了希望的城市，城中有着狭窄的街道，镶着铁条的窗户，用木板封起的房屋，显得暗淡而又阴沉。城中的市民看上去绝望、孤僻，肌肤上有着疤痕，脸上没有血色，一副病恹恹的样子。为了致敬奥登，我还把《阿喀琉斯之盾》倒数第二节中提及的那个"衣衫褴褛的顽童"画了进去。最外面一环截取了描绘现代社会元素的一幕幕场景：向碧空吐雾的烟囱，自动化机械耕作的广阔田野，一群向华尔街铜牛雕塑致敬的游客，上海浦东那人头攒动的天际线辉映着夜空。我还绘制了其他一些场景：画了蒙特卡洛港口的游艇，一条空荡荡的大街，华尔道夫酒店的名媛舞会。至于最后一幅场景，我绘制了那个在哈佛纪念教堂的台阶上自杀的人。

整个暑假我的作息都很有规律：清早六点起床，一直画画到中午；吃午餐期间歇上一歇，沿着查尔斯河岸跑跑步；下午再画上一两个小时，然后收工；到了晚上，大部分时间我都独自待着，读了不少书。有几个朋友暑期也在波士顿工作，周末我就会见见他们，但朋友们工作日都忙得厉害。总体算是我一个人独处的日子，而我乐在其中。

去波士顿泡吧的那几夜，我冷不丁会在屋子另一头远远望见某个黑发女生，脑海中顿时闪过一个念头：那是哈丽特。当然，没有一次是她。哈丽特远在万里之外呢。

我也在"脸书"上追寻着哈丽特的暑假，虽然偷窥实在很不妥，可我依然时不时查看她的主页，望眼欲穿地翻她的照片，一时又勾起了我竭力想要抛到脑后的那份想念之情。看上去，哈丽特在意大利似乎挺开心。她上传了几个相册，里面的照片都是她和其他参加项目的同学四处游玩的景象：要么去酒吧，要么是各种探险经历。要是我能陪在她的身旁，那该有多好。

暑假过去一半时，我发现哈丽特的照片中开始出现某个家伙的身影。此人金发碧眼，长相颇为帅气，在某几张照片中还伸手将哈丽特搂进怀中。刚开始，他主要在多人合影中现身，到了八月，哈丽特上传了只有他们两人的照片。我点开此人的主页，发觉他是耶鲁大学的游泳健将，学的是神经科学。我难受极了，竭力告诉自己：人家说不定是个同性恋呢，跟哈丽特不过是朋友而已。谁知，在后来的一张合影中，哈丽特坐在他的怀里，双臂搂着他的脖子。我读了哈丽特的朋友们在照片下留的评论，无比辛酸地领悟到：我已经永远无法挽回哈丽特了。

那年暑假，我没有跟任何人约会。路西恩不在身旁，我并不觉得非要去泡妞不可。实际上，跟路西恩分开的时间越长，我就越察觉到：只要路西恩人在左右，凭他那难以抗拒的个人魅力，就能颠倒黑白。我把过去一年里发生的每件事情捋了捋，又换了个视角进行反思，猛然发现路西恩对我产生了多大的影响——在我们之间，做主的总是他，决定权从来不在我手上。我不禁回想起路西恩摆出好几条路让我挑的那些关头，如今想来，全都只是我的错觉。我根本没得选，路西恩总在幕后用一双看不见的手引导着我，一步步朝他挑好的目的地走去。

哈丽特告诉我的那些事，我无法不在意。即便其中只有一两成细节属实，也足够让人心头发毛。毋庸置疑，路西恩与西尔维娅之间在假期那段日子必定有过什么纠葛，这一点我敢笃定。具体内情我不清楚，可路西恩又跟西尔维娅搭上，这让我颇为反感。路西恩很可能脚踏两只船，这让我心头一紧——格蕾丝一心爱着路西恩，要是他连格蕾丝都能诓，那诓我岂不是连眼睛都不会眨？

按照说好的，我要在八月的最后一周去纽约跟路西恩碰头，将那幅马蒂斯的伪作交到耶格手里。眼看碰头的日子一天天临近，我却频繁地问自己，跟耶格的这桩买卖，我是否真的可以信任路西恩？回想起这笔买卖一开头我们吵的那一架，回想起一开始他如何把我蒙在鼓里，在我坚决不答应画这幅画之后，路西恩才告诉我保险柜里有十万美金的事。我心里有数，路西恩或许还隐瞒了其他的事。我得掌握主动，为自己打算，留一条后路。

我不能再让路西恩做主了。

Chapter
18

我们坐在遮阳篷投下的阴影中，正对着一座镀铬雕塑。凉爽的微风拂过西百老汇，我的后颈被吹得有点发痒。正值八月中旬，再过几周哈佛学生便会返校，而我约了路西恩在纽约碰头。我朝隔壁桌瞥了一眼，一名戴着超大号墨镜和宽檐帽的黑发女郎正交叉双腿坐着，眼睛紧盯着手机不放，轻啜着白葡萄酒。黑发女郎的对面，一个六岁小男孩正跪在椅子上，用妈妈的红色唇膏在纯棉桌布上涂着坦克和简笔人物。

服务生端着一篮面包和一只银色高脚冰桶露了面，开口问我们要不要气泡水。

"矿泉水就好。"我告诉他。

"请给我们上气泡水。"路西恩开口纠正，"没问题吧？"

"我要矿泉水就行。"我又重复一次。

服务生点点头，取出两份菜单。望见菜单上的价格，我的心不由得往下一沉。

"午餐吃这么贵，太铺张了吧，你不觉得吗？"我问。

路西恩皱起了眉。"这种餐馆也算太铺张？我挑中这家，就是图个省事，我常来这里嘛，餐馆老板跟我是铁交情，格蕾丝牵的线。"路西恩嘴里说道，"吃得也不算格外美味，但毕竟不费事，知道吧？"这时，服务生端着一瓶蒙着一层霜的圣培露矿泉水现了身。"贝里尼鸡尾酒，要两杯。"路西恩用意大利语吩咐，同时伸出两根手指，"鲈鱼我们两个人分，谢谢你。"

"好的，先生。请问开胃菜要吗？"服务生用意大利语回答。

"开胃菜你要来一道吗？"路西恩的手指从菜单上抚过，"你爱吃生牛肉片，对吧？我们就要生牛肉片，一份，装两个盘。"他向服务生抛了个眼色："夏季就该节食。"

一个流浪汉推着盖着油布的购物车，"咔哒咔哒"地经过餐厅，嘴里东一句西一句地痛骂，顿时吸引了我和路西恩的注意力。路西恩向面包篮伸出手，撕下一块佛卡夏意式面包。

"我刚才说到哪里？"

"你在跟我讲摩纳哥的事。"我答道。

"摩纳哥实在棒得很，你真该去一趟，我长这么大还从来没有见过那么多法拉利和兰博基尼。到街上走走，一眼就会望见法拉利、阿斯顿·马丁、玛莎拉蒂、布加迪，又是一辆法拉利，偶尔才能见到一辆上不了台面的破车。对了，摩纳哥这地方真是丁点小，街道也窄，我反正是很吃惊。"

"我还以为你早就去过。"

"摩纳哥吗？不，我父母觉得那地方不够高端——倒是说得有理。毕竟那里挤满了新贵，为了避税移居的俄罗斯富豪之类。"

我点点头，竭力在脑海中想象路西恩嘴里的人物。

"你去摩纳哥干吗？"

"给塔里克过生日，他请了十五个人去他家的游艇上待了整整一周。游艇就在摩纳哥，出于税务原因。实际上，他与卡西拉奇一家还颇为亲密。"

"谁？"

"夏洛特和皮埃尔。"

我听完摇摇头。"这两个人我恐怕不熟。"

"他们是摩纳哥王室……"

"噢。"

"但话还是说回这艘游艇身上吧，阿特拉斯。那玩意，简直跟该死的航空母舰有得一拼，游艇上有影院、水上摩托、直升机升降坪，游艇的主厨曾在纽约米其林三星餐厅'麦迪逊公园十一号'服务。还有，老弟，这艘游艇还配了一个全职按摩师！无论什么时候想要按摩一下，只要摁下按钮就好。真是妙得很，绝对是我人生中最美妙的一周。你可以上网搜一搜这艘游艇的照片，关键词是'摩纳哥极乐游艇'，错不了。"

"塔里克……就是那位军火商之子？"

"不不不，军火商之子是阿莱克修斯，那家伙可是个如假包换的变态——好玩得要命，但也疯得没治。塔里克是埃及人，他的家族拥有的公司按规模来说……大概排名非洲第四吧，某个工业兼建筑企业集团。自金字塔时代起，他家基本上就包揽了北非的各种工程。塔里克的人品非常不赖，你一定会爱死他。"

"只盼他家总算给工人发工钱吧。"我说了一句。

路西恩过了片刻才回过神。"噢，你是指'自金字塔时代起'。我说话夸张了些，塔里克家大概是上世纪五十年代才起家，祖父一辈跟阿拉伯埃及共和国第二任总统纳赛尔交情很铁。"

"你这趟旅行中有我认识的人吗？"

"没有，基本上都是欧洲人，利安你应该没见过吧？科西玛也没吧？"

我摇摇头。

"对了，你知道还有谁来玩了几天？米莎·巴顿。"

我顿时瞪大了眼睛盯着路西恩。"你说那个女明星本人？开玩笑吧？"

路西恩哈哈大笑。"那帮人中有个家伙是她的朋友，叫吉亚尼·阿涅利。阿涅利家族的大名你总听过吧？菲亚特和法拉利好像就是他们家族的产业。当时米莎·巴顿在法国昂蒂布度假，我们正好路过那儿，就把她接了过来，她待了一下午就离开了。"

"你跟她搭讪了？"

"是啊。"

"她怎么样？"

"有点怪，为人相当谨慎。"

"两杯贝里尼鸡尾酒，一份本店特制生牛肉片。"服务生来了，把生牛肉片摆到餐桌正中，递给我们两只玻璃高脚杯，杯中盛有冒着气泡的粉色酒液。

"这是什么？"服务员离开后，我问路西恩。

"差不多是桃子含羞草鸡尾酒。你试试，好喝得很。"

贝里尼鸡尾酒冰凉而甜蜜，正是你身处游艇、伴着佳人米莎·巴顿时会轻抿的那种饮品。我在脑海中想象着游艇上的自己，会对米莎·巴顿说些什么？米莎·巴顿属于可望不可即的人，她活在卧室的海报上，活在DVD的封面上，活在超市售卖的杂志里，恰似报纸上提及的远方之战，恰似课本中描绘的星系与黑洞，既真实，又虚无。谁知道，路西恩竟然可以跟她一起玩乐。

"味道好极了，对不对？"路西恩高举起他那杯贝里尼鸡尾酒，"我就知道它会讨你欢心。对了，我还没跟你讲马拉喀什的事吧？堪称离奇！我们一帮人乘着全地形车在沙漠里转悠，随便找了个地方停下来，拿枪对着天空尽情射击！"

从我们紧邻的那张桌子，传来一阵奶声奶气的"哒哒哒""呼呼呼"的声音。邻桌小男孩正把盐瓶和胡椒罐当做英军喷火式战斗机和德国战机，在面包篮上重演不列颠战役。盐瓶呼啸而过，差点撞翻一只水杯，我吓得屏住呼吸。幸好玻璃杯晃了几下，稳住了。我回头向路西恩望去。

"有件事我能打听一下吗？那些玩意总共要花多少钱？"

"什么？"

"游艇啦，奇幻之旅啦，逛夜店啦，等等。依你估计，摩纳哥之行总费用是多少？"

"差不多一分钱没花，塔里克做东嘛。再说我们泡吧也只泡了一夜，是费德付账。"

"那艘游艇必定价值数百万吧？"

"一亿五千万。"

"真要命。游艇上还要配船员，还费油，还要供应美食酒水，还要配备高级厨师……这一大堆一星期究竟得花多少？十万够吗？"

"拜托，直接讲重点好了。"路西恩厉声道。

"有点过分奢侈了，对吧？"

"算不上。"路西恩抿紧了双唇——他气炸了，"那是人家的钱，人家愿意怎么花就怎么花。"

"就通通花在某个毛头小子的二十岁生日派对上？"

"你算老几，凭什么指点人家怎么花钱？"

"请别见怪，老兄，可这帮小屁孩听上去就像腰缠万贯的混球。"

"是吗？"路西恩叠起了双臂，"在你眼里，格蕾丝也是？"

"我可没说过这话。"

"那我呢？我是腰缠万贯的混球吗？"

"路西恩，拜托，我不是这个意思。对不起，当我什么也没有说过。"

这时，服务生端来了主菜。路西恩与我默然吃着，直到耳边突然传来有人倒吸一口凉气的声音，接着是玻璃碎裂的声音，打破了路西恩与我之间紧绷的气氛。我扭过头，发觉邻桌的小男孩呆在座位上，双眼直勾勾地看着碎了的酒瓶，葡萄酒洒得满桌都是。男孩的母亲从座位上一跃起身，浑身淋上了酒，显然憋了一肚子怒气。她冲着小男孩开口痛骂，又从座位上拽起了他，拖到餐馆出口处。

路西恩望着母子二人出了餐馆，随后扭过头，挑高了双眉说："那小子只怕毛病大得很，长大了也是个腰缠万贯的混球。"

我忍不住笑了。

"我什么时候能见到那幅画？"路西恩问。

"吃完这一餐。画在我住的酒店里。"

"你竟然把画放在酒店房间里？你是不是疯了？要是有人偷了它怎么办？"

"谁会去偷它呢？酒店服务员？反正我挂上了'请勿打扰'标示牌。"

路西恩看上去很焦虑，他招了招手，示意要买单。"赶紧走，偷东西这种事可到处都是。"

服务生带着账单过来了。路西恩接过账单瞥了一眼，把它放上餐桌。"多问一声，要不这次你来付账？"路西恩问我，"可以吧？我的卡之前被拒了，我还没打电话给银行解封，肯定是他们以为我还在欧洲。"

"唔……当然没问题。"我说着，望了一眼账单，见到总金额时不禁打了个寒噤，不情不愿地取出自己的卡。

"干杯，老弟，会还你的。"路西恩说。

我们俩从餐馆离开，搭出租车去了我那间酒店，那幅马蒂斯的赝品好端端地收在手提箱里。离与耶格见面还有好几个小时，我们决定步行到切尔西去逛逛艺术画廊。

我们去西24街的高古轩画廊观赏杰夫·昆斯的作品展出。从一组气球动物雕塑旁经过时，路西恩频频向我抛来眼色。

"怎么了？"

"见鬼，昆斯绝对是个天才。"路西恩说。

"夸他天才是不是有点过誉？那就是一堆气球动物。"

"说得再对不过了！人家那所谓艺术，简直是扯淡，可大众不还是掏了数千万美金买这些鬼雕塑吗？白痴到家了，对不对？搞不好都不用他亲自动手，养一帮员工就能搞定。真让人佩服。"

"我说不清……一座大力水手雕塑就价值三千万美金……"

"难道这还不明显吗？那些收藏家，根本不在乎什么艺术不艺术。搞对冲基金的在乎什么？比世上任何人的腰包都鼓，还要让天下无人不知。为此，他们会专门去巴塞尔艺术展逛一趟，开口放话'其他人最眼馋哪件宝贝，我就买哪件'。等到有人推荐昆斯，他们就说，'棒极啦，美得很，那它贵吗？'艺术代理人回答'贵得要命'。'哦！真是再妙不过了。'于是掏钱买下宝贝，把它摆回自己的豪宅里，等到亲朋好友上门拜访，他们朝宝贝伸手一指，所有人都明白，眼前可是一尊价值千万美金的雕塑。那就是满满一大堆钞票，言外之意就是宣布，'你们这些该死的，我的腰包比谁都鼓！'"

"这也只是市场的一面，我也遇到过比我懂得多的收藏家。"

"哼。"

路西恩和我又去了几家不起眼的小画廊，最后进了佩斯画廊观赏罗伯特·瑞曼的作品展出。当路西恩发觉瑞曼的每幅作品都不过是一块涂成白色的画布时，他竟笑出了声。

"哥们儿！开玩笑的吧？"路西恩伸出一条手臂搭在我的肩头，俯身凑了过来，"这才是我们该去伪造的宝贝嘛。"他放开手，朝我抛个眼色。

"瞧好了。"他宣布。

"路西恩，别犯傻。"我劝道，可他已经动身走开。我跟着他走过几个展区，进了主展厅：这是一间空旷的屋子，抛光水泥地面加白生生的墙壁。路西恩直奔展厅另一头的墙壁，墙上挂着三幅方形油画。可他并没有认真欣赏瑞曼的作品，却兀自审视着一块空荡荡的墙壁。他把脑袋一歪，又叠起双臂，一只手轻抚着下巴，扮出一副若有所思的样子。我顿时明白了他的把戏，不禁翻了个白眼——这把戏怎么会骗得到人？没想到，才过了大约十五秒钟，又有一个家伙迈步转悠了过来，伫立在路西恩的身后。紧接着，来了第三名、第四名观众，没过多久便聚起了一群人，纷纷审视着空白的墙壁。

路西恩悄然退出人群。

"赶紧闪人，我快憋不住笑了。"

"你这居然行得通，简直让人不敢相信。"

"坦白讲，连我自己都觉得离谱。真要命，我好像还听到有人小声夸它'令人震撼'呢。"

我们向南拐了个弯，经过几个街区，到了一栋又破又丑的办公楼。这栋楼极其不起眼，若说一大堆律师事务所、会计师事务所与牙齿正畸医师诊所在这栋楼里扎堆，恐怕没有人会觉得惊讶。总之，这栋办公楼跟艺术界实在联系不到一块儿。

"你确定是这儿？"我问。

"嗯，有什么不对劲吗？"

"我还以为耶格拥有一家画廊。"

"只是间办公室而已，我以前来过这儿。"

我跟着路西恩走进办公楼大堂。一名戴着耳机、上了年纪的保安坐在办公桌后方，摆出一副随时留心来往人群的样子。我们从他的身旁绕过，走进电梯，路西恩摁下"27"的按钮。

电梯门开了，眼前是一条跟这栋办公楼一样乏味的过道，两边墙壁是令人不安的砂岩色，整条过道都铺着肮脏、褪色的绿地毯。我们走过一家心理医生诊所和一家足科医生诊所，最后来到"文艺复兴国际公司"的大门前。

路西恩摁响门铃，办公室里响起一阵呜呜声。一个略微秃顶的瘦小男子开了门，他身穿灰色西服，戴着金边眼镜，冲着我们眨了几下眼。

"你们来得太早了。我接个电话，你们先在这儿等。"说完，他关上门，扔下我们两人尴尬地站在过道里。

"有点不对劲啊。"路西恩说道，"上次我跟他见面时，他可要和气得多。"

"就是这人吗？他就是耶格？"

瘦小男子再度现身。"两位请进吧。"他望我一眼，点了点头，"您必定就是诺沃特尼先生，请坐。"

耶格的办公室是个单间，面积很小，容下一张办公桌和几张办公椅后，就没剩下多少空间。办公桌上摆着一部商务电话、一只时钟、一盏工作灯，还有薄薄一摞文件。墙上一幅画也没有挂，这一点让我讶异。

这整件事处处都透出一股不对劲的意味，眼前的办公室看着就像当天早晨才刚刚租到手。画商的办公室墙上难道不该挂几幅艺术品吗？路西恩是不是一脚踩进了什么骗局？我飞快扫视整间屋，天花板的烟雾报警器上有一个正在发光的红点，难道那是个摄像头？

"货应该带来了吧？"耶格开口。

"对，在这儿。"路西恩回答。

"非常好。"耶格说完戴上一副白手套，"容我察看一下行吗？"

路西恩把画取出来，递给耶格。耶格小心地展开画布，把它支到墙上，接着后退一步。办公室里没有一个人吭声，我听见耶格办公桌上的时钟发出滴答声响。走廊里的某扇门"砰"地关上。路西恩正要开口，耶格举起一根手指，示意他噤声。

"抱歉，我听不得半点噪音。你们两位是否介意先出去片刻？"

耶格竟然在下逐客令？我向路西恩望去，一时不知该如何应对。路西恩点了点头。"当然没问题，不用着急，我们先出去等。"

路西恩和我再次返回走廊，留下耶格一个人在办公室里。我顺着走廊来到拐角处，招手让路西恩跟上。

"到底怎么回事？"我问路西恩，"这宗交易……感觉有猫腻。"

"你在说什么？"

"从头到尾的一切，难道你不觉得古怪？我的意思是，我们到底在哪儿？这里是个什么鬼地方？"

"你疑心病犯了，耶格半点问题也没有，他的客户都是重量级人物。"

"难道这间办公室你也觉得半点问题没有？难道亿万富豪会来这种破地方买画？这地方活像为了贪便宜去做激光视力矫正手术的黑诊所。"

"哎哟，阿特拉斯，你能不能淡定一点，但凡有一回能放松些？"路西恩叠起双臂，后背靠上墙。我顿时感觉心里涌起一股怒火，拼命忍住想要猛晃路西恩的冲动。

"不！'文艺复兴国际公司'到底是个什么玩意？耶格的公司根本就不叫这个名字，我查过，他的公司明明叫'耶格艺术'。"

路西恩作势打了个哈欠。"这叫空壳公司，阿特拉斯。长点见识吧，大家都玩这一套。"

我摇摇头。"我感觉很不对劲。"

"再说……人家要买的可是一幅赝品……"

"小声点！"我咬牙切齿地说。

路西恩把声音压低。"依你看，他乐意让我们带着那玩意大摇大摆地踏进他办正经事的办公室吗？"

"我不干了。"我说。

"来不及啦，老弟。"

"来得及，我给咱俩找好了退路。"我告诉路西恩。

"别，千万别，不行。"路西恩说。从他的口吻中，我觉察到了一丝焦灼。"千万别闹事，阿特拉斯，拜托你。微笑点头就行，可以吗？"

正在这时，办公室门口探出了耶格的脑袋。一眼望见我们竟然在走廊的另一头，他的脸上露出了几分怒色。"小伙子们，拜托，我的时间可耗不起。"

"我们这就过来。"路西恩说。他狠狠地瞥我一眼，仿佛在告诫我：无论你在动什么歪脑筋，赶紧忘光光。

我们一进屋，耶格便关上办公室门，上了锁。我对着路西恩挑起眉。

"你这不会是准备打劫我们吧……是吗，佛洛里安？"路西恩笑着说。

"你说什么？"耶格根本没有听懂这句玩笑话。

"没事。"

耶格皱了皱眉。"保密起见。"他咬字很重，听上去有点英伦腔，"毕竟这是机密事宜，你们都理解吧。"

随后，他的眼神转向我。"这幅画真是极品，你的才华不可限量。告诉我，你是否考虑专门从事这一行？在下非常感谢你的朋友路西恩给我们牵线，不过，日后你我二人或许可以直接合作，无须中间人，获利定会十分丰厚。"

路西恩顿时激动起来。"不好意思……你刚才说直接合作，无须中间人？"

耶格没有搭理他。"时机也恰到好处。对于你擅长的这类作品，需求从未如此之高。凭我的人脉与阅历，你的风险将会大大降低，收到的钱也能想办法无从追查，小菜一碟。"耶格对我说。

"喂！喂！"路西恩急着插嘴，"我跟他才是搭档。你要谈生意就得找我们两个人，不然没得商量。"

"我不感兴趣。"我告诉耶格。

"先考虑一下我的提议，稍后再决定吧。只要分成合理，如何合伙都好商量。你可以通过我的私人电话号码联络我。"耶格说完取出一张名片。除了正中印着一个孤零零的电话号码，名片上什么也没有。

"不好意思，我不感兴趣。"

耶格的脸上再次露出恼火的神情——那种惯于为所欲为的人物会挂在脸上的神色。"太遗憾了。"他说，"至于屋里这幅画……还有个问题需要解决。"

"什么问题？"路西恩问。

"画上少了签名。"耶格向我望过来，"依我看，应该不是你不小心忘了吧？落款可是至关重要的环节。"

"你只能找其他人把落款补上了。"我说。

"我们说好的交易可不是这样。"

"那就改改说好的交易。"

"阿特拉斯，赶紧把该死的落款补上就行。"路西恩催道，"我替他说声对不起。他马上就补，只要两分钟就能补上。"

"不，我不会补的。另外，我还希望你能签了这个。"我取出一份早已准备好的文件。那是一份正式合同，用于购买马蒂斯那幅不知所终的真迹《坐着的女人》的仿制品，购买价格为十万美金——买家佛洛里安·耶格，卖家克里斯托弗·诺沃特尼。

"这份合同是什么意思？"耶格一边审视着合同，一边问。

"阿特拉斯，你到底在捣什么鬼？"

"我干吗要签这份合同？"耶格问。

"你看到合同上的购买价格了吗？"

"看到了……十万美金。就**真迹仿制品**而言，这笔数目可不算小。"

"按照大家最初的约定，我们这一方可以从赚到的钱里分三成，对吧？"

"对。"耶格回答。

"要是你签了这份合同，我们这方答应放弃这三成。"我告诉他。

"什么？不，我们不答应！"路西恩赶紧插嘴。

"你在合同上签个字，我们转头走人，这幅画从此归你。"我对耶格说道。

"等等。"路西恩说道，"你究竟在搞什么，阿特拉斯？"

"我们把这幅画给他交差，从此大家两清。"我告诉路西恩。

"为什么啊？"

"你们两个要先商量一下吗？"耶格开了口。

路西恩猛地攥住我的手臂，他的目光中透出一股收不住的凶狠，像要将我吞噬。他整个人像是被逼入了绝境，无法自控。

"仔细听好。"路西恩的声音很低，每个字都像是从喉咙深处逼出来的，"三成利润，那可是好几百万美金。"

我把路西恩的手从我胳膊上掰开。"相信我，"我告诉他，"这才是我们两个人的退路。"

耶格高举起那份合同，在空中挥了挥。"难道这玩意能护你周全？是你自己起草了这份合同，对吧？你真该找个律师。签字我倒是愿意，可我实在不忍心瞒着你，所以多说一句，真到了法庭上，这份合同根本站不住脚。"

我感到自己的心猛地一沉。这份合同确实是我拟的，也确实考虑过请个律师，可又怕律师会问东问西地揪着不放。于是我从网上找到一个模板稍加改动，只求这份合同好歹能充当一下我和路西恩的挡箭牌，我其实心里没底。至于眼下这个关头，说什么都来不及了。

路西恩紧攥住我那张椅子的扶手不放，眼中露出野兽般凶悍的神情。"阿特拉斯，你到底发什么神经？脑子进水了？"

"那你到底答不答应？"我问耶格。

"别搭理这小子，"路西恩冲口而出，"他完全是在犯傻。我们还是依照原先的约定吧，先付定金十万美金，赚到的钱再分百分之三十。明天我们再来一趟，把补上落款的这幅画带回来交给你。"

"不好意思，免了吧。"耶格说，"我倒更喜欢这小子改过的条款。"

耶格从外套衣兜中掏出一支笔，在合同上签了名递给我，我签了。路西恩气冲冲地摔门而出。我折好合同，收进钱包。

"有件事能请教你吗？"我问。

耶格耸耸肩膀。

"为什么偏偏挑中这幅画？"

"我有位委托人很想要一幅有特色的马蒂斯作品。"

"可是，这幅画的真迹明明落到纳粹手里了啊。"

"说得对。"

"被纳粹掠走的画不是有相关法律管着吗？"

"说得对。"耶格看了一眼手表，"对不起，我必须送客了，还跟其他人有约。"

耶格替我把着门，我们双双走出办公室，他又把名片塞到我手中。"收着吧，要是改变心意，请给我电话。"

我独自乘电梯下楼。到办公楼大堂，门"唰"地打开，我的眼前站着苦等已久的路西恩，他交叠着双臂，一张脸被怒火灼烧得变了形。

"你真是能干啊。"他冲我咆哮。

"你指什么？"

"天上掉下了中奖彩票砸到我们头上，被你硬生生毁掉，你这个该死的蠢蛋。"路西恩说着闭上眼睛，用指尖揉眉心，"真让人受不了。"

我伸手搭上他的肩头，被他一把甩开。他一溜烟冲出旋转门，奔上大街。

我紧跟在他身后。"喂！"我高声喊道，"你能等等吗？"

路西恩根本没有停步。我拔腿追他，好不容易赶上，他却不肯搭理我，双眼只顾紧盯着前方。

他突然停下脚步，扭头向我逼过来，脸色铁青。冷不丁地，他伸手在我胸口狠狠戳了一下。"你明白刚才的事有多蠢吗？"我跟跄着后退几步。"我们冒着风险跟耶格交易，不就是为了收益吗？我和他谈好的是高风险、高收益，现在变成了高风险、零收益！你到底明不明白，还是你就是一傻冒儿？"

我的心一阵狂跳，只觉得热血涌遍了全身。"我们刚刚才赚了十万美金，路西恩，而且从头到尾没有违法的地方。画上没有落款，所以算不上赝品。"

"耶格会凭这幅画赚上好几百万美金。那可是以百万计的高价！我敢断定，他会以两千万美金转手卖给某个寡头，你刚刚让六百万美元泡了汤，阿特拉斯，滋味怎么样？"

"别这么天真，耶格绝不会真付给我们六百万美金的。"

"天真？居然说我天真？你那份见鬼的蠢合同又怎么说？那玩意读起来就是五岁小孩的大作，你怎么不用蜡笔写？"

我感觉喉头发堵。我本以为这份突然出现的合同会给路西恩留下深刻的印象，指望着他夸赞这是一条惊天妙计呢。事与愿违，明明是路西恩害我们俩陷入危机，我不过是出手补救而已，结果我反而成了恶人。

"真对不起，我这可是为我们好！"我回他，"弄出这个烂摊子的人可不是我，路西恩，是你！"

"烂摊子？六百万美金揣我们兜里，你说这是烂摊子？"

"人家根本没打算真把钱给我们！"

"你这人不可理喻，"

"我们说不定会进局子，你为什么就是不懂？"

"你他妈的给我小点声。"路西恩恶狠狠喝道,"你脑子坏了吗?"

我竭力忍住心底澎湃的怨气与酸楚,但没成功。"你一个富二代你干吗在乎这个钱?"

路西恩的双眸眯成了一条缝。"无论你是何方神圣,六百万美金都是一笔大钱。"他把头发朝后梳理一下,长吁一口气,正要说些什么,又把话咽下了肚。

"要是你有话要讲,那就说出来。"

"我可不希望说些会让我后悔的话,但刚才那场闹剧……"路西恩的声音变得越来越低,"好哥们儿可不会把对方害得那么惨。"

说完,路西恩转身远去,我看着他没入人群,剩下我孤零零站在街角。

Chapter
19

两周后,我返校投入秋季学期的学习,心里拿不准跟路西恩此间的恩怨到底该如何化解。按理讲,我应该继续当他的舍友,因为此前我们找了一间三室双人宿舍,正好跟佐拉和斯特林住同一层楼。可是纽约那场别扭之后,我连双方算不算翻脸都说不好。我给路西恩发过短信,他没有回复。

等到路西恩终于在哈佛校园里现身,胳膊下夹着十二瓶一打的喜力啤酒悠然走进宿舍时,他竟然伸出一只胳膊拥抱了我一下。从他的举止看来，纽约那场争执仿佛根本没发生过。他如此镇定，让我很讶异，不过既然他要演戏，我倒也乐意顺水推舟，求个太平。于是，我们彼此默契地和好了。

那年秋季，我们升入大二，正值哈佛各家俱乐部的招新选拔期，一大堆活动也随之而来。开学第二周，我们收到了第一封社团招新选拔邀请函，活动也拉开了帷幕。八大俱乐部中，我收到了五家的邀请函：坡斯廉俱乐部、艾迪俱乐部、史皮俱乐部、飞翔俱乐部、德尔菲俱乐部；路西恩收到八份，一家也没有漏。

也正是在那一阵子，哈佛学生艺术联盟在奥斯顿的 224 画廊举办了秋季展出。我那幅《阿喀琉斯之盾》被这场秋季展选中，甚至登上秋季展宣传册的封面。马库斯十分喜爱那幅《阿喀琉斯之盾》，甚至费了番工夫把一个朋友劝来波士顿出席开幕式。马库斯去年在伦敦的玛丽安·古德曼画廊举办个展，而这位即将前来波士顿的朋友，正是纽约玛丽安·古德曼画廊的高级总监。

这一举动堪称分量十足：代理葛哈·李希特[1]、约瑟夫·博伊斯[2]及其余一些重磅艺术家的，正是玛丽安·古德曼画廊。

秋季展开幕当日，我在 224 画廊外跟他们两人碰了头。马库斯的那位朋友戴着一副意大利高档墨镜，身穿利落的白 T 恤，配一条挺括的橄榄色长裤，手腕上是一块浅褐色皮质表带的金表，一看便知是个大人物。

"我叫亚瑟。"对方自我介绍道。我跟他握了握手。

---

[1] 葛哈·李希特（1932— ），德国画家。

[2] 约瑟夫·博伊斯（1921—1986），德国雕塑家。

"好啦，你带路吧。"马库斯吩咐。

他们随我进了第二间屋，我的那幅画就挂在后墙上。

"哇噢，了不起。"亚瑟夸奖道。他摘下墨镜，以便察看得更仔细些。他直勾勾盯着那幅画，一声也不吭，许久后终于向马库斯扭过头。

"请问附近有什么地方，可容我们喝一杯吗？"

在谢伊酒吧，亚瑟点了三杯啤酒。

"非常有潜力。"亚瑟对我说，"我想让玛丽安也过目一下，能不能让我们把画送去纽约？"

"这次只展出两个星期，画展结束以后我寄到纽约去。"

"玛丽安下周三就会动身去巴黎，我希望能赶在那之前让她看到。"

"她还经得起长途旅行的折腾？"马库斯问。

"真是让人叹服，我反正说不清她怎么会有这份能耐，她可快要满九十高龄了。"

"你看主办方会不会允许我在画展结束前就把它寄到纽约？"我问马库斯。

"我来跟对方商量。"马库斯转头对亚瑟说，"瞧？我早就告诉过你，这小子值得你从纽约赶过来。"

"克里斯，你以前跟哪家画廊合作过？"亚瑟问。

"恩斯特画廊的朱利安·罗兰。"

亚瑟皱了皱眉。"很遗憾，不认识。"

"那家画廊很小。"

"好的，这么说吧，我无法保证一定能成功，可是在这一行里，玛丽安堪称最具慧眼的伯乐，培养人才正是我们的特长。"

我们三人喝完啤酒，亚瑟付了账，我陪着他们走到哈佛广场的出租车站，心里一直在打鼓：事情竟然如此顺利，简直令人难以置信。他们钻进出租车，我对着车挥手道别。遥望着出租车在艾略特街上消失踪迹。我忍不住嘴角上扬，感觉有些飘飘然，像气球轻轻飘向云霄。

回到宿舍楼，路西恩正躺在床上，读着沃伦·巴菲特的致股东信合集。

"你总算现身啦。画展开幕式怎么样？我去过一趟，可惜没找到你的人影。"必定是我脸上的神情出卖了我自己，因为路西恩说，"哇，看来十分顺利，对吧？"

"有可能，玛丽安·古德曼画廊会跟我签约。"

"真的吗？那家可是重量级画廊！"

"确实是天大的喜讯。天哪，我一心盼着能成真。"

路西恩合上手里的书，坐起身。"那我们得好好庆祝一下。"

"现在还没有敲定呢。"

"噢，别扫兴嘛。"

"不，这不是开玩笑，我可不想招来霉运。等事情真的落了地，到时候再庆祝也不迟。"

"思维要正面，阿特拉斯。"他打个呵欠，双手枕在脑后，往后仰去，"这倒让我想起了一件事，你试过仿劳尔·杜飞的作品吗？"

"杜飞？我确实试过，就在几年前，不算很难。"

路西恩用手肘支起身子。"你说，你能画一幅给我吗？"

"我们不是已经说好洗手不干了吗？"

"我们说好的是，从此不再跟耶格合作了。"

"不，我的意思很清楚，以后绝不碰这一行。"

"我明白，那是当然，不过我觉得吧，多赚点零花钱又有何妨？一幅逼真的杜飞赝品根本不愁卖，另外……我的意思是……你也就只用画一个星期，最多两个星期？这买卖稳赚不赔。"

"银行保险柜里不是还有一大笔钱吗？"

"我正要跟你商量这事呢。"路西恩说着直起了腰，"银行保险柜里还剩下大概六万现金，你全拿走吧。一分不剩，全都给你。"

"为什么？"

"算是我为耶格那场风波向你赔礼。我一直在反省，你说得很有道理，我当初真不该把你拖进烂摊子。向你致歉，阿特拉斯。"

"不必客气。"

"确实不必客气，但我愿意。或许有朝一日，这笔钱你还用得上，就把它当成应急基金吧。"他在我的背上轻轻拍了拍，"赏个脸，爽快地答应下来。你是我交情最铁的兄弟，我有错就改嘛。"

"你确定？"

"我只希望，你能回过头来帮我一个忙。替我画一幅仿劳尔·杜飞的画，要跟巴黎沾边。"

"听着，老兄，我真的洗手不干了，再也不碰赝品。"

"不不，这幅可不是赝品，不是那回事。"路西恩赶紧说，"我只是准备送件生日礼物给格蕾丝。再过两个星期，她就要过生日。杜飞曾以埃菲尔铁塔为背景画过关于巴黎的作品，美得很，要是能送格蕾丝一幅，她必定为之折服，毕竟我们暑假是在巴黎过的嘛。"

我很犹豫。"我说不好。你不能送其他生日礼物吗？"

"这样一幅画拿来当生日礼物，不是格外别出心裁吗？等到格蕾丝亲眼看见，肯定会开心得要命。要是你能帮我把这件事办好，这份情谊我会永远牢记。"

路西恩的要求听上去倒也合理，可我的心里依然犯嘀咕：假如这是路西恩的计策呢？假如我答应了路西恩，他却变本加厉呢？到时候我又该如何拒绝？毕竟路西恩总能把我支使得团团转，我实在不知道自己能否拉得下脸拒绝他。

路西恩必定察觉到了我那困扰的态度，他取出手机，在照片中一张张翻看起来，找到后把手机递给我——那是他与格蕾丝在劳尔·杜飞的巨型画作《电气精灵》前的合影。

"这张合影是在巴黎现代艺术博物馆拍的，这就是劳尔·杜飞的作品，名气响得很。我们在巴黎见识了不少宝贝，这件堪称格蕾丝的最爱。"

路西恩又把格蕾丝近期发来的一长串手机信息亮给我瞧，格蕾丝在短信里告诉他，杜飞的回顾展将在纽约现代艺术博物馆里举行。这么看来，路西恩刚才说的确实是实话。

"我答应你。"我边点头边说，"这幅画我替你画。"

"棒极了！能不能拜托你画得尽量逼真，用上做旧的那一整套？我会解释给格蕾丝听，当然啦，这幅画出自你的手。不过，要是一开始能哄得她相信这是幅真迹，那就有趣了，就是跟她开个玩笑。"

"只要你跟她说清楚，它不是真迹。你会跟她说清楚的，对不对？"

"我发誓。"路西恩说。

我再一次违背本意，答应了路西恩的要求。我花了短短数日就画完了这一幅，随后就抛于脑后。两周后，路西恩和我再到纽约，准备跟艾迪俱乐部的会众共进社团招新选拔晚餐。离开饭还有些时间，路西恩提议去格蕾丝家喝一杯。格蕾丝家的六层豪宅位于东73街，距中央公园仅隔一个街区。一名女佣开门领着我们走上螺旋式楼梯，来到位于二楼的书房。这是一间优雅的屋子，有着一排排藏书和巨型石头壁炉。路西恩显然十分随意，朝两只加了冰的玻璃杯里倒了些威士忌。格蕾丝进了书房，宣布自己今天先不喝，她有篇论文要写。我们三人坐在书房里聊了片刻，路西恩去一趟洗手间，剩下我和格蕾丝两个人独处。书房里顿时沉默了下来，我只好拼命找点话题。

"对了，你喜欢那幅画吗？"我问格蕾丝。

"哪幅画？"

"我画的那幅。"

格蕾丝用探寻的目光看向我。

"就是路西恩送你的生日礼物。"我告诉格蕾丝。

"他送给我的生日礼物不是画，"格蕾丝皱起了眉，"是一条宝格丽项链。"从我的神情中，她仿佛嗅出了端倪，双眸顿时亮了起来："等等……难道那是个惊喜？他还给我准备了别的礼物？"

我脑袋里一声响雷，但立刻装作自己犯蠢的模样。"实在对不起，是我弄混了。他送你的确实是项链，那幅画是送给他母亲的生日礼物。"

"噢。"格蕾丝颇为失落。

路西恩回到书房时，必定是察觉到了气氛不太对劲，他作势皱起了眉头，问道："你俩应该不是在嚼我舌根吧？"

"把你的老底都翻遍了。"我说。

吃完社团招新选拔晚餐后，一帮艾迪俱乐部的毕业生领着我们到了纽约西村一家酒吧。等大家纷纷点了酒水，我把路西恩拉到一旁，问起那幅杜飞画作到底是怎么回事。路西恩并没有立刻回答，只露出了某种神情——那是棋手思考时的专注神色。我看得出，他正在脑海中飞快地权衡着各种对策，然后在眨眼间，他脸上的那种神情消失了，重新换上我无比熟悉的微笑，轻松而又自信。

"我摊牌，那幅画我决定自己留着。它真是美得很，我本来确实要把它送给格蕾丝当礼物，但实在舍不得，所以把画寄回家了，你应该不会怪我吧？"我还没有来得及开口，他又接着说下去，"我准备把它挂在我的卧室里。本来想告诉你，可又担心你觉得我把它转手卖了。反正送给格蕾丝也是浪费，老弟。我爱那姑娘爱得要命，可她对艺术真是一窍不通。嘿，我要去洗手间了，马上回来。"

Chapter
20

秋季一天天过去，路西恩变得越来越喜怒无常，动不动就翻脸，丁点小的事情都会惹得他心情低落，而短短几小时后，又开心得不得了。我几乎没见他睡过觉。他常常清晨四五点钟才回宿舍，有时干脆夜不归宿，到次日下午才会再度现身，那副样子看起来茫然而诡异。要是我开口问他去了哪里，他总说记不清了，我也不知该不该相信。

路西恩的人间蒸发，并不是唯一让我发愁的事。他开始频繁出现记忆缺失，这事儿很邪乎，说不清缘由。比如中午我刚跟他聊过的事，过上一两个小时他就忘个精光。有一次路西恩打来电话说他在康涅狄格州的纽黑文，却记不清自己为什么会一转眼到了那里。我催他去看看医生，可他不予理睬。"就是缺觉而已。"

对于路西恩的古怪表现，我倒是有一套推论：据我观察，今年夏天跟格蕾丝及她那帮朋友出去玩的时候，路西恩应该是磕了药。刚开始只是偶尔为之，没过多久，但凡出门去玩，这事就成了常态。我回忆起他有几次甚至会趁早课之前嗑药。变嗨了的路西恩可不太好打交道，他变得好勇斗狠，脾气很火暴，有时还会动手。有一个晚上，路西恩和我从波士顿打的回宿舍，结果中途他跟那名海地籍出租车司机吵了起来，最后司机把车开进一条小巷子，停车喝令我们俩赶紧走人。路西恩破口大骂，让司机把英语说得地道些。司机立刻起身拉开路西恩那一侧的车门，一把攥住他的领口。两个人互不相让，在地上扭打起来。我赶紧下车劝架，但路西恩已经一手钳住了司机的脖子，另一只手挥拳揍他。我拼命把路西恩拉开，但他还是使出了重重一击。直到现在，我仿佛还能听见那可怜的司机下颌裂开发出的声音。

不对劲的事情还不止这些，他的信用卡也出了问题。十月的某个晚上，我们一道出门吃饭，路西恩的四张信用卡居然没一张能用，通通被拒，斯特林只好借钱给路西恩。路西恩打了电话给银行，得知银行方面"怀疑他的卡被多次盗刷"。过了一个星期，同样的情节再度上演。第三次晚饭时，我注意到路西恩买单用的是一张全新的卡。我隐隐感觉这跟路西恩在药剂上一掷千金脱不了干系。

除此之外，路西恩酝酿的"商业大计"也是一宗比一宗诡异：他先是鼓吹要开一家进口鱼子酱公司，夸口说他有乌克兰的黑市人脉，对方已经答应以极低的折扣向他供应鱼子酱；过了一阵，他又竭力招揽另一批哈佛同学投资，以便筹集一笔资金购买得克萨斯州的廉价土地，自称对水力压裂法开采石油和土地价值颇有研究；前一周，路西恩尚在关注加密货币，隔周便在英格兰超级联赛上押下大笔资金。

他身边的大多数朋友都把他当成搞笑小丑看待——只要路西恩不在场，大家就会聊他的种种传闻，比如路西恩如何大玩特玩，派对一直开到天亮，然后径直赶去上课。我曾经偷偷问过佐拉，是否觉得路西恩有点疯，佐拉只是翻个白眼，说路西恩自己心里有数。斯特林也是同样的反应。

有些内情他们不如我清楚，路西恩可是见人说人话、见鬼说鬼话的高手，尤其擅长把人蒙在鼓里，包括佐拉和斯特林。他们不像我，成天待在路西恩身旁，他们没见过我亲眼目睹的事。路西恩曾逼我发誓，不许把他出门乱逛和他记忆断片的事说出去，我也从没跟任何人提过他跟出租车司机的打架风波。

我曾告诉他，他对药品上瘾的情况已经十分严重，赶紧戒掉。

"有句话你听过吗？"他对我说，"只要麻烦没落到你头上，就别瞎操心。"

"路西恩，你差点要了那个出租车司机的命。"

"哎哟，讲话别这么夸张，他明明没有一点事。"

"你打碎了他的下巴！"

"不可能。要是那家伙的骨头真碎了，我的手只怕也要打石膏了。"

"要是他撞到自己的脑袋怎么办？要是警察在场怎么办？"

路西恩耸耸肩膀。"纯属自卫，是那个司机先动的手，哪有开出租车的动不动就暴揍乘客的道理。"

"你一大清早就嗑药的动静，我听得很清楚，宿舍的墙壁可不算厚。"

"你到底在说什么？"路西恩笑了，"开玩笑吧？拜托，阿特拉斯，即便是我，也不至于堕落到那种境地。"

"纽黑文那次又是怎么回事？"

"那次又怎么啦？"

"你不觉得凶险吗？"

路西恩叫苦道："当初我真该一个字也不跟你提。那时正值期中，每天晚上都逃不过社团招新选拔的破事，我一连四天没怎么睡过觉。当时我的脑子是有点糊涂，但又怎么样呢？后来一口气睡了十六个小时，第二天就缓过气来了。"

"我也是为你着想，老兄。"

"多谢关心，发自肺腑地感激，不过你还是多操心自己吧？你又不是我爸，我也不是小屁孩，能照顾好自己。"

"好吧。"

"这样行不行？等到社团招新选拔一结束，我就收敛，好吗？我总得先熬过眼下这段时间，那一堆破事有多离谱，你也知道。我已经接连两个星期都在连轴转，一夜也没歇，累得要命。"

"其实，你用不着每次活动都参加，明明可以拒绝。有些你并不感冒的俱乐部，干脆放手嘛，毕竟身体要紧。"

"有道理，可社团招新选拔很有意思。"路西恩顿了顿，"不过也许你说得对，有两个俱乐部我不该操心了。"

我考虑过联络路西恩的父母，将我的担忧告知他们，但最后放弃了这个念头。给好朋友的父母打小报告的结果就是，他们把路西恩从哈佛带走，送进戒毒所。路西恩恐怕一辈子也不会原谅我，周围的朋友也会认为我做得太过火，是个出卖朋友的鼠辈。

隔了不久，路西恩又来找我，一条胳膊搭上我的肩，求我把当初给耶格试笔的那些马蒂斯仿作给他。我一口拒绝，因为我很清楚他的目的。

不料，路西恩猛地攥住我的手臂，用力将我朝后拽，手指死命掐在骨与肉之间。我用力甩开他，可他攥得更紧了。

"你干吗非要不听话？"他质问道。

"放开我。"

"把那些画交出来。"

"不。"

"你这该死的杂种。"路西恩更加用力，指甲生生嵌进我的皮肤。胳膊被他掐住的地方传来一阵剧痛。

"哎唷！"我高声喊道，"放开我！"我再次用力抽开手臂，这一次路西恩松了手，"那些试笔的画我全扔了，一张也没留。"

路西恩直勾勾地瞪着我，他的蓝眼珠闪着寒光，瞳孔看上去格外大。"你在撒谎。你心里想的是，我弄到画就会转手卖掉，对不对？"

"你就是打算卖掉。"

"你这忘恩负义的畜生！我就求你帮一个忙，结果你连这点事也不肯帮。"路西恩气炸了，每说一个字，嘴里就喷出一团飞沫。我往后缩几步。"亏我以前帮你那么多次！要不是我拉你一把，你就是个没人搭理的废柴！"突然，路西恩垂下双眼，满腔怒火竟转眼间不见了踪影。他抽了抽鼻子，又用手背抹一把，等到再度抬起头时，他的眼里竟噙满泪水。"要不是真的走投无路，我也不会开口求你，"他用恳求的口吻说道，"就帮我一回吧，拜托了，帮你的死党一回。阿特拉斯，你在我心里就是兄弟。"

"我真的难以理解，你怎么会这个样子？"

"你先保证绝不会告诉其他人。最近这一阵，我手头有点紧。倒不是什么大事，但我必须撑到本学期末。拜托你了，阿特拉斯。"他伸出一只手搭上我的肩，把我拉近。我看着他脸上新增的两个黑眼圈，原本近乎无瑕的前额也隐隐添上了几丝皱纹，一绺金发垂下，其中甚至夹着几根白丝——路西恩看起来心力交瘁。

我摇摇头。"对不起。"

他脸色一沉，缓缓点了点头。"不要紧。"他说。接下来的举动大为出乎我的意料——路西恩把头靠在我的肩上，抽噎了起来。

"一切都崩塌了。"他啜泣着说，上气不接下气，"我的全盘人生——人生中的一切——恐怕一样也保不住。得有人拉我一

237

把，只是拉我一把而已。"

"你到底出了什么事？你什么都不说，我又怎么帮你？"

"是我的父母。"路西恩说着抽身后退，抹掉眼泪，"你保证绝不跟任何人讲，你发誓？"

我点点头。

"他们分道扬镳了。我爸一直跟个娼妇有一腿，显然，他们搭上有好一阵子。在纽约跟你碰头之前，我跟他大吵了一架，还出手打了他，揍得他鼻子开花。确实干得很过分。可是……见鬼去吧，他纯属活该。他断了我的经济来源，还说再也不想见到我。"

"所以你才……"

"没错，最近我像个精神错乱的病人……我明白，又是酗酒，又是嗑药，该死，我竟堕落成了这种样子。"

"你这小子……另外，别忘了艾米·怀恩豪斯。"

路西恩从鼻孔哼了一声，露出一丝淡淡的笑意。"哎哟，阿特拉斯，你这话可说得有点邪了。"他挥了挥手，"话说回来，那批仿马蒂斯的画可以给我吗？"

"那批画已经毁了，路西恩，进了碎纸机。你究竟缺多少钱？"

"五千美金你有没有？"

"你竟然要这么大的数目？一千够不够？"

"行吧，一千也行。"他说完叹了口气，挠了挠后脑勺，"你确定没办法给我五千？只是先跟你借一笔钱而已，我会还你的，我保证。"

"给你两千美金好了，但千万别再乱来，行不行？"

"那是当然。"

路西恩随即跟着我去了银行，确保我当场转账。也就在那个周末，我发觉路西恩又跟跄着四处转悠，看起来又喝醉了。

到了十月末，各俱乐部招新选拔终于接近尾声，谢天谢地。整个过程固然很有意思，可我的生活也被它的影子笼罩，几乎每夜都免不了要应付各种活动，各家俱乐部的四场盛典且不提，单是小规模的非正式活动就有数十场，例如在纽约举行的毕业生晚宴，我们被带去听音乐会，去波士顿的多伦多道明银行花园体育馆看比赛，跟波士顿学院的女生们共度卡拉 OK 之夜。每星期我都出门五六夜，宿醉的次数多得数不过来，脑中随时都有一团迷雾笼罩，我根本没有时间和精力去学习或者画画。

招新选拔的最后一周，德尔菲俱乐部看中了我和另外三个新人，邀请我们共赴该俱乐部一年一度的大西洋城之旅。这趟旅行的费用由一位名叫罗伊·西蒙的校友赞助，此人是一位名声不太好的房地产业亿万富豪。哈佛校园里流传着一则猛料：西蒙每年都会带上一小撮德尔菲俱乐部会员和候选新人搭乘他的私人飞机奔赴大西洋城或拉斯维加斯，度一个秘密周末，要么赌上几把，要么开开派对。在哈佛的各种传闻中，这趟旅行始终榜上有名。我本来对此将信将疑，直到我们抵达了一座私人机场，望见一架黑色"湾流"飞机，机身用亮闪闪的白色油漆喷上西蒙名字的缩写。

西蒙本人正在飞机上等候，舒服地坐在一张饰金的豪华皮椅上。此人比我想象的矮，一头浓密的黑发中夹杂着缕缕银丝，身形肥得很，胖嘟嘟的两颊，宽宽的下颌，再加上一个双下巴，乍一看真说不清脸庞和脖子的分界线在哪。他身穿灰色的西服，系着深蓝色的德尔菲俱乐部领带，脚蹬一双带流苏的褐色乐福鞋。飞机起飞前，西蒙吩咐空姐给所有人端来一杯威士忌和一套应急大礼包，礼包中装着洗漱用品、布洛芬、零食和一包避孕套，还有价值两百美金的赌场筹码。

抵达大西洋城机场后，一辆加长型豪华轿车前来迎接机上众人，把我们送到西蒙名下的一家酒店兼赌场"巴比伦"。我们这群学生总共十四人：七名德尔菲俱乐部候选新人、七名德尔菲俱乐部高年级学生。我们穿过酒店正门进入大堂，一群前台接待过来迎接，又向我们交付了各自套间的钥匙卡。一名礼宾员领着我们走过一段蜿蜒的路，经过一台台闪着灯光的老虎机，穿过双开门进入迷宫般的楼梯和走廊。最后，我们来到一间地下巨厅，那里摆放着一张十五个席位的长桌。

西蒙坐在餐桌上首，示意大家落座。那顿晚餐堪称肉食者的盛宴：首先端上桌的是一盘盘培根扇贝卷和蟹肉饼，随后是一碟碟鱼子酱、骨髓、生牛肉片。西蒙还提醒众人，下一道恺撒沙拉恐怕还是别碰为好，免得主菜尚未上桌，个个都已经吃饱。终于，主菜亮相：那是一盘盘抹着黄油的龙虾尾、一片片厚厚的培根，再加上我见过最大的美式 T 骨牛排，才刚出厨房，正在平底煎锅上发出"滋滋"的响声。除此之外，还有一篮篮的松露薯条，一碟碟的蒸青豆和黄油粟米棒。酒水一人四份：红葡萄酒、白葡萄酒、香槟和"尼格罗尼"鸡尾酒。餐桌上还另外摆着几瓶"帕皮·凡·温克"波本威士忌。晚宴开席时西蒙宣布，决不许席上有人的酒杯空置十秒钟以上。他告诫服务生，这种破事每出现一次，他就从小费里扣一百美金。

主菜用完，西蒙起身提议为德尔菲俱乐部敬酒。他说在所有加入过的组织中，德尔菲俱乐部是最能呼风唤雨的一个。他讲起自己在俱乐部的经历，大部分篇幅落在一长串没劲的泡妞史上。席上众人纷纷陪笑，像竭力讨好君王的侍臣。西蒙显然很受用，被哄得满面红光。

等到甜品上桌，西蒙把一摞名片取出来，吩咐主持人分发给晚宴的每位宾客。

"若是事关德尔菲俱乐部，鄙人随时欢迎你们来电。但要是为了其他事情，你们这帮家伙胆敢打电话烦我，有你们好看。"人群发出三三两两的笑声，"你们觉得我在开玩笑？动动脑子，你们真觉得我闲得发慌，要陪一群大学生一起玩吗？给我听好了，我忙得够呛！但德尔菲俱乐部值得我挤出时间来。现在你们明白这个俱乐部的意义了吧？"

我把那张厚厚的名片拿在手中摆弄。

罗伊·西蒙
创始人兼首席执行官
奥库斯资本公司

"**奥库斯**"，这不就是纠缠我母亲不放的那家公司吗？我呆呆望着吃到一半的提拉米苏，忽然感到一阵恶心。我推开面前的餐碟，牢牢盯着西蒙，打量那个坐在餐桌上首，正受群臣朝拜的人。乍一看去，他确实像个不留情面要将穷人身上的钱榨干的家伙，但一个坐拥好几家赌场的富豪，难道也会掺和低收入住房业务吗？也许只是碰巧同名？不过，我心底深处有个声音说：事实并非如此。

必定是察觉到了我的目光，西蒙话说到一半，伸手朝我一指："喂，小子，给我站起来。"

整间屋顿时安静下来。

"你叫什么？"西蒙凶巴巴地问。

"阿特拉斯。"

"你不是盼着入会吗，阿特拉斯？我看你的气质倒不太像本会的人。"西蒙扭头看向右侧的主持人，"我记得我告诉过你，上不了台面的家伙就别找来。"餐桌旁传来一声窃笑。

"哎呀，别这样，西蒙先生。"招新主持人说，"阿特拉斯可是个十成十的才子，他就是我们跟你提过的那个画家。"

"怎么？这里是艺术家和娘炮俱乐部吗？接下来呢？招一堆唱戏的？你们这帮家伙，真是要我的命。"西蒙的一双黑色眼眸狠狠瞪着我，我也怒视着他，强令自己不许乱了阵脚。

西蒙忽然轻蔑地挥挥手，表示作罢。

当晚接下来发生的一切，对我来说像一场怪诞的梦。西蒙的高谈阔论结束后，大喊一声："好戏开场啦！"片刻后，墙上的扬声器唱起法兰克·辛纳屈某支曲子的开头，声音放得震天响。大约十几名脱衣舞娘齐刷刷地进屋，我们的眼前全是亮片装与古铜色的肌肤，屋里顿时响起一阵疯狂的欢呼声和尖叫声。两名脱衣舞娘立刻向西蒙投怀送抱，他也十分配合地把脸紧贴上她们的酥胸。其他舞女开始卖力地表演歌舞秀，与著名舞团"火箭女郎"如出一辙，只是更加生猛。过了半小时，西蒙看起来有些厌烦了，于是号令众人一起奔赴位于酒店二楼的夜店"黄金屋"。

西蒙领着一群大学生和脱衣舞娘穿过酒店大堂，上了自动扶梯，我尾随在队伍的后面，只想赶紧溜号，却没有勇气。

长长的队列排在夜总会入口，我们穿过好几个保镖人墙，闯入一间充斥着光束与声响的屋子。刚走进大门，我立刻感到一股寒意袭来，整个人笼罩在一团冰冷白雾中。我向身旁的人扭过头，冲着他的耳朵高声问道："那是什么？"

"是干冰！"他高喊着回答，"他们在墙边用干冰造雾。"

一名女招待领着我们穿过舞池，来到夜总会后方拉起绳隔开的区域里。闪光灯在头顶明明灭灭，眼前的场景宛如定格动画，透出一股诡异的气氛。我冷不丁又被一股干冰形成的雾气扑中，稀里糊涂撞上一个高大健壮的猛男，他狠狠把我推开。一名学长见势赶来帮我助阵，但我挥挥手劝他作罢。

"确实该怪我。"我说。

两名身穿黑色紧身裙的侍者正守候在一张桌旁，桌上摆放着冰镇伏特加和龙舌兰酒。主持人递了一杯龙舌兰给我，我感到一阵反胃，想把这杯酒推掉，但还是被硬塞到手里。我把酒含进嘴里没有吞下，趁人不注意赶紧吐进一只空杯子。

西蒙正在跟脱衣舞娘打情骂俏，取出雪茄和打火机，加上一张百元美钞。他先点燃钞票，再用它点雪茄。一名保安走过来，劝西蒙不要在店内吸烟。西蒙一下站起身痛骂："难道你看不出我是谁吗？这该死的夜店都是我的，我想怎么折腾就怎么折腾。"

那一刻，目睹那位亿万富豪冲着他手下一名尽责的员工骂粗口时，我只觉得反感——不仅仅是对西蒙，还有我周遭的一切：

震天响的乐声、只顾寻欢作乐的德尔菲俱乐部会众，以及身边那些只着寸缕的卖酒女郎，一个个施施然在夜店中穿行，高举着价值两千美金的大瓶"唐培里侬香槟王"。单单我们这一桌，桌上恐怕就有十几瓶酒吧。这些酒到底要花多少钱？一万还是两万美金？我突然意识到：**这一切，都是跟我母亲相似的人们在买单。**我的胃里顿时涌上一股想吐的冲动。我到底在这里鬼混些什么？此刻的我并非真正的我，并非我希望成为的我。若是哈丽特得以目睹我的这副模样，她会得出什么结论？

又有人当着我的面灌下一整杯龙舌兰，那酒的味道刺激着我的鼻腔。我冲向洗手间，把刚吃的一股脑全吐进了垃圾桶。

五分钟后，喉咙发苦、浑身无力的我走到水池旁，朝脸上泼了一把水，抬头审视着镜中人，不禁打了个寒噤。

镜中回望着我的，是个病恹恹的男孩：没有剃须，脸色暗沉，皮肤肿胀，双眸发黄而又呆滞，唇上黏着的呕吐物已经结了痂，一副支离破碎的模样。镜中人的神色茫然，俨然是个一团糟的醉鬼。我立刻掉开目光，又逼着自己直视镜面，逼着自己牢牢地记住这幕景象。

我径直走出夜总会，没有跟任何人道别。第二天，我退出了德尔菲俱乐部的招新选拔。

Chapter
21

十二月一日早晨，亚瑟突然打来电话，询问我能否备妥一幅画，在他们纽约画廊明年三月即将举办的联展中展出。玛丽安对我之前那幅画很欣赏，希望邀请我跟其他十多位艺术家一起参加玛丽安·古德曼画廊一年一度的《青年艺术家春季展》。还用说吗，我当然愿意。画完《阿喀琉斯之盾》后，我就继续以神话为主题进行创作，眼下即将完成一幅以西西弗斯神话故事为题的画作。我一口答应亚瑟，开心地挂了电话。

六周前，我从大西洋城落荒而逃，自那以后决定改过自新。过去一年半里，我失去了人生的使命感与动力，如今必须将它们重拾起来。我在工作室后墙上贴了两句箴言，第一句是马库斯常爱挂在嘴边的口头禅："不自律的画家无异于拿着画笔的懒鬼。"另一句是我在哲学课上听来的："自制力是选择人生的目标，而不是当下的渴盼。"

我在纸上列了两份清单。

我当下之渴盼：

· 成为万人迷

· 去派对找乐子

· 顺利加入哈佛终极俱乐部

· 泡妞

我人生之目标：

· 成为成功的艺术家

· 为母亲提供经济保障

· 取得富有意义的成就

- 被人铭记
- 与哈丽特在一起

我把第二份清单圈出来，审视片刻。清单上的每一个目标，都必须由我努力去追逐，谁也帮不了我。我一定要改变自己的人生。

退出德尔菲俱乐部的这六周以来，我拿出了从未有过的勤奋劲头，一头扎进绘画中。逃离了招新选拔的负累，时间对我来说无比充裕：我每天一大早起床，好在开课前先花上几个小时画画；我把所有课程布置的阅读作业老老实实地做完，也不再跷课；我在课堂上积极发言，每天去健身房锻炼一次；但凡有点闲暇时光，我就把自己关进工作室，即使累得要命、恨不得赖在被窝里看电影，我也逼着自己动笔。诀窍就在于让自己踏进画室。只要一屁股坐到画布前方，剩下的就会跟平日一样水到渠成。

身边人似乎也察觉到我已经变了个样。马库斯十分开心，而路西恩跟其他同学显然摸不着头脑，他们弄不懂我怎么会下得了狠心拒绝一家哈佛终极俱乐部。不过这帮家伙一个个忙于选拔招新和入会活动，不怎么见得到人影。再说他人的眼光，如今我也不那么放在心上。我自走我路嘛，既然目标已经定下，就一步步向前迈进，其他当作耳边风就好。亚瑟的电话邀约印证了我的想法——浪子回头，确有回报。我不禁开始想象，要是能邀请哈丽特去纽约的大型画廊观赏我的作品展，那该有多酷。

第二天早晨，正要从哲学课教室离开时，我发觉手机上有整整六通马库斯打来的未接电话。

"对不起，刚才在课上。一切还好？"我回复道。

才过几秒，马库斯便发来："速来我办公室，越快越好。"

必定是出事了。我一溜烟奔到他的办公室，一颗心悬到了嗓子眼。我踏进屋子，马库斯显然等候已久，正在办公桌后面走动，看似窝了一肚子怒气。

"出了什么事？"

"倒是该问，你有什么事要对我坦白吗？"

我呆呆地看着马库斯，一个字也没有回答。

"你要是有话要讲，现在正是讲的时候，我可等着呢。"马库斯说道。

"我不明白你的意思。"

"这次我可不是跟你胡闹，克里斯托弗，事情很严重。"

"对不起，我……"

马库斯从桌上拿起一本刊物，狠狠朝我抛过来，砸中我的胸口。我弯腰拾起，是一份富艺斯拍卖行即将举行的印象派与战后艺术品拍卖会的目录，其中一页上做了标记。我的心猛地一沉，仿佛能听见自己疯狂的心跳声。

"动手吧，翻翻这份目录。"马库斯吩咐。

我直接找到标记的那一页，不出所料，上面印着的正是我给路西恩的那幅画。

相关介绍还标明：

源于私人遗产

劳尔·杜飞，1877—1953

《首都》

落款为"劳尔·杜飞",位于画幅右下角。

我顿感窒息。

"给我说清楚,"马库斯怒斥道,"就现在。"

"这件事另有内情。画不是我伪造的,我保证。"我脱口说道,"我也是才知道这回事,根本没料到他会这么干。"

"到底是怎么回事?有什么内情?说这不是你画的?别骗人了,我可亲眼见到你画了这幅,就在旁边的画室。"

"马库斯,求求你,一定要相信我,我没有……"

"你一直就在忙这些勾当,对吧?也就是靠着伪造名画,你才付得起那么多派对账单,买得起那些你整天穿着到处晃悠的名贵服装。老天爷。"他摇了摇头,"居然招摇撞骗……像那些不入流、不起眼的骗子一样坑别人辛苦挣来的钱财。你还偏偏身处哈佛大学,手里捏着大把的机会,令人不齿,真的。你母亲养出来的可不是你这德行的儿子,你应该感到羞愧。"

"不!这幅画不是我伪造的,我敢对天发誓。"

"这幅画难道不是你画的?"

"是我画的,可事情还有另一面。画确实出自我的手,可我把它送给了一个朋友当作生日礼物,对方从未提过会把它卖掉。要是我知道会出这种事,当初我绝不会答应。"

"生日礼物?"

"他跟我说的是,准备把这幅画挂在卧室里,好向女生们吹牛。"

"你居然信这种鬼话?"

"为什么不信?他就爱捉弄人,谁能想到他会把画拿到拍卖会上出售？离谱到家了！要是当初他说是为了拿去拍卖，我又怎会答应这种蠢事？再说，这幅画的画布是全新的，看上去可不像有了年头的样子。"我告诉马库斯。最后那句并非实情，但马库斯不知道。

马库斯伸手捂住嘴，直视着我的双眼。他的凝视令我很不自在，可我心知：绝不能掉开目光，否则会显得心虚。我可以看出，马库斯很想相信我说的是真话。

"你发誓这次拍卖跟你没有半点瓜葛？"

"我对天发誓。"

"千万别对我说谎，克里斯，最后我总会知道真相。"

"我没有说谎。"

"好，你那位朋友叫什么名字？"

我犹豫了。"我不能说。"

"该死，有什么不能说的？"

"你能保证他不会因此惹祸上身吗？"

马库斯哼了一声。"我可不做这种保证。"

"我会劝他把画撤出拍卖会，没必要闹出大麻烦，我来平息事端。"

"早就来不及了，克里斯。现在的情况跟我逮到你抽烟可不是一回事。这是犯罪，是诈骗。我是哈佛教师，克里斯，我有义务上报。"

"现在就把画撤出拍卖会也不行吗？"

"要是我逮到你那位朋友兜售偷来的笔记本电脑，我能睁一只眼闭一只眼吗？难道跟他说，物归原主就行，没事了小子？"

"当然不。但这是两码事。"

"都是偷窃，没什么不同。拍卖品介绍让我瞧瞧。"马库斯从我手中接过那册目录，"看看这估价，五万至六万美金。这幅画的价格，本来应该是零，一钱不值。要是你用一个不值钱的玩意从别人手里骗来六万美金，那就是偷。"

"要是他被学校开除怎么办？"

"哪有被学校开除这么简单？克里斯，这人说不定会蹲监狱，谁知道他还犯了其他什么事？眼下的情况，他休想轻松脱身。要是你没对我说实话，那要倒霉的人就是你。相信我，这件事迟早会水落石出。"

我的心中涌起对路西恩的满腔怨愤。他怎么能干出这等荒唐事？他怎么能一次又一次把我蒙在鼓里？我竟然信了路西恩的鬼话，真是个十足的傻蛋。我总算看清，路西恩对我并无朋友之谊，只是利用我罢了。当初为了入读哈佛大学，我付出了多少心血，我母亲又做出了何等牺牲。路西恩把我们害得这么惨，就为了在夜店喝上几杯？为了一条崭新的爱马仕领带？为了再给格蕾丝买条项链？此人压根没把我放在心上，我为什么一直护着他？

"我们从头来捋一捋吧。"马库斯说，"除了这幅，你还给出去过多少幅？"

"没有了。"

"当真？"

"仅此一幅。当初是我犯了个错，相信了对方。我原以为他跟我是铁哥们，我可以信任他。"

"你得把他的名字告诉我。"

"我先跟他谈谈行吗？我会劝他来见你。"

"把他的名字告诉我。"马库斯加重语气。

漫长的沉默后，我才踏出马库斯的办公室，对路西恩的一肚子气使我径直回到宿舍楼找他对峙。我冲上台阶，进门就望见路西恩正在读书。

"你当初可是亲口答应，那幅画你不会卖。"

路西恩抬头望着我，露出茫然的神情。"你到底在说什么？"

"你居然骗我。你当初发过誓，那幅画你绝不会卖。我在纽约还问起这幅画，你又对我撒谎。"

"阿特拉斯，慢点讲。"

"你明白你闯了多大的祸吗？"

"慢、点、讲，行吗？好了，说吧，你到底在闹什么？"

"去你的，你以为我在闹什么？那幅杜飞的仿画！"

"我没卖！我告诉过你，我让人寄到了我家的巴黎住处，它就挂在我的床头。要是你真那么在意，我可以给你看照片，我妈给我发了一张照片。"

"路西恩，我亲眼见到了富艺斯拍卖行的那本拍卖会目录。"我本以为路西恩会乱了阵脚，露出慌张或内疚的神情，结果事实并非如此。路西恩很镇定。

"你还是把画送去了拍卖会。"我继续逼问。

"拍卖会？不，你弄错了。"他笑了笑，"阿特拉斯……你给我的那幅画正挂在我巴黎家中的卧室里。你怎么就是听不懂？你现在的举动非常可笑，你明白吗？很显然，你在拍卖会目录

251

上见到的是别的画。"

路西恩竟然如此理直气壮，反让我心里打鼓。不过很快，我便回过神。"你是不是脑袋被夹了？该死的，别再对我撒谎了！"

"我没有！"

"难道你觉得，我连自己亲手画的画也认不出来？"

"我的意思是，你是一时看走眼，仅此而已。"

我只剩震惊。到了这个地步，路西恩竟然还在对我撒谎。

"路西恩……我亲眼见到了那该死的拍卖会目录。你真要把我逼到这一步吗？"我取出手机，点出那场拍卖会的网站，以及那幅杜飞仿作的简介，"自己看吧。你能别再满嘴胡话了吗，拜托？"

路西恩叹了口气。"好吧，就算是我把那幅画送去了拍卖会，那又怎么样？跟你有什么关系？那幅画你已经送给我了，它是我的东西。"

"路西恩，可是为什么啊？"

"这有什么大不了，我真不明白，这又不是第一次。"

"被他发现了。"

"谁？"

"马库斯。"

"马库斯发现了？"破天荒第一次，路西恩显示出慌乱，"他发现了什么？你跟他说了什么？"

"他不仅看到目录上的这幅画，而且还知道这幅画出自我之手。当初我画画的时候，他就在旁边。"

"他还知道些什么？你有没有把其他事跟他讲？"

"没有。"

"快想想，阿特拉斯，这至关重要。"

"去你的，你这该死的。难道你不该先跟我道歉？你不仅骗了我，还毁了我的人生！"

"别演狗血剧，你还跟马库斯透露了什么？他知不知道这事有我的份？"

"我没多说什么，只说这事跟我无关。我告诉他，这幅画我送给了一个朋友。"

"你把我告诉他了吗？"

我摇了摇头。

"阿特拉斯，你有没有向马库斯透露我的名字？"

"我只告诉马库斯，对方是个朋友，行了吗？"

"好的，好。非常好，我早就知道你不是个软脚虾，早就知道你靠得住。在我心里，一直拿你当兄弟，这话我不是常讲吗？依我看，我们能搞定这个局面。我去把画从拍卖会上撤下来，风波就过去了。我们也准备一套说法，说这是一场天大的误会，你也跟马库斯聊聊，对不对，办得到吧？毕竟马库斯亲眼看着你长大，总不会见死不救。"

"你没明白，马库斯准备向学校上报这件事，说不定还会报警。"

"报警？"

"马库斯说，除非我们全盘招供，不然可能要蹲局子。"

"你说'我们'是什么意思？好好听着，谁也不会蹲局子，这说法太离谱了。首先，你没干任何违法的事；第二，除非当时马库斯拍下你正在炮制那幅画的照片，不然他根本拿不出证据

253

证明那幅画出自你之手，这事充其量就是各执一词；第三，马库斯根本查不出你把画交给了谁。我把画拿去拍卖的时候，用的是化名，查也查不到我头上。我们俩出不了事。"

"不，路西恩……我们无路可走了，只能全盘招供。我们去找马库斯，坦白一切真相。对我们来说，这是最佳方案。"

"不要认罪，死不松口，绝不承认，一个字也不要说。"

"我总得向马库斯供出一个同伙吧，路西恩，我实在没有退路。"

"胡扯，你连半个字也用不着向他招供。"

"马库斯对我说，我必须供出一个人，不然我就会被学校开除。"

"那你瞎编一个名字好了。"

"那过不了关，你心里有数。"

路西恩用鄙夷的眼神瞪我一眼。"那你明里暗里到底想说什么呢？你准备告发我？"

"老兄，我不能任由自己因为这种事被学校开除，活生生把你造的孽扛下来。"

"我造的孽？这幅该死的画出自谁之手？把这幅画做旧的是谁？在画上落款'劳尔·杜飞'的又是谁？那可不是我！要是我告诉别人，我压根就不知情，那怎么样？要是我告诉别人，当初是你跟我讲，这幅画是真迹，那怎么样？其他那几幅赝品又怎么说？说不定我会把其他几幅赝品的事跟马库斯讲讲呢。"

我顿时呆立在原地。"你不会这么做吧？"

"谁说得清呢，"路西恩一摊手，"你不也装出一副无辜的样子，准备袖手旁观？拜托清醒一点，你才是闯下大祸的罪魁祸首。当初可是你求我替你办事，是你开口求我的。"

"你说什么？"

"我陷入这个泥潭，都是拜你所赐。这下可好，你就这么回报我。当初我处处想要拉你一把，这就是我的报酬？祸事刚有个苗头，你就立刻拉我垫背。"

"我什么时候开口求你造假售假了？"

"路西恩，能不能拜托你给我点钱花？能不能拜托你借件衣服给我？能不能拜托你借点钱给我买晚餐？能不能拜托你帮我付剧团的会员费？求求你了，行行好，路西恩。我身上一个子儿也没有，路西恩。" 路西恩捏着嗓子学我在诉苦。

我呆呆望着他，一个字也说不出。我感觉自己眼中充满了泪水，但无法掉开目光。此时，路西恩又换上了忏悔的口吻。

"对不起。"他不好意思地开了口，"那不是我的真心话，刚才我只是有点焦虑。"他一屁股坐到床上，伸手把头发捋了捋，又抬起头，用恳求的目光向我望来："千万别向马库斯揭穿我的身份。拜托你，阿特拉斯。你不明白，那会毁掉一切，我这个人就完蛋了。"

"你不会有事的，路西恩。你父母有钱财和律师撑腰，我却什么依靠也没有。"

"他们不会管我的。我父亲正好以此为借口跟我决裂，到时候我会落个两手空空。拜托了，阿特拉斯，这次你就背个黑锅吧？"

我眨眨眼。"背个黑锅？你竟然要我来背个黑锅？"

"也惨不到哪里去。"

"真该死，见鬼吧你？你想让我把罪责全揽下来？"

"求你了，阿特拉斯，欠你的这份情我这辈子也还不清。你就跟马库斯讲，当初你是被逼无奈，为了救你妈脱困。你就说，她缺钱缺得厉害，所以你一时糊涂犯了傻，今后绝不会再犯。要是你这么告诉马库斯，他会放你一马的，我保证。"

"路西恩，可是……"

"哈佛绝不会把你扫地出门，这一点你应该知道，至少不会永久性开除你，我可从未听说过哈佛一脚把哪个学生踢出去再不让回来。最糟糕的情况也就是让你停学一年罢了，没什么大不了。我可以动用我父母的关系给你安排一份工，不然的话，你也可以趁机去旅行！旅费我给你出！你可以去巴黎嘛，不然就去罗马！难道不是一大乐事？我们也可以一同前往，必将是一场冒险。这次就靠你把罪责揽下来，我还有能力撑你。你就说，是你一个人犯的事，没必要让马库斯知道我参与其中。要是瞒着他，对我们俩来说会好一些。"

"路西恩，别说了。"

"算我求你，阿特拉斯，你真的不懂。我给你钱好了，你想要多少？"

"现在的局面，不是钱的问题。"

"两万美金，还是五万美金？就五万美金！再加上你的旅费我替你付。"

"我已经向马库斯坦白了。"我说。

宿舍里一阵沉默。我看着路西恩脸上的神情从迷茫变成

256

恼火。

"你刚才说什么？"

"当时我被逼到绝境，实在没得选。"

"你对马库斯坦白了？向他说了关于我的事？真他妈该死，你居然招供了？你是开玩笑吧？"

"抱歉。"

路西恩双手抱住头，转身背对我，深吸一口气，揉了揉眼睛，随后迈步走向书桌，端起一只空水杯。他一言不发地伫立了很久，冷不丁转过身，将水杯狠狠砸向我的脑袋。杯子挟着风声从我耳边飞过，"咣"的一声碎在我身后的墙壁上，四散的玻璃渣顿时飞溅开来。

"你个混蛋！"路西恩怒吼一声，大步向我走过来。他那铁青的面孔怒不可遏，我感觉心里发毛，忍不住后退。

"路西恩，请你理解，我并没有……"

"畜生，赶紧给我闭嘴！"路西恩伸手将我朝后猛推，我重重地撞在墙上，脚下的碎玻璃传来刺耳的声音。眨眼间，路西恩攥住我的衬衫衣领，把我死死摁在墙上。我拼命想要挣脱，可他的手是如此有力，气势也难以阻挡。他高高扬起拳头，眼看要痛揍我一顿。

"路西恩，住手！"我发出一声高呼，抬手护住面部。

路西恩的拳头没有落下。相反，他松开了我的衣领。我睁开眼睛，发觉路西恩正用憎恶的眼神望着我。

"真是条可怜虫。"他边说边摇头，"我早就看出来，你小子是个懦夫，只是万万没料到，你竟然会背叛我。"他朝地上吐口唾沫，头也不回地出了屋。

我垂下头，发觉自己的手正抖个不停。我走回自己那间屋，关上门锁好，忍不住在被窝里啜泣起来。

那一刻，我猛然意识到自己即将遭遇的是何等惨败：从今以后，我将不再是马库斯的得意徒弟，他怎能不对我失望？马库斯肯定会把内情告知亚瑟，还用说嘛，玛丽安·古德曼画廊的春季展也将与我无缘，并将永远关上大门。假如亚瑟口风够紧，我还能有一线生机，一旦消息走漏出去，只怕我的艺术生涯就到此为止了。我还想到另一件事，即使哈佛大学没有将我扫地出门，我在校园的逍遥生涯也已画上了句号。我和哈丽特之间，必是死局——路西恩可不会给我留下一丝希望，他会到处散布谣言，把脏水泼到我身上，把自己扮成受害者，而我会受尽众人的冷落。路西恩的人气向来都比我高上一大截，大家会相信他的说辞，而不是我的辩词。从今往后，我将永远背负罪名——那个在路西恩背后放暗箭的恶徒。

路西恩说得对，我确实是个懦夫。马库斯找我对峙时，我其实不必供出路西恩，可我慌了神，未经思考就说出了他的名字。哎，我又怎么能怪路西恩发怒呢？算我活该。但眼下也许还有办法挽回局势，也许我还能跟路西恩和好。我给路西恩发了一条长长的短信表示歉意，又补发了好几条短的，一心盼着能够赔罪。路西恩没有回复。我拿着手机睡了过去。

不知过了多久，我被一阵动静吵醒，有人正要打开卧室的房门。

"阿特拉斯，你在屋里吗？"是路西恩的声音，他显然拧了拧门把手，"老弟，我也很抱歉，刚才不知道中了什么邪，是我冲动了。我们好好聊聊吧，你先把门打开，好吗？"

"你气消了？"

"阿特拉斯，听着，已经没事，我已经通通搞定了。刚才你说得没错，我总算想通了，你也是被逼到了绝境，你不把我招供出来，就过不了关。我们中间总要有一个人为这件破事担责。我为刚才发火跟你道歉，刚才我一时失去了理智。拜托，开开门吧。"

"你保证不会跟我吵架？"

"我保证。"

我开了锁，路西恩迈步进屋，给了我一个拥抱。

"真抱歉，刚才我真是一时失心疯，你不会记恨我吧？"

"我还以为你要狠狠揍我。"我说。

"刚才我确实这么打算。"路西恩笑道，"对了，带件外套，我们出门走一趟吧，要商量的事情可不少。"

我穿上大衣，跟着路西恩出门，一路来到纪念大道，又沿着查尔斯河岸的小径往前走。夜色降临，一道暗沉的河水在我们的身边流淌。

"我已经把事情办妥。"路西恩开口，"那幅画已经正式从拍卖会上撤了下来。我也给马库斯发了一封电邮，明天一早我就去见他，他希望我带一份落款的声明，讲清楚我的说法。今天晚上回宿舍我就动笔。"

"那份声明你准备怎么写？"

"可能，就写实话吧。"

"其他几幅赝品的事，你也要供认真相？"

"别犯傻，何必把局面搅得更糟？要是可以，你来帮我起草这份声明。"

"没问题。"

"我们要确保几点：这份声明跟你对马库斯的说辞口径一致。另外，这份声明能证明你的清白。"

"好的。"路西恩突然发生这么大转变，我不禁吃了一惊，"多谢。"

"无须道谢，本来就是我惹的祸。出了岔子的人是我，所以后果轮到我来承担。再说了……"他说，"刚才你说得对，我家有厉害律师撑腰嘛，我不会有事。"

我抬头看着路西恩。

他露出了微笑。"我不会有事。"他把话重复了一次，仿佛这样就能让它成真，"这种事情难不倒我，阿特拉斯。"

威克斯桥刚走到一半，路西恩停住了脚步，向河水凝神望去。

"还记得我们初识的那天晚上吗？我们跟几名女生一起来到这座桥上，纵身一跃而下？"

"我记得。"

"真有意思，我们真该多多尝试。"

"当初我们玩得真开心。"

"确实。最后居然像这样惨淡收场，真让人惋惜。"他歪了歪头，我看得出来，他的脑子里必然冒出新的念头。

"嘿，不如去喝个痛快吧？"

"不是吧……现在？"

"就在今夜，没错，要轰轰烈烈地完满收场嘛，今夜定要乐翻天，这种半死不活的破气氛真让我受不了，简直压抑得让人喘不过气。"

我忍不住露出笑容。"好哇，有何不可呢？"

"这态度就对了嘛。"路西恩说着，掉头便沿着来路折返回去，"快点，你个叛徒，赶紧跟上。"

我记得，当夜我跟着路西恩一道走回宿舍；我记得，路西恩取出一瓶威士忌，给我倒上一杯；但我无法记起，他是否也喝了威士忌。我记得喝完酒，我跟他在一台笔记本电脑前坐下，开始撰写他那份声明。至于我们究竟写了什么内容，我却连半个字也无法记起，只记得我的眼皮沉得根本抬不起来，整个人仿佛裹在一团暖融融、昏沉沉的黑雾中。我脑中最后的画面是冲向垃圾桶呕吐，一旁的路西恩握住我的手拿起笔。我陌生地望着自己的手在一张纸上的角落潦草地写下什么，心里有一丝疑惑。

在那之后，我便什么也不记得了。

Chapter
22

许多年过去，再无人叫我"阿特拉斯"。这个名字所代表的我，早已死在了黑暗中的剑桥上，死在了路西恩人间蒸发的那一夜。

事到如今，我依然无法说清当晚到底出了什么事。我昏迷了两天，在医院里醒来，断了一根胸骨，裂了三根肋骨，路西恩则不见了踪迹。事发那夜的个中究竟，我只能从他人处打听。

确凿无疑的有如下几条：我得知，当时路西恩给我下了药。我体内的"神仙水"和"奥施康定"分量大得足以让一个块头比我大一倍的人呼吸停止。这是医生的原话。我得知，监控镜头拍到的画面里，路西恩于当晚十点四十二分独自走出宿舍楼，身穿连帽衫，背着背包，看似要去拉蒙特图书馆备战期末考试。六分钟后，又急匆匆赶回宿舍楼，冲过走廊奔向我们的房间。又过了十五分钟，监控镜头拍到路西恩扶着我走出来。我醉得不省人事，衬衣上沾着呕吐物，整个人根本站不稳。路西恩领着我离开宿舍楼，来到在楼外等待的出租车旁。我得知，十一分钟后，到了医院的我几乎没了呼吸，差一点要心脏停搏。我还得知，在路西恩悄然离开之前，他告知护士我刚才服了哪些药。

出了医院以后，路西恩恐怕直奔宿舍，把他所有家当打包，从后门溜出了宿舍楼，因为主监控摄像头里再也没有出现过他。路西恩自此下落不明，没有留下字条。他那间卧室收拾得一尘不染，仿佛从未有人住过。

当我在医院醒来，一眼望见母亲与马库斯跟警员讲话时，我对上述情况还一无所知。我昏沉得厉害，感觉仿佛刚从午后小憩中疲惫地醒来，整个人在半梦半醒间，弄不清自己在哪，一呼吸就痛，浑身挤不出半点力气。母亲见我睁开眼，立刻尖叫着冲过来，激动得把我断了的肋骨忘个精光，一把将我紧紧搂进怀中，我痛得大叫。那之后，我在病床上又昏睡了整整两天。

刚开始，大家推测我是滥用药物或试图自杀，但当马库斯发现路西恩已不见踪迹，便径直找到学院院长，让她打电话报警。

几周后，有关路西恩的一切才逐渐显露出来。警方联络不上路西恩的父母，地址根本不存在，电话也是空号。也许是路西恩当初填表填错了？或者他父母搬家了？直到警方问起我，我才悟到一件事：从头到尾，我从未跟路西恩的父母通过话。

警方向我抛来越来越多的问题，关于路西恩的过往、家庭、学校。我交代给警方的说法，都是路西恩告诉我的。只不过那些如今看来瞒天过海的谎言，我一直都认定是事实呢。

不过我也对警方另说了一番谎话，是我自己的主意。警方问我路西恩是否有动机对我下手，我说没有；警方问我是否认为下药的人是路西恩，我说不知道；警方问我当晚是否试图自杀，我说不记得了；警方问我路西恩是否曾滥用药物，我说没有；警方问我是否曾见过路西恩实施攻击性行为，我说没有。我替路西恩撒了一个又一个谎，因为如果我说出真相，他也许会背上谋杀未遂的罪名。我不忍心将他推下深渊。

内心深处我不愿相信，路西恩那晚竟试图要我的命。我告诉自己必定是出了什么意外，也许路西恩当晚只想让我嗑嗨或把我灌醉，让我答应揽下一切罪责，结果不小心用药过量。那一夜发生的事，还有许多谜团和矛盾之处没有答案，比如就算情况发展到最糟糕，也只是路西恩被哈佛大学开除。可对一个如此聪慧、家世又如此显赫的少俊来说，被哈佛开除又算多大的挫折？真的值得为此动手杀人吗？假如当晚路西恩真想要我的命，又为何送我去医院？

数月后，我发现了一封遗书。那一刻，我才开始摸清整场风波的脉络。

发现遗书时，我已经有了一些心理准备：路西恩并非自称的那样，他隐瞒了原本的身份。那时我已从哈佛休学，待在家里看各类报刊登载的相关报道。首先爆料的是《哈佛克里姆森报》，标题为《本校学生下落不明，事件疑云密布》；随之跟进的是《波士顿环球报》，该报派了两名调查记者深挖路西恩的过往，在几周内更新了一系列报道，曝光那令人心碎的真相。

他的名字不是"路西恩"，原名是约翰·布莱尔；出生地并非斯德哥尔摩，而是纽约州的米勒顿——一个人口仅为九百人的乡村小镇。他并非范德比尔特家族成员，并非贵族出身，从未上过寄宿制名校，当然更未上过伊顿公学。童年时住在通往霍奇科斯学校和肯特高中的某条路上，只是不管论成绩还是钱财，他都上不起霍奇科斯学校和肯特高中，只念了休萨托尼克山谷地区公立高中。

约翰的父母早已过世。他年仅三岁时，母亲死于肝功能衰竭，他父亲是一名药房技术员，患有抑郁症，后来自杀离世。父亲死后三年多，约翰·布莱尔带着全新的名字与全新的身份，在哈佛大学亮了相。

约翰·布莱尔的经历被媒体曝光后，众人纷纷打听起这个"狸猫换太子"混进哈佛的少年，一丝线索也不愿漏过。有那么几个星期，记者一窝蜂地给我发邮件、打电话，无数次询问我那位原室友的问题，但我没有接受任何采访。

《波士顿环球报》派了一名记者到约翰·布莱尔的家乡米勒顿，采访当事人的昔日同窗，他们一致声称，约翰的高中时期过得无声无息，基本没人留意到他，甚至有人根本想不起有这号人。

其他略有印象的则表明，当初他是个腼腆的男孩，话不多，也不合群，常在学校图书馆里埋头阅读，绰号叫"隐身人"。约翰当年的数学老师却表示约翰是她教过的最具才华的学生之一，可惜教起来让人灰心，因为约翰很不用功。那位老师声称，就天赋而言，约翰是该校史上最聪慧的学生，或许是因为担心受大家排挤，他从不在班中表现才华。老师布置的课后作业约翰完成得挑不出一根刺，可是在课堂上点名让他去黑板前解题，他就会装傻。

与约翰最亲密的人是他的父亲，因此，当父亲在约翰高中毕业前一年结束自己的生命时，约翰也随之精神崩溃。辍学后他曾打算在次年秋季复学，但后来再也没有回到休萨托尼克山谷地区公立高中，该校从此再无人见过约翰·布莱尔，再无人听过或想起过他的名字。

昔日我那知根知底的死党，与如今报道中的那个陌生人，我竭力想将这两种形象融到一起。度假屋、庄园、名媛舞会、私人飞机……象征着如梦似幻、人间天堂般的人生，如今却被约翰·布莱尔现实生活中的伤感与平凡所取代。"路西恩"是如此有才华，如此爱交际，不仅不会刻意收敛，反而就爱出风头；而报道中的"约翰·布莱尔"，只会让我想起我自己。这样根本不沾边的两种形象，怎么会是同一个人的两面呢？

对约翰离开家乡后的经历及他入读哈佛大学的经过，《波士顿环球报》也进行了调查：父亲葬礼次日，约翰曾试图自杀，差点终结了自己的生命。他被送进波基普西市的哈德逊河精神病中心，随后被诊断出患有多种精神障碍。也正是在该中心里，约翰的内心出现了全新的人格。

出了哈德逊河精神病中心后，约翰以三十万美元的售价卖掉了自家的宅邸，又领取了父亲的人寿保险赔偿金，随后便开始着手抹掉自己的过往，为自己打造一个全新的身份。他花了一年时间周游欧洲，其间使用了好些不同的假身份，一个比一个离奇：有时候，他是约翰·弗朗西斯·杜邦，一名职业赌徒兼扑克神算师，正要前往摩纳哥蒙特卡洛的赌场；有时候，他是米夏·鲁勃廖夫，俄罗斯寡头的宝贝儿子，但只有身边没人会讲俄语时，他才使用这个假身份；有时候，他是杰克·帕里斯，美国中央情报局的一名特工；还有些时候，他是戈弗雷·艾伦比爵士，一位艺术品收藏家。但最终，"路西恩"这个身份逐渐成为他的最爱。在游历欧洲的一年间，他自学了法语、德语和西班牙语，改变了口音，也改变了穿衣风格，并打定主意要上哈佛大学。

等到从欧洲返回美国，他便正式将名字改为"路西恩·亚历山大·卢梭·圣日耳曼"。他参加毕业生能力考试，获得二三七〇的高分，但此时还缺一份高中毕业文凭，而他并不打算重返自己的高中，于是伪造了一份成绩单，声称自己毕业于伊顿公学，成绩名列班级前茅。他提供的三封推荐信，分别来自伊顿公学校长、牛津大学教授西蒙·阿姆斯特朗，以及皇家艺术学院的院长。当然，推荐信并非出自这些人之手，全由路西恩一手炮制：牛津大学根本没有"西蒙·阿姆斯特朗"教授，至于伊顿公学的校长和皇家艺术学院的院长，则从未听说过"路西恩"。不过哈佛大学招生办公室的相关人员并未核实，或许是因为路西恩在哈佛招生面试中的惊艳表现吧。那一年，哈佛收到了三万四千两百四十八份入学申请，路西恩成功地混进了哈佛的大门。

刚开始我根本不相信这些报道。每一桩每一件，关于"路西恩"的一切竟然都是假的，这怎么可能呢？就算路西恩在某些细节上撒了谎，但怎么可能跟那个名叫"约翰·布莱尔"的小子是同一个人呢？报道中的约翰跟我所熟识的室友可半点也不像。随着报纸上的证据越来越多，我也越来越难以抗拒面前的真相。《波士顿环球报》最后一次报道抖出了路西恩一团糟的财务状况，他消失时不仅身无分文，还在五张信用卡上欠了八万美元。他逼着我炮制赝品，千方百计哄我给他的那幅杜飞仿作，正是他最后的救命稻草。假如成功脱手，至少够他多撑几个月。

　　路西恩在我心中渐渐变成了另一种形象：一个绝望、惶恐的男孩发现自己陷入深深的泥潭，永无逃离的希望，除非他胆敢一次又一次放手去搏。失踪前的几个月时间，对他来说必是无比狂乱，恰似输红了眼的赌徒，失去了所有理智，一心只想翻本。

　　报道逐渐沉寂。几个月后的某天清早，我忽然在笔记本电脑上发现了一封遗书。那是我在整理课业文件夹时无意间发现，有个文档叫"敬爱的马库斯"。我不记得自己写过这样一个文档，点开后并读完这封简短的信，一股寒意渗入我的骨髓。

　　敬爱的马库斯：

　　辜负了你的期望，我深表歉意。与此同时，我也为刚才向你撒谎致歉。与你对峙令我内心惶恐万分，根本没办法应对。出于害怕，我声称路西恩是罪魁祸首。这并不是实情。路西恩与赝品一事没有半点关系，罪魁祸首正是我，是我一手造成了这种后果。对我的恶行，对你的失望，我深感内疚。这个结局并不是你的错，是我再也无法承受，我厌倦了自己一直都在辜负身边的所有人。

妈妈，我是如此爱你。非常抱歉，你本不该有我这样的儿子，我只希望不再为你带来痛苦。请千万别为我伤心，我已受折磨很久很久，不如一了百了。

再见。

克里斯托弗

那天晚上，若非路西恩临阵退缩，我恐怕真是死路一条。

警方一直没能查到他的下落。怎么可能找得到？他可是个伪造身份的高手。从某种意义上讲，警方无法找到路西恩，所有人的日子也好过些。这场风波害得哈佛下不来台，校长和监事会都盼着所有人尽快把这件事忘个精光。

距离那个时候已经过去了十年。这十年里我从未将路西恩抛到脑后。我怎么可能忘得掉？他必然没有落入法网，有时候我仿佛能觉察到身边出没着他的身影，也许他一直在不远处。甚至有一次，我认定自己从人群中辨认出了路西恩的面孔，他就在那里遥望着我。不过走近才发觉，那不是他。

终有一日，我相信一定会与路西恩重逢。他始终在等待一个时机，再次出现在我面前的时机。

（本书完）

控制

作者 _ [美] 约翰·兰多夫·桑顿　译者 _ 施乐乐

产品经理 _ 吴涛　　装帧设计 _ 星野

技术编辑 _ 顾逸飞　　责任印制 _ 梁拥军　　出品人 _ 吴涛

营销团队 _ 毛婷　魏洋　陈玉婷

鸣谢（排名不分先后）

John L. Thornton　金思思　刘伟

果麦

www.guomai.cn

以 微 小 的 力 量 推 动 文 明

图书在版编目（CIP）数据

控制 /（美）约翰·兰多夫·桑顿著 ；施乐乐译
. -- 上海 ：上海文化出版社，2024.3（2024.7重印）
ISBN 978-7-5535-2855-7

Ⅰ．①控… Ⅱ．①约… ②施… Ⅲ．①长篇小说－美
国－现代 Ⅳ．①I712.45

中国国家版本馆CIP数据核字（2023）第236301号

出 版 人：姜逸青
责任编辑：郑　梅
特约编辑：吴　涛
装帧设计：星　野

书　　名：控制
作　　者：[美]约翰·兰多夫·桑顿
译　　者：施乐乐
出　　版：上海世纪出版集团　上海文化出版社
地　　址：上海市闵行区号景路159弄A座2楼　　201101
发　　行：果麦文化传媒股份有限公司
印　　刷：河北鹏润印刷有限公司
开　　本：880mm×1230mm　1/32
印　　张：8.5
插　　页：4
字　　数：177千字
印　　次：2024年3月第1版　2024年7月第4次印刷
印　　数：18,001-23,000
书　　号：ISBN 978-7-5535-2855-7 / I.1105
定　　价：58.00元

如发现印装质量问题，影响阅读，请联系021—64386496调换。